KB180375

구도가 만든 숲

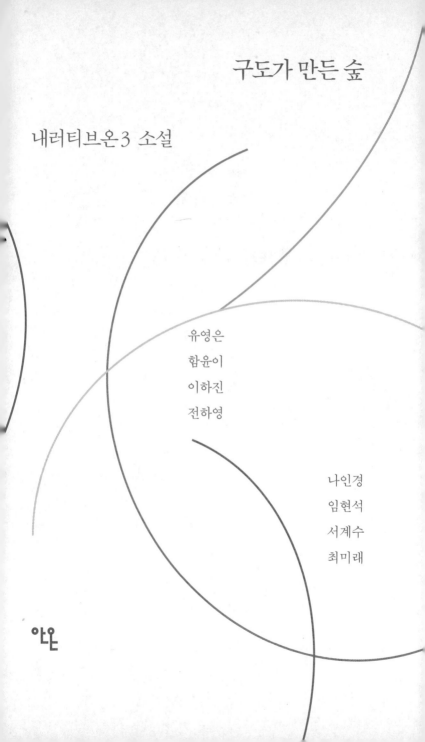

구도가 만든 숲

내러티브온3 소설

유영은
함윤이
이하진
전하영

나인경
임현석
서계수
최미래

안온

차례

구도가 만든 숲

유영은

구도가 6년 만에 대뜸 전화를 걸어와 이모의 안부를 묻길래 이모는 죽었다고 말했더니 놀라면서 당장 서울에 올라오겠다고 했다. 구도가 사는 J시에서 서울까지는 고속버스로 세 시간 반 거리였다. 어제오늘 죽은 게 아니라 벌써 저번 주에 첫 번째 기일이 지났다고 하니 왜 부고를 알리지도, 자기를 부르지도 않았느냐면서 화를 냈다. 예상하지 못했던 질문이라 말문이 막혔다. 구도를 불렀어야 했나? 왜? 이모의 죽음은 비밀도 아니었고 장례를 소박하게 치르지도 않았고 부를 사람은 다 불렀는데, 심지어 이모 가게의 단골손님도 몇 명 불렀는데 구도는 부를 사람이 아니었을 뿐이었다. 우리 셋은 6년 전에 약 두 달간을 하루 열 시간 정도 함께 일하긴 했으나 구도가 짧은 서울 생활을 마치고 다시 J시로 돌아간 후에는 명절에 몇 번 안부를 물은 게 전부였다. 이모가 죽었을 때 나는 구도가 떠오르지도 않았다. 사실 그 애 얼굴이 어떻게 생겼는지조차 희미했다.

구도가 내게 전화했을 때는 화요일 밤 10시였고, 잔뜩 흥분해서는 야간 버스를 타고 지금 당장 올라오겠다는 걸 말리느라 혼났다. 나는 아직도 이모의 냉면 가게에서, 아니 이제는 이모부 가게에서 일하고 있어 구도야, 내일도 출근해야 해. 너도 내일은 일해야 하는 거 아니야? 구도는 일주일 중 화, 목 이틀만 편의점에서 일곱 시간씩 일하고 있으며 내일은 수요일이기 때문에 상관없다고 했다. 나는 그러지 말고 그럼 주말에 놀러 오라고 제안했다. 일요일에는 가게도 쉬니까 같이 근처의 맛집도 가자.

주말은 아직 멀었잖아요, 누나.

구도는 목요일 저녁에 일이 끝나는 대로 버스를 타고 올라와 월요일 아침에 내려가겠다고 했다. 서울 고속버스터미널 도착 시각은 밤 10시 20분이었다. 나는 그날 내내 한가한 냉면 가게에서 자리를 잡고 앉아 온종일 구도 얼굴을 떠올리려 했으나 끝내는 실패하고 말았다. 눈을 그려놓으면 눈썹이 사라졌고, 코를 그려 넣으면 눈이 사라졌다. 그러나 뿌연 얼굴 아래 기다란 팔다리만큼은 선명했다.

함께 일할 때 이모는 구도에게 같은 질문을 여러 번 했다. 구도야, 그래서 너는 키가 몇이냐? 답을 듣고도 다음번에 또 물었다. 볼 때마다 묻고 싶을 정도로 큰 키였다. 게다가 마른 편이어서 서 있는 걸 보고 있으면 어딘가 불안했다. 걸을 때는 일직선이 아니라 묘하게 지그재그로 걷는 느낌이었고 한자리에 멈춰 서 있으면 조금씩 좌우로 기우뚱하는 것 같기도 했다. 저기 멀리서 무거운 냉면 그릇을 서너 개씩 받쳐 들고 나르는 구도를 가만히 쳐다보면 구도가 흔들리는지 내가 흔들리는지 헷갈릴 때도 있었다. 그렇지만 서빙하다가 냉면 국물 한 방울도 흘린 적 없어 이모는 그것참 신기하고 기특하다고 말했다.

가게를 마감하고 터미널로 구도를 마중 나가면서까지도 구도와의 추억을 생각하려 애썼다. 구도가 머물기로 한 날을 손가락을 접어 헤아려보니 목, 금, 토, 일 나흘이나 됐다. 너무 길다. 손가락 네 개를 접은 손이 무거웠다.

그래도 그 먼 거리를 한달음에 달려와서 나흘을 머물겠다고 할 정도면 두 달 사이에 우리가 무언가 대단한 걸 주고받은 건 아닐까? 그러나 아무리 생각해도 구도는 이모의 냉면집을 거쳐 간 수많은 여름 아르바이트생 중 한 명에 불과했다. 내가 9년째 일하고 있는 이모의 냉면집은 봄, 가을, 겨울에는 간신히 본전만 뽑는 수준이었고 그마저도 인건비는 안 나왔지만, 여름에는 아르바이트생을 서너 명씩 고용해야 할 정도로 북적였다. 이모부는 우리 이럴 거면 겨울에는 국밥을 하는 건 어떠냐고, 어차피 고기 우린 물인 건 똑같지 않냐고 이모에게 제안하곤 했고, 이모는 생각해보고, 아마도 내년부터, 어쩌면 내년에 하면서 매번 미뤘다. 그러다가 작년 겨울에 죽고 말았다. 구도는 6년 전 여름 냉면집에서 두 달간 일했을 뿐이다. 우리 사이에 특별한 것은 아무것도 없었다.

관자놀이가 쩽할 정도로 6년 전을 골똘히 되돌아보니 내가 그해 여름 구도에게 준 것이 있긴 있었다. 도넛이었다. 그해 구도와 함께 일했던 두 명의 아르바이트생은 모두 흡연자였고 3시에 간단한 점심을 먹고 주어지는 30여 분의 짧은 휴식 시간마다 함께 나가서 담배를 피웠는데 구도는 항상 혼자 멀뚱멀뚱 식당 한편에 앉아 있기에 나는 한 주에도 몇 번씩 구도를 건너편 도넛 가게에 데리고 갔다. 식초 냄새, 겨자 냄새, 지겹지 않니, 구도야? 쉴 때는 나와서 산책도 하고 그래, 하며 도넛을 하나씩 사 줬는데 그게 고마웠으려나?

고민하다가 버스 터미널로 구도를 마중 나가며 도넛을 한 상자 샀다. 마감 시간에 가까워 인기 없는 맛의 도넛만 잔뜩 남아 있었다. 되는 대로 열두 개들이 한 상자를 만들어달라고 했더니 직원이 녹차 맛 여섯 개와 얼그레이 맛 여섯 개를 철 지난 크리스마스 프로모션 상자에 담아 줬다. 거대하고 판판해서 어떻게 들어도 어색한 도넛 상자를 손에 들고 터미널에서 구도를 기다리는데 손등이 얼다 못해 찢어질 듯 시렸다. 처음에는 이게 맞나 싶었지만 손에 감각이 없어지면서 동시에 이상한 확신이 스멀스멀 올라왔다. 구도가 도착할 시간이 가까워지자 그래, 비록 짧은 기간을 함께했지만 우리에게는 도넛으로 상징되는 따뜻한 추억이 있다는 결론에 다다랐다.

그러나 구도는 내 손에 들린 도넛 상자를 보자마자 안 그래도 오면서 멀미가 났는데 설탕 단내 때문에 속이 울렁거린다고 화장실에 다녀오겠다고 했다. 가지고 온 커다란 배낭은 내 품에 던지듯 안겨줬다. 나는 텅 빈 터미널 의자 중 아무 데나 골라 앉아 커다란 가방을 안고 10분 넘게 구도를 기다렸다. 구도가 한 치의 의심도 없이 내게 맡기고 간 가방은 4일 치 짐이라는 것을 고려해도 너무 컸고, 이상하게 가벼웠다. 가방 손잡이를 잡고 공중에 들어 흔들자 달그락달그락 가벼운 플라스틱끼리 부딪치는 소리가 났다. 뭐지? 수상하다. 구도는 이모나 나 때문이 아니라 다른 꿍꿍이를 품고 서울에 온 게 아닐까?

가방을 열어 안에 있는 것을 확인해봐야 할 것 같았다.

누가 볼세라 양옆과 뒤를 살피고 가방 문을 열려는 참에 구도가 파리해진 얼굴로 휘청휘청 돌아오더니 이제 가자고 했다. 어디로? 내가 가방에 손을 얹지도 떼지도 못한 채 구도를 쳐다보자 구도는 용화가든으로요! 외치곤 내 품에 있던 가방을 빼앗듯이 집어 들고 출구를 향해 혼자 걸어갔다. 황당해 멍하니 있다가 급하게 뒤를 쫓았다. 그 탓에 도넛 상자는 터미널 의자에 두고 왔다. 어차피 온통 풀 맛뿐이라 아깝지는 않았다.

용화가든? 구도 네가 용화가든을 알아?

나는 구도의 옆에서 거의 뛰다시피 하면서 구도를 올려다보며 물었다.

이모가 좋아하던 곳이잖아요. 저도 도넛 먹으면서 자주 산책하던 데예요.

구도의 기억 속에도 도넛이 있긴 있는 모양이었다. 이모가 용화가든을 좋아한 것도 맞았다. 용화가든은 가게 근처 오피스 건물 뒤편에 딸린 작은 정원이었다. 한 바퀴를 도는 데 10분도 걸리지 않았다. 용화가든이 용화가든인 이유는 건물주 김용화 씨가 자기 이름을 따서 명명했기 때문이었다. 출입구에는 "DRAGONFIRE GARDEN"이라고 영어로 제법 비장하게 새겨진 큰 비석이 세워져 있었다.

드래곤파이어라니. 김용화 씨가 자기애가 과한 사람인 건 확실하지만 나쁜 사람은 아닌 것 같다고 이모한테 언젠가 말한 적이 있었다. 어쨌든 땅 한 칸이 귀한 이런 곳에 정원을 만들었다는 건 단순한 이윤 이상의 가치를 추구한 것 아니야? 이모는 그때 내게 나이를 그만큼씩이나 먹고도 속 편한 소리 하고 있다고 면박을 줬다. 정원을 세움으로써 정부에서 보조금을 받았거나 혹은 건물값이 확 뛰었거나, 뭐가 되었든 돈이 되니까 한 거지.

그렇게 말하면서도 이모는 용화가든을 누구보다 좋아했다. 김용화 씨보다도 좋아했을지 모른다. 이모 친구들이 종종 가게에 놀러 오면 같이 걷자며 항상 용화가든으로 데리고 갔다. 진상 손님 때문에 씩씩거리면서도 갔고, 외할머니 제사 전날에도 한숨을 쉬면서 갔고, 월세가 하루아침에 40만 원이 올랐을 때도 미간에 주름을 잔뜩 잡으면서 갔고, 이모부와 한바탕하고 꺽꺽 울면서도 갔다. 거길 자꾸 왜 가냐고 물으면 이 근처에서 그 작은 공간만은 냄새부터 다르다고 했다. 이모만큼 그곳을 사랑하는 사람은 없었다. 너도 가든 한복판에서 크게 숨을 들이마셔봐. 이모 말을 듣고 심호흡을 여러 번 해봐도 내게는 저편에서 흘러들어온 희미한 담배 냄새, 구내식당 냄새만 났다.

그래도 구도야, 거길 지금 뭐 하러 가. 어두워서 보이는 것도 없을 텐데. 그러지 말고 오늘은 우리 집에 가자. 바람이 너무 차가워. 이모부가 너 온다고 하니까 집에 보일러도 이미 켜 났대. 정원은 내일 환할 때 가보자. 하루아침에 정원이 어디로 가겠어? 발도 안 달렸는데. 나는 구도를 쫓으며 온갖 말로 설득해보려 했지만, 구도는 정류장을 향해 살짝 비틀대는 특유의 걸음으로 잘도 걸어갔다.

구도가 이렇게 고집스러운 사람이었나? 나는 구도를 따라가기를 멈추고 잠시 그 자리에 서서 구도의 단호한 뒤통수를 쳐다봤다. 6년 만에 보는 뒤통수. 고속버스에서 좌석 헤드에 머리를 기대고 왔는지 짧은 머리칼이 눌려 뒤통수에 딱 달라붙어 있었다. 아, 여전히 참 납작하다. 냉면집 주방에서 빨간 고무 다라이 앞에 쭈그려 앉아 설거지하던 구도의 뒷모습을 쳐다보면 신기할 정도로 납작한 뒤통수가 먼저 눈에 들어왔다. 너희 엄마는 너를 똑바로만 재운 모양이라고, 이모는 구도의 뒤통수를 볼 때마다 농담을 던졌다. 구도는 그때마다 그런가요, 하면서 오른손의 고무장갑을 벗고 자기 뒤통수를 남의 뒤통수처럼 가만가만 매만졌다.

어차피 집 가는 방향과 가게 가는 방향은 같았다. 우리 집은 냉면 가게가 있는 오피스촌보다 여섯 정류장 앞에 있었다. 일단 알았다고, 용화가든에 가자고 했지만, 나는 애당초에 우리 집이 있는 정류장에서 구도를 데리고 내릴 생각이었다. 구도가 이 밤에 남의 땅에서 무슨 일을 벌일 속셈인지 불안했기 때문이다. 6년 만에 오는 곳인데 설마 정확한 정류장을 기억하겠어?

구도가 먼저 2인용 좌석에 앉았고 나는 구도 뒤에 앉을까 하다가 그게 더 이상할 것 같아 옆에 자리를 잡았다. 평일 밤 고속버스터미널이 있는 서울 외곽에서 오피스촌 방향으로 향하는 사람은 드물었다. 시내버스는 텅 비어 있었다. 구도는 품에 커다란 가방을 안고는 앞만 봤다. 나는 구도의 옆얼굴을 쳐다봤다. 종일 그리려 했던 얼굴이 이제야 눈에 들어왔다. 옅은 눈썹과 아래로 처진 눈꼬리, 뾰족한 광대와 살짝 둥근 코. 구도의 얼굴에서 지난 몇 년간 냉면 가게에서 일했던 아르바이트 직원들의 얼굴이 모두 조금씩 보이는 것도 같았다.

구도가 내 시선을 느꼈는지 양 볼을 쓰다듬으며 살이 좀 쪘어요, 살 만한가 봐요, 하고 멋쩍게 웃었다. 나는 그런 게 아니라며 정면을 봤다.

건강하지?

겨우 생각해낸 질문이 그거였다. 구도는 건강하다고 했다. 매일 새벽 5시에 일어나서 30분씩 집 근처의 천변 길을 달리고 그다음에 아침을 챙겨 먹고 영양제도 먹고 그러다 보니 온종일 에너지가 넘친다고 했다. 5시면 해도 안 뜰 때 아니야? 그래도 좋네…… 너도 나이가 이제…… 관리해야지……. 그러고 나서는 딱히 할 말이 없어 다시 앞을 봤다.

이모도 건강하셨는데. 등산도 좋아하시고요. 그렇죠?

구도가 물었다. 맞아, 이모는 건강했다. 나무나 꽃 보는 걸 좋아해서 무릎이 아프다면서도 일요일이면 자주 뒷산에 올랐고 그때마다 처음 보는 식물 사진을 찍어서 보내줬다. 나는 이모가 다 비슷해 보이는 잎과 열매를 구분해내는 게 신기했는데 이모는 뻔한 차이를 모르는 내가 더 신기하다고 했다. 상수리는 상수리고 도토리는 도토린데, 왜 너는 도토리밖에 모르냐? 이모는 참 눈도 좋았다. 그만큼 건강했고, 그만큼 멀쩡했다. 그러다가 어느 일요일에 갑자기 심장마비로 죽었다. 환갑도 두 해나 남았는데. 이모부의 말에 따르면 그런 일도 있는 거였다.

그런데 이 밤에 용화가든은 왜 가려고?

구도에게 아무도, 보이는 것도 없는 그곳을 지금 왜 가야 하냐고 묻자 구도는 아무도 없고 아무것도 보이지 않는 지금 이때가 오히려 기회라고 하면서 가방을 열어 안을 보여줬다. 그 안에는 플라스틱 락앤락 통이 가득 들어 있었다. 어떤 것은 표면에 흠집이 잔뜩 나 있었고 어떤 것은 뭘 오래 담아놨는지 누렇게 변해 있었다. 구도의 가방에서 반찬 냄새가 올라왔다.

여기에다 용화가든의 흙을 담아 가려고요.

구도는 최근 J시에 15평 땅을 샀고 그곳에 작은 인공숲을 만들려고 한다고 했다. 숲을 만들 때 용화가든의 흙을 사용할 거라는 계획을 밝혔다. 나는 구도의 말을 한 번에 이해하지 못해 여러 번 되물었다. 뭐라고? J시에? 집이 아니라 땅을 샀어? 인공숲? 15평에? 어떻게? 용화가든 흙을? 왜?

일종의 프로젝트라고 구도가 답했다. 6년 전 무너진 J시의 인공숲과 비슷한 숲을 만들려고요. 그때야 J시의 숲이 생각났다. 6년 전 구도는 J시의 인공숲이 무너지고 서울로 왔다. 이모는 구도의 근무 첫날 안녕하세요, 하는 말을 듣고 단번에 고향이 어디냐고 물었다. J시에서 초중고교를 나왔고 대학까지 졸업했다고 구도가 대답하자 이모는 억양으로 그쪽 사람일 줄 알았다고 했다. 이모부가 애 민망하게 그런 말은 왜 하냐고 핀잔을 주자 이모는 얼굴을 살짝 붉히며 친한 친구가 J시 사람이어서 잘 알 뿐이라고 변명했다. 이모는 당황하면 목소리가 높아졌고 입을 동그랗게 오므리고 말했다. 이모부는 이모의 그런 모습을 흉내 내며 귀여워했다. 내가 저런 점 때문에 데리고 살지. 그러면 이모는 네가 데리고 사냐 내가 데리고 살지, 했다. 구도는 그때 이모에게 괜찮다고, 다들 자기가 입만 열면 J시 출신인 걸 알아챈다고, 이제 민망하지도 않다고 했다. 이모는 거봐, 괜찮다잖아, 하곤 당시 전 국민이 주시하던 인공숲의 안부를 물었다. 그래서, 그 숲은 아예 사라진 거니?

J시에서 숲을 허물기로 결정한 건 선제적 대응이었다. 근처 큰 강이 범람할 때마다 제방 역할을 하며 수십 년간 J시를 보호해주던 인공숲의 나무들은 해수면 상승으로 강에 해수가 유입되면서 뿌리부터 썩어갔다. 시 발표에 의하면 정부 기관과 민간단체의 전문가 중 누구도 그 사실을 몰랐다. 유튜브에 그 영상이 올라가기 전까지는.

'J시 정체불명의 소리'라는 제목의 영상은 일주일 만에 백만 뷰를 기록했고 한 달이 지나자 전국에 그 영상을 모르는 사람이 없었다. 관련 기사 수십 개가 쏟아져 나왔다. 스마트폰으로 깜깜한 밤 창 너머의 맞은편 아파트 건물을 찍은 영상이었다. 잠깐만 있어봐, 분명 들렸다니까, 라는 말로 영상은 시작됐다. 잠 좀 자자, 잠 좀. 대체 뭐가 들렸다는 거야? 촬영하는 사람 옆의 누군가가 졸린 목소리로 묻는 순간 쿠웅, 하는 굉음이 들렸다. 그리고 또다시 쿠웅. 건너편 아파트 집들이 동시에 모두 전깃불을 밝혔다. 렌즈에 갑자기 많은 빛이 들어와 하얗게 날아간 화면 뒤로 두려움과 묘한 뿌듯함이 담긴 목소리가 들렸다. 내 말 맞지? 그렇게 1분 40초 길이의 영상이 끝났다.

그 둔탁하고 무시무시한 소리는 숲의 상수리나무가 쓰러지는 소리였다. 영상 속 밤을 시작으로 하룻밤에도 몇 그루씩 상수리나무, 도토리나무 구분할 것 없이 쓰러졌다. 전나무와 소나무도 쓰러졌다. 어둠 속에서 울리는 요란한 소리에 잠 못 이루겠다는 항의가 이어졌다. 숲 가까운 지역에 사는 주민들은 성명도 여러 번 냈다. 인공숲은 이미 자연의 일부라며, 숲을 허물었을 때 주변 생태계가 입을 피해를 우려하는 목소리도 있었으나 시민들의 안전이 위협받는 급박한 상황에서는 사소한 문제였다. 결국 J시는 숲을 허물고 시멘트로 제방을 올리기로 했다. 그편이 더 튼튼하고 관리도 쉬웠다. 무엇보다 주민들은 이제 밤마다 불안에 떨지 않아도 됐다. 대규모 공사였기 때문에 일자리 창출과 소비 활성화라는 경제 효과도 톡톡히 누렸다. 여러모로 합리적인 결정이었다.

그러나 구도는 6년 내내 인공숲을 그리워했다고 한다. 그 숲으로 체험 학습을 갔고, 곤충 채집을 갔고, 가족 나들이를 갔고, 학교 수업을 째고 도망을 갔다. 봄에는 꽃으로, 여름에는 잎으로, 가을에는 단풍으로 색이 달라지는 것을 봤다.

어릴 때는 숲에서 살다시피 했던 것 같아요.

초등학생 구도는 컴컴한 밤에도 친구들과 숲에서 놀았다. 그땐 참 겁도 없었어요. 세상 무서운 줄 모르고. 우리 때도 그랬다고, 나는 대꾸했다. 어쩌면 예전에는 세상이 좀더 안전했던 것 같아.

구도의 동네에서는 달 쫓기 게임이 인기였다. 고개를 쳐들고 달만 보면서 숲 여기에서 저기까지 빠르게 통과하는 놀이였다. 넘어지거나 목이 아파 고개를 숙이면 지는 게임이었다. 무성한 잎들이 숲의 하늘을 일부 가렸고, 달은 잎 사이로 사라졌다가 다시 보였다가 했다. 지금 돌아보면 딱히 재밌을 것도 없는데 그때는 하늘만 쳐다보고 달리는 게 왜 그렇게 웃기던지 깔깔대느라 매번 고개를 내려서 구도는 게임에서 이긴 적이 없다고 했다. 그 숲에서 참 많이 웃었는데.

그러나 그런 추억을 수백 번 이야기하고 그리워해봤자 달라지는 건 없더라고, 구도는 말했다. 그리워만 하는 것이 지겨워진 것이었다. 할 수 있는 걸 해야겠다고 생각했어요. 다시 갈 수 없는 곳이라면 비슷한 공간을 만들면 되잖아요? 때마침 다니던 회사도 망했고, 모아놓은 돈도 있었고, 버려진 땅도 싼값으로 나왔다. 모든 상황이 구도를 도왔다. 이건 기회였다. 이번에 매입한 15평 그 땅에 과거 인공숲의 미니 버전을 만들 거라고 말하며 구도는 가방을 닫았다. 반찬 냄새는 아직 공중에 남아 있었다.

나는 구도의 설명을 듣고 뭐라고 반응해야 할지 몰라 버스 앞창에 너머 풍경을 내다봤다. 우리는 도로 양편에 늘어선 가로등 사이를 통과하고 있었다. 가로등 불빛이 김 서린 버스 창문에 맺혀 경계가 희뿌옇고 번져 보였다. 위에서 내려오는 건조한 히터 바람이 숨을 틀어막았다. 얘가 지금 제정신인가? 15평에 숲을 만들겠다는 구도의 말이 서늘할 정도로 허무맹랑하게 느껴졌다. 구도를 우리 집으로 초대한 것은 나쁜 생각일지 몰랐다. 구도에게는 가게로 가는 길만 대충 알려주고, 나는 급한 일이 생겼다고 하고 집 정류장에서 내려버릴까도 생각했다.

만에 하나 구도의 계획이 합리적이고 달성 가능한 것이라

하더라도 문제가 있었다. 그 좁은 땅에 숲 비슷한 무언가를 만든다 치자. 그렇다 하더라도 구도가 그리워하는 과거의 숲과는 완전히 다를 것이다. 그때는 어쩌려고? 구도에게 묻고 싶었지만, 구도의 커다란 배낭을 보면서 차마 그럴 수는 없었다.

용화가든 흙을 왜 가져가려는 건데?

내가 묻자 구도가 숲을 만드는 데 용화가든의 흙을 사용하는 것은 자신의 서울 생활과 이모를 기리기 위한 상징적 행위라고 답했다. 이모를 기린다고? 구도가 이모와 그렇게 가까웠던가? 어쨌든 구도가 서울에 온 이유는 확실히 알게 됐다. 용화가든의 흙 때문이었다.

집 정류장에 정차하도록 벨을 눌렀어야 했다. 정류장에서 버스가 제대로 멈추지도 않고 앞문만 살짝 열렸을 때, 다시 닫히기 전에 좁은 틈으로라도 구도를 끌고 내렸어야 했다. 혼자서라도, 그다음 정류장에서라도 내릴걸. 한 정거장 정도는 다시 걸어가면 됐다. 그러나 용기가 없었다. 결국 오피스촌 정류장에 내렸다. 이제 꼼짝없이 용화가든으로 가야 했다. 버스 정류장 근처에는 술집과 음식점이 모여 있어 늦은 시각인데도 사람이 많았다. 냉면집은 약간 안쪽으로 들어가야 있었다. 우리는 고깃집 앞치마를 목에 걸고 전화 통화하며 크게 웃는 사람, 전봇대에 이마를 기대고 눈을 감은 사람, 각자의 방향으로 비틀거리며 걷는 적당히 친해 보이는 무리를 지나쳐 가게 방향으로 걸었다.

저기 저 고깃집은 아직도 있네요. 저기는 아직도 꼬막이 2만 원인가요, 가성비 좋았는데. 여기에 있던 카페 문 닫았네요. 구도는 놀랄 만큼 6년 전을 상세히 기억하고 있었다. 심지어 나보다 몇 발짝 앞서 걷기도 했다. 냉면 가게 부근에는 오피스 건물이 더 많아 상대적으로 조용했다. 주변이 고요해질수록 용화가든의 흙을 파야 한다는 생각에 발이 무거워졌다. 건물 관리인이나 야근을 하던 직원이 우리가 흙을 가져가는 것을 본다면 뭐라고 할까? 김용화 씨도 자신의 이름이 붙은 정원에서 누가 흙을 훔쳐 가는 것을 가만 보고 있지만은 않을 것이다. 아니, 그보다 불법 여부를 걱정해야 할지 몰랐다. 현행범으로 체포되어 손에서 흙도 못 턴 채 경찰서에 끌려가면 뭐라고 상황을 설명해야 하지? 구도에게 이 흙이 얼마나 중요한지 말해야할까?

구도야, 남의 땅인데 흙을 그렇게 마음대로 몇 통씩 가져가도 될까?

어차피 상징적인 행위라면 흙을 한 통만 담아 가면 되지 않느냐고 물었는데 구도는 농담인 줄 알았는지 하하, 웃고는 말았다.

요즘 가게는 어때요?

첫 번째 모퉁이를 돌면서 구도가 물었다. 6년 전 구도 네가 일할 때나 지금이나 크게 달라진 건 없다고 대답했다. 여전히 여름에만 바쁘고, 메뉴는 아직도 물냉과 비냉, 고기만두뿐이고, 자리도 늘리지 않았다고. 이모가 없다는 것이 유일한 차이였다. 작년 여름에는 이모부와 둘이 운영하느라 정신이 빠질 지경이었다. 아르바이트생들을 고용하고, 배로 늘어난 재료 재고와 매출을 관리하느라 매일 허둥지둥 보냈다. 그러다 날이 추워지면서 저녁 찬 공기와 함께 고요와 여유가 무섭게 비집고 들어왔다. 이모부와 나는 여분의 시간에 목이 졸리는 것 같았다. 사람들이 날씨가 덥지 않더라도 일주일에 한 끼 정도는 냉면을 먹으면 좋을 텐데. 구도는 내일은 자신도 일을 돕겠다고 했다. 그렇지만 이렇게 추운 날에는 도울 것도 없었다.

가게에는 올 필요 없다고, 집에서 쉬거나 나들이를 가라고 구도에게 말했다. 평일의 나들이라니, 좋겠다, 구도야. 그러고 보니 구도 너는 평소에도 일주일 중 이틀만 일하면 나머지 날에는 뭐 하냐고 물으니, 구도는 이것저것 한다고 했다. 아직은 취업 자리를 알아보고 있지는 않다고. 나는 구도가 새벽마다 일어나 운동을 한다는 이야기가 생각나 그래도 열심히 사는 것 같아 보기 좋다고 했다.

구도는 열심히, 하고 되뇌더니 그렇게 산 지 얼마 안 됐다고 말했다. 그러면 지난 6년 동안 어떻게 지냈냐고 구도에게 물었다. 숲을 그리워만 하면서 보내지는 않았을 거 아니야. 구도는 잠시 말이 없었다. 6년의 시간을 뭐라고 압축해 이야기해야 할지 모르겠다는 것이었다. 몇 군데의 회사를 전전하고, 몇 번의 연애를 하고……. 세 번째 회사와 두 번째 여자는 말도 못할 쓰레기였지만, 그 둘을 제외하면 특별한 일은 없었다고 했다. 다만 하루하루 끌려가듯 산 게 후회된다고 구도는 말했다. 회사 상황이 안 좋은 것도 알았지만 그냥 다녔고, 숲도 없어지지 않았으면 했지만 아무것도 못 했고, 없어지고 나서도 그리워만 했다. 나쁜 태도였다고 생각해요. 할 수 있는 일이 없다고 지레 단정하고는 아무것도 안 하는 것.

이제는 그렇게 안 살 거예요.

구도는 달라질 것이라 했다. 이제부터는 목표를 세우고, 그 것을 이루리라고. 현재 목표는 인공숲을 재현하는 것이며, 목표를 이루기 위해서는 마음가짐이 가장 중요하다. 따라서 새벽마다 천변을 달리며 구도는 자기암시를 한다고 했다. 나는 과거의 인공숲과 같은 숲을 만들 수 있다, 만들 수 있다, 만들 수 있다. 힘껏 달리면서 속으로 여러 번 반복해 말하면 자신감이 생겼다. 완성될 숲의 모습도 뚜렷하게 보였다. 달릴 때 얼굴에 닿는 겨울바람도 기분 좋아요. 구도는 그렇게 말하며 더욱 빠르게 걸었다. 터미널을 나올 때보다 기온이 더 낮아진 것 같았다. 나는 외투를 더 단단히 여미며 J시의 새벽도 이만큼 추울지 생각했다.

용화가든에는 다행히 아무도 없었다. 평일 밤에도 가끔 벤치에 비뚜름하게 널려 있는 취객을 발견하기도 하는데 오늘은 모두 제때 집에 들어간 것 같았다.

저기가 좋을 것 같아요.

구도는 나무들 사이 공간에 엉덩이를 대고 철퍼덕 앉았고 나도 그럴까 생각하다가 결국 쭈그리고 앉았다. 땅이 찼기 때문이기도 하지만 무엇보다 구도의 터무니없고 아마도 불법일 프로젝트에 완전히 개입하고 싶지 않아서였다.

1월 용화가든의 땅은 단단히 얼어 있었다. 잔디도 모두 갈

색이었다. 구도는 가방에서 빈 통들을 꺼내 평평한 데에 가지런히 쌓아두고 가방 가장 아래서 진분홍색 손잡이가 달린 작은 모종삽을 꺼냈다. 흙을 담아 갈 통은 그렇게 많이 챙겨왔으면서 흙을 파낼 도구는 그것 하나만 가져온 듯싶었다. 이걸로 뭘 얼마나 파겠다고. 구도는 자기가 손으로 팔 테니 나보고 편하게 파라며 삽의 진분홍 손잡이 쪽을 내밀었다. 그러니까 어쨌든 나도 흙을 함께 파는 것은 기정사실이 된 모양이었다. 나는 한사코 고사했다. 아니야, 네가 삽으로 파. 나는 구도 네가 열 통을 채우는 동안 천천히 한두 통만 도와줄게.

맨손으로 겨울 땅을 파는 것은 처음부터 말도 안 되는 일이었다. 나는 얼마 지나지 않아 땅을 파는 것은 포기하고 위에 깔린 모래를 그러모아 통에 담는 시늉을 하며 구도가 저 많은 통을 다 채울 때까지 시간을 때우기로 했다. 그러나 삽을 이용하는 구도도 진행 속도는 나와 별반 다르지 않아 보였다. 추위에 땅이 굳어서 삽이 박히지도 않는 것 같았다. 구도는 삽을 있는 힘껏 바닥에 여러 번 내리꽂았다. 쇠가 언 땅에 부딪혀 깡깡 소리가 났다.

이렇게 땅이 단단할 줄 몰랐어요.

나도 한겨울에 용화가든의 땅을 맨손으로 파고 있을 줄은 몰랐다. 손이 시리고 손톱 사이사이에 흙이 꼈다. 모래 먼지를 들이마셔 목도 간질거렸다. 콧물이 계속 흘렀다. 때때로 강한 바람이 머리칼을 헝클고 지나가 머리도 정리해야 했다. 그렇지 않으면 앞이 보이지 않았다.

이모부 집안 선산에 이모의 유골함을 묻을 때도 땅이 단단해서 한참 고생했다. 사람 일곱 명이 달라붙었는데도 그 작은 땅을 고작 그만큼 파는 것도 힘들었다. 30센티미터가 이렇게 깊은 줄 몰랐다고, 분명 누군가 그렇게 말했는데 깡깡 소리에 묻히는 바람에 모두 대꾸할 타이밍을 놓쳤다. 보다 못한 이모부도 상복 소매를 걷어붙이고 삽을 들었다. 이모부라고 뭐 별수가 있는 건 아니었기 때문에 찔끔찔끔 흙만 갈려 나왔다. 아직 준비가 안 됐나 봐, 이모부는 삽을 내려놓으면서 그렇게 말했다.

아직도 종종 그릇을 깨느냐고, 구도가 모종삽으로 용화가든의 바닥을 긁으며 물었다. 냉면 그릇은 스테인리스 대접이라 깰 일이 없었지만 나는 김치나 만두를 담는 사기그릇을 수없이 깼다.

대학을 졸업하고 1년 반 넘게 다음 단계를 정하지 못하고 고민만 하고 있던 내게 노느니 장독이라도 깨라고 제안한 것은 이모였다. 나는 놀고 있지 않았고 이모 가게에 깰 장독도 없었지만, 처음 몇 달 동안 일주일에 한 번씩은 그릇을 깨먹었다. 빈도는 줄었지만 아직도 가끔 깬다. 사실 저번 주에도 깼다. 이모부는 이제 그릇 깨지는 소리가 나도 놀라지 않는다. 치워라, 하고 만다. 이모는 매번 놀랐다. 십수 년 동안 음식 장사하면서 그릇 수백 개는 깨졌을 텐데 어떻게 매번 놀라느냐고 물으니, 놀라야 할 것 같아 놀란다고 했다. 사실은 놀라기 위해 노력한다고 했다. 냉면 냄새나 쇠숟가락이 스테인리스 그릇에 부딪히는 소리에는 익숙해져도 그릇 깨지는 소리에는 익숙해지기 싫다고 이모는 말했다. 왜냐고 물어볼 걸 그랬다. 나는 이유를 묻는 대신 가벼워 나르기도 편하고 깨질 일도 없는 플라스틱 그릇으로 바꾸자고 졸랐다. 이모는 이번에도 고민해본다고 해놓고선 그릇이 깨지거나 영문도 모르게 사라져 수가 줄면 매번 사기그릇으로 새로 주문했다. 이제 겨울에는 국밥을 팔고 그릇은 모두 플라스틱으로 바꿔도 된다.

그런데 이모가 여길 좋아했다는 건 어떻게 알았어?

내가 묻자 구도는 모를 수가 있나요, 매일 가셨는데, 했다. 한번은 퇴근하고 속이 허전해 맞은편 도넛집에서 도넛을 하나 사 들고 용화가든을 산책하다가 이모를 우연히 만나기도 했다고 한다. 밤이 어두워 사람 윤곽만 보였고 처음에는 이모인 줄 몰랐다. 그저 누군가가 나무 가까이에 서서 오랫동안 땅을 가만히 내려다보고 있기에 사정이 궁금해 가까이 다가갔더니 이모였다고 한다.

이모가 보고 있던 건 일부가 땅 위로 드러난 나무뿌리였다. 여러 갈래가 얽혀 자기 눈엔 무척 징그러웠다고 구도가 말했다. 구도는 이모에게 반갑게 알은체하며 다가가서는 이런 건 왜 보고 계시냐고 물었는데 이모는 잘 봐, 슬프지 않니? 했다고 한다. 뭐가 슬프냐고 물으니 이모는 설명하기 어렵다고 하곤 답하지 않았다. 그날 밤 이모가 먼저 구도에게 함께 걷자고 제안했고 둘은 용화가든의 같은 길을 반복해서 돌았다. 설탕 시럽이 녹아 흐물해진 도넛은 결국 집에 가져가서 먹었다. 바람이 불지 않는 여름밤. 축축한 공기에서 나는 흙냄새. 특정 구간에서만 들리는 매미 소리. 간간이 팔뚝에 달라붙는 모기들. 구도는 그날의 산책과 이모와의 대화를 J시에 돌아가고 나서도 여러 번 되짚었다고 말했다.

무슨 이야기를 했는데?

이모가 살아온 이야기였어요.

구도가 듣기에는 이모의 인생 전체가 지뢰밭이었다고 한

다. 지뢰를 밟고 수습하면 또 다른 지뢰가 밟히는 삶. 평생을 그렇게 살았다고 해도 과언이 아니라고. 어딜 걸어도 아무 일도 일어나지 않는 용화가든을 걷는 그 시간이 이모에게는 완전한 휴식이자 해방의 시간이었을지도 모르겠다고 구도는 짐작했다. 그러니까 너무 슬퍼하지 마세요. 이모가 죽은 게 아니라 이곳을 산책하고 있는 셈 치라고, 구도는 그렇게 말하며 고개를 들어 나와 눈을 맞췄다. 나는 구도의 눈을 피해 모종삽의 진분홍 손잡이를 바라봤다. 그 순간 강한 바람이 찢어질 듯한 고음을 내며 정원을 지나갔다.

말도 안 되는 소리 하지 마. 그날 잠깐의 산책이, 그깟 대화가 뭐가 중요하다고. 6년 전의 기억이 뭐 얼마나 정확하다고. 구도 네가 두 달간 서울에서 무슨 대단한 추억을 쌓았다고. 없어진 숲을 15평 땅에 비슷하게 만드는 게 무슨 의미가 있다고. 구도 네가 뭔데 여기 흙을 가져가. 나는 구도 방향으로 락앤락 통을 던졌다. 통이 바닥에 떨어지면서 겨우 담았던 흙들이 다시 사방으로 흩어졌다.

우리는 한참을 아무 말도 없이 엉덩이에 감각이 없어질 때까지 차가운 땅 위에 마주 앉아 있었다. 나는 구도에게 비스듬히 뱉어낸 감정이 창피해 아무 말도 할 수 없었다. 그 와중에도 추위는 더 심해졌고 콧물은 계속 흘러 사위에 훌쩍이는 소리만 났다. 그러다 구도가 별안간 웃음을 터뜨렸다.

저도 제가 무슨 생각이었는지 모르겠어요.

구도는 옆에 쌓아둔 플라스틱 통들을 바라봤다. 그래도 구도는 두 통을 채웠다. 한 통을 채우다 말았고, 그마저도 내팽개친 나보다는 훨씬 나았다. 구도는 내가 내던진 플라스틱 통까지 가져온 통을 모두 정리해 다시 가방에 넣었다. 구도의 가방은 흙 두 통 분량만큼 무거워졌다. 이제 집에 가도 되겠냐고 물으니 구도는 그 전에 여기를 한 바퀴 걷자고 했다. 우리는 가장 긴 길로 용화가든을 한 바퀴 돌고서는 집으로 돌아가기로 했다.

숲을 어떻게 만들지 구체적인 계획은 세운 거야?

내가 일어나며 묻자 구도는 대략적인 윤곽만 그렸을 뿐 아직 명확한 건 아무것도 없다고 했다. 다만 최대한 기억 속 숲과 비슷했으면 좋겠다고, 구도는 말했다. 수백 평 숲의 모든 것을 다 옮길 수는 없겠지만, 핵심적인 부분은 반드시 담을 거라고 했다.

그 숲의 핵심이 뭔데?

구도는 잠시 말없이 용화가든을 둘러봤다. 구도의 눈빛이 무언가를 쫓는 듯 아무도 없는 정원을 빙 돌며 바쁘게 움직였다. 결국에 가서 제 발에 눈길을 멈추더니 입을 열었다. 돌아보면 그 숲에서 제게 가장 중요했던 건 특정한 모습이라기보다숲의 바닥을 딛는 감각이었던 것 같아요. 얼마간 단단하고 얼마간 푹신한, 촉촉한 흙 위에 두 발이 안전하게 내려앉는 느낌. 정확하고 분명하게 앞으로 나아가는 두 발. 어느 방향으로 가도 땅이 이어진다는 확신. 인공숲과 함께 잃어버린 것이 그 감각인지도 모르겠다고 구도는 말했다.

나는 구도와 나의 발을 내려다봤다. 일정한 박자로 움직이는 네 개의 발. 나도 이모와 용화가든을 산책하곤 했다. 나는 걸음이 느리고 이모는 빠른 편이라 이모는 항상 나를 앞서 걸었다. 구도는 용화가든이 이모에게 쉼을 준다고 했지만, 이모는 이곳에서도 언제나 바빴다. 손바닥만 한 벌레라든지, 엉망으로 지은 거미집, 먹어보고 싶게 생긴 열매, 그런 것들을 자세히 보려고 이모는 걸음을 멈췄다. 그 덕에 나는 이모를 쉽게 따라잡을 수 있었다.

구도와 나는 산책을 하다가 뿌리가 땅 위로 드러난 나무도만났다. 확실하지는 않지만 이모가 그날 보고 있던 게 이 나무일지도 모르겠다고 구도가 말해줬다. 뿌리 여러 갈래가 어느쪽이 위인지, 아래인지 구분하기 힘들게 얽혀 있었다. 나는 그

밤의 이모처럼 뿌리를 가만히 내려다봤다. 구도의 징그럽다는 말도, 이모의 슬프다는 말도 무슨 뜻인지 알 것 같았다.

집으로 돌아가니 자정을 훨씬 넘긴 시각이었고 이모부는 우리를 기다리다 잠들었는지 안방에서 코 고는 소리가 들렸다. 온 방에 보일러를 오래 켜놓아 거실 바닥까지 뜨끈했다. 구도가 온다고 이모부는 마트에서 이것저것 사서 들어온 모양이었다. 식탁 위에 집 근처 마트 로고가 새겨진 봉투가 놓여 있었다. 그러고 보니 구도가 저녁을 제대로 못 먹었을 것 같아 배고프면 뭐라도 해줄까 하니 알아서 먹겠다고 했다.

내내 추위 속에 있다가 따뜻한 곳에 들어오니 팔다리가 녹아버릴 것 같았다. 나는 씻지도 않고 침대에 누워 다시 손가락을 접어 구도가 머물 날을 헤아렸다. 이제 목요일이 끝났으니, 금요일, 토요일, 일요일, 3일이 남았다. 딱 손가락 하나만큼 손이 가벼워졌다. 월요일이면 구도는 J시로 돌아간다. 구도가 15평 그 땅에 숲을 완성하고 나면, 냉면집은 한가하지만 날은 너무 춥지 않은 봄이나 가을에 숲을 보러 J시에 가야겠다. 그 숲의 모습이 내게도 아주 낯설지는 않을 것이다.

자개장의 용도

함윤이

처음 자개장으로 들어간 날, 나는 엄마의 절반만 했다. 우리는 자개장 앞에 서 있었다. 엄마가 오른쪽 문에 그려진 보름달을 가리켰다. 자개로 만든 달 위에 우리 얼굴이 비쳤다.

엄마가 속삭였다. 이건 공놀이 같은 거야.

먼저 가고 싶은 곳의 이름을 생각해. 머릿속으로 그려도 보고. 그다음에 달 위로 던져. 이름을 소리 내서 말해도 좋고, 손끝으로 써도 좋아. 속으로 그리기만 해도 괜찮아. 이제 기다려, 달 위의 얼굴이 투명해질 때까지. 네가 어디로 갈지 정확히 알고 있다면 자개장이 받아쳐줄 거야.

내 어깨에 얹은 손에 힘이 들어갔다. 자, 한번 해보자.

눈을 가늘게 뜨자 달에 비친 얼굴들이 물결에 잠긴 양 흔들렸다. 나는 머릿속으로 갈 곳의 이름을 거듭 되뇐 후 엄마의 손을 잡았다. 엄마는 고개를 끄덕이고 자개장을 열었다. 우리는 자개장 안으로 발을 내디뎠다. 첫 번째 걸음에서는 바닥에 깔아둔 얇은 천이 밟혔고, 두 번째 걸음에서는 차고 딱딱한 바닥이 발끝에 닿았다. 고개를 들자 희고 밝은 복도가 펼쳐졌다. 바로 맞은편에 회색 현관문이 보였다. 이모의 집이었다.

엄마가 어깨에 멘 가방에서 운동화와 슬리퍼를 꺼냈다. 나는 운동화를 신으며 뒤돌아보았다. 자개장도, 거실도, 그 한가운데에 엎드려 자던 아빠와 동생도 없었다. 우리는 아주 낯선 곳으로 건너온 것이다.

이모는 어리둥절한 표정으로 우리를 맞았다. 갑자기 무슨 일이야? 재차 물으면서도 주스와 케이크를 꺼내주었다. 이모가 주는 모든 것이 달콤하거나 부드러웠다. 통창으로 내다보이는 도심의 풍경은 우리 집 주변과 하나부터 열까지 달랐다. 모든 게 높고 하얗고 빛났다. 세상에는 이런 도시가 셀 수 없이 많겠지. 현기증이 일었다.

엄마는 비틀거리는 내 손을 잡고 이모의 집을 나왔다. 마을버스를 타고 세 정류장을 간 뒤 급행열차로 여섯 역을 지난 다음 터미널에 도착했다. 그사이 어지럼은 가라앉았고, 마땅히 해야 할 질문들이 떠올랐다. 있잖아, 내가 말하자 엄마가 내게로 몸을 숙였다.

　자개장은 갈 때밖에 못 쓰는 거야? 돌아오려면 지금처럼 버스나 지하철을 타야 해?

　맞아. 그래서 자개장 안에 들어갈 때는 조심해야 해.

　엄마는 내게 안전벨트를 채우며 말했다. 자개장을 쓸 땐 돌아올 거리부터 계산하라고. 앞으로 갈 곳에서 자기 힘으로 돌아올 수 있는지 먼저 가늠해야 한다. 그래야만 집으로부터 너무 먼 곳에서 길을 잃지 않을 수 있다고.

　증조할머니가 오일장에서 이 가구를 발견한 날 모든 게 시작되었다.

　자개장은 80여 년 전에도 아주 아름다운 물건이었다. 너비가 약 네 자에 높이는 여섯 자. 검게 옻칠한 나무는 보석처럼 빛났다. 가구상은 황해도의 장인이 이 장을 만들었다고 했다. 자개 장식 하나하나를 혀로 핥아서 나무 위에 붙였더라고. 그 말이 참인지 거짓인지 알 길은 없었다. 다만 물건 보는 눈이 유달리 좋던 증조할머니에게도 자개장은 귀한 물건으로 보였다. 왼쪽부터 오른쪽 문에는 자개로 새겨진 태양 달 산 물 학 불로초 돌 구름 소나무 사슴 거북이가 반짝였다. 오른쪽 문에 상감

된 달에는 유난히 비싼 재료를 쓴 모양인지, 가까이 다가가면 얼굴이 비칠 정도였다. 증조할머니는 싼값에 좋은 물건을 들였다며 뛸 듯이 기뻐했다.

넉 달쯤 지났을 때 증조할머니는 자개장을 끌고 마당으로 나왔다. 눈보라가 몰아치던 새벽이었다. 증조할머니는 새빨갛게 언 맨발을 눈 속에 파묻고 자개장을 끌었다. 그는 갈라진 입술로 몇 번이고 중얼댔다. 이걸 버리자. 아주 먼 곳에 갖다 버려야 한다. 남편과 자식들이 그를 붙들었다. 무슨 일이냐, 왜 말짱한 물건을 버리느냐. 몇 차례 몸싸움이 오갔다. 증조할머니는 자개장을 놓아버리더니 눈밭에 엎어져 울었다.

그날 이후 증조할머니는 태도를 정반대로 바꿨다. 그는 누차 말했다. 이 자개장은 우리 가보다. 말도 못 하게 귀중한 물건이니까 내가 물려주기 전까진 누구도 건들지 말어라. 모두 증조할머니의 성미를 알았으므로 순순히 그 명령을 따랐다. 그가 악을 쓰면서까지 버리려고 한 자개장이 내심 찜찜한 탓도 있었다. 오로지 할머니만이, 그러니까 제 어미처럼 야무지다 못해 영악하다는 말까지 듣는 막내딸만이 그 말을 귓등으로 흘려보냈다. 할머니는 매일 자개장 앞에서 얼쩡거렸다. 가끔 장 안에 들어가기도 했다. 그 안에서 잠들면 좋은 꿈을 꿀

수 있다면서, 희한한 핑계까지 댔더랬다.

이상하게도 증조할머니는 그런 딸을 전혀 혼내지 않았다. 그러기는커녕, 세 아들을 제치고 할머니에게 곧장 자개장을 물려주었다.

할머니는 자개장을 유용하게 썼다. 남편과 싸운 날이면 가장 좋은 구두를 꺼내 신고 자개장 문을 열었다. 할아버지는 단 한 번도 할머니를 찾아내지 못했다. 결국에 할아버지는 싸움이 끝나는 순간마다 무릎 먼저 꿇게 되었다. 부탁이니까 획 사라지지는 말고, 얘기부터 하자면서.

엄마는 세 남매의 장녀였다. 그 자신의 할머니나 어머니처럼, 엄마 역시도 영악하다 못해 교활하다는 말을 듣는 여자애였다. 열다섯 살이 되었을 때 엄마는 할머니가 구두를 신고 자개장에 들어가는 모습을 보았다. 열일곱 살이 된 해에 엄마는 구두를 훔쳐서 자개장 앞에 섰다. 아주 많은 시행착오를 지나보낸 후, 그는 자개장의 용도를 완벽하게 깨우쳤다.

엄마는 서울로 향했다. 펜팔 친구의 집에서 사흘간 머물렀다. 나흘째에는 할머니에게 발각됐으며, 양 뺨이 퉁퉁 부은 채로 고향에 돌아왔다. 이튿날부터는 다시 학교에 가고 집을 치우고 동생들의 밥을 챙겼다. 모두 일상이 제자리를 찾았다고 생각할 때면 다시 자개장을 열었다. 네 번째 탈출부터는 누구도 엄마를 잡지 못했다. 엄마는 서울 곳곳을 쏘다녔다. 공장 가게 버스 식당 승강기 사무실 백화점에서 헐값에 일했다. 펜팔 친구와 결혼을 했고, 함께 포장마차를 열었다가 시원하게 말아먹었다. 두 사람이 빈털터리 신세로 고향으로 돌아온 날, 할머니는 엄마의 양 뺨을 때린 후 자개장을 주었다. 그냥 네가 가져라. 나는 이제 지긋지긋하다, 면서.

엄마가 말했다. 나는 좀 다르게 그걸 쓰고 싶었어.

그는 비밀을 나눠 가졌다. 처음에는 아빠, 다음에는 내게 자개장을 열어주었다. 동생도 나만큼 키가 크면 비밀을 알게 될 것이라고 했다. 차창에 기댄 엄마의 이마 위로 저물녘의 붉은빛이 너울거렸다. 엄마가 중얼거렸다. 할머니들이 이걸 알면 엄청나게 화내시겠지. 차라리 자개장을 부수라고 하실 거야. 그런데 난 아무리 생각해도 이게 최선인 것 같아. 이해하겠니? 나는 어느 하나 이해하지 못한 채 끄덕거렸다. 실은 졸음과 싸우는 것만으로 벅찬 상태였다. 엄마가 웃더니 내 의자를 젖혀주었다. 눈 좀 붙여, 말하는 목소리가 아득하게 들렸다.

푹 자. 아직 한참 남았으니까.

동생은 무럭무럭 자랐다. 두 해가 지난 후에는 그 애 역시 자개장의 비밀을 나눠 가졌다. 우리는 매일 아침 자개장으로 들어갔고, 초등학교부터 고등학교까지 단 한 번도 개근상을 놓치지 않았다.

아빠는 종종 우리를 혼냈다. 벌써 편한 것만 찾으려고 들지 마라. 그럼 몹쓸 어른이 된다. 그러나 아빠 역시도 숙취에 찌든 월요일마다 멋쩍은 미소를 지으며 자개장 안으로 들어가곤 했다. 이삿짐센터에서 이달의 성실한 기사 상 같은 걸 받을 때면 아이스크림을 사 들고 돌아왔다.

엄마만은 장을 전혀 쓰지 않았다. 자전거를 타고 보건소에 출퇴근했고, 이모나 할머니를 만날 때면 버스나 기차를 탔다. 그러면서 우리가 자개장을 쓰는 일은 전혀 제지하지 않았다.

우리는 매주 자개장을 쓸고 닦았다. 기름을 칠하고 마른 수건으로 문질렀다. 자개장은 우리 모두의 비밀이자 보물이었고 그 자체로 근사한 가구였다. 우리 집에 그토록 오래되고 반짝이는 사물은 오로지 자개장밖에 없었다. 그러니 엄마가 이렇게 선언한 날, 가족이 경악한 건 당연한 일이었다.

자개장을 잠깐 빌려주려고 해.

동생은 울음을 터뜨렸고 아빠는 허둥거렸다. 동생은 엄마의 방문 앞에서 결정을 번복해달라고 읍소했고 아빠는 자개장의 문을 여러 차례 여닫았다. 엄마는 흔들리지 않았다. 대신 문앞에 무릎 꿇은 동생을 일으켜 세우고 아빠를 소파에 앉혔다. 그다음 나를 불러 물었다.

여기서 서울까지 버스비가 얼마랬지?

일반 고속 2만 5천 원, 우등 고속 3만 7천 원.

들었지? 자개장이 있으면 편도 값만 내면 되잖아. 열 번 아끼면 37만 원이야. 그거 아끼는 게 이렇게 난리 칠 일인가? 아주 주는 것도 아니고, 다음 기숙사 신청일까지만 빌려주겠다는데.

나는 발끝만 내려다보았다. 실은 아주 죄스러웠다. 내가 턱걸이로 붙은 대학교는 서울에 있었고, 성적순으로 기숙사 신청을 받았다. 엄마와 아빠는 내가 기숙사에 떨어진 걸 알자마자 곳곳에서 돈을 꿨다. 삼촌에게, 이모에게, 그리고 할머니에게 온갖 쓴소리를 들으며 자취방의 보증금을 마련했다. 그것만으로도 넘치게 미안한데 자개장까지 빌려준다니. 도리상 거절해야 했다. 올곧은 표정을 짓고서 거절해야만, 꼭 그래야만 했는데…….

입이 열리지 않았다. 눈앞에서 온갖 장소가 어른거렸다. 자개장이 있더라도 돌아올 차비가 부족하여 갈 수 없던 온갖 장소들, 그것들은 모두 서울에 있었다. 이제 나는 서울 사람이니 그중 어디에라도 갈 수 있었다. 돌아올 때는 시내버스 요금 정도만 내면 된다. 앞날이 찬란하구나.

이거 허튼 데 안 쓸 거지?

나는 눈을 들었다. 엄마가 다시 물었다. 너 잘 쓸 거라고 약속해? 성인답게 행동할 거야? 나는 곧장 고개를 끄덕였다. 약속해요. 성인답게, 책임을 지면서 쓸게요. 그리고 꼭 돌려드리겠습니다. 제가 돈을 덜 써도 되는 날이 오면요.

대학 생활은 예상보다 괜찮았다. 아주 잘생기거나 고고한 얼굴들은 없었으나 그 사실이 외려 나를 안심시켰다. 신입생들은 다들 비슷한 온도로 긴장해 있었고, 친구를 사귀기 위해 고운 목소리로 말했다. 마르건 뚱뚱하건 상관없이 모두 못생긴 과 점퍼를 입고 다녔다.

나는 친구를 사귀기 특히 좋은 조건에 있었다. 나처럼 자취방에 묵는 신입생은 드물었다. 자개장과 침대를 갖다 두자 세평 정도로 줄어든 방 안에 매일 다른 사람들이 들이닥쳤다. 밤마다 맥주, 과자, 컵라면 따위를 기념비처럼 쌓아두고 해치웠다. 원으로 둘러앉아 게임을 하고 술을 들이켰다. 새벽의 정중앙에 다다라 스무 해 남짓 쌓인 비밀을 털어놓을 때면 비슷한 크기의 웃음 혹은 비명이 터졌다. 간혹 옆방에서도 우리와 같은 소리가 들려왔다. 그럴 때마다 나는 내가 안전한 곳에 있다고 느꼈다. 너무 유별난 고민들이 우리를 찾아낼 수 없는 장소에 있노라고.

물론 일상적인 고민들은 매일 나를 따라붙었다. 언제나 그랬듯 돈은 가장 큰 골칫거리였다. 엄마와 아빠가 교차로 보내주는 용돈에 도서관에서 받는 아르바이트비를 더해도 돈은 매번 모자랐다. 반면 예기치 못한 고민도 있었다. 주말마다 걸려오는 엄마의 전화 같은 건, 한 번도 없던 일인 만큼 더욱 난처했다. 엄마는 매번 같은 질문을 던졌다. 언제 집에 올 거니. 나는 그날그날 다른 핑계를 댔다. 너무 피로해서, 과제가 많아서, 학생회 모임이 있어서, 축제를 준비해야 하므로. 가장 자주 써먹는 핑계는 편도 차비도 역시나 비싸서……였다.

핑계가 이어진 지 두 달쯤 지나자 엄마가 소리쳤다. 됐어, 이제 그냥 문 열고 건너와. 내일 아침 첫차 타면 되잖아. 나는 말끝을 흐렸다. 아니 엄마, 진짜 생활비가 모자라. 우리 집이 워낙 멀어야지. 매일 학식만 먹는데도 돈이 없다니까. 엄마가 말했다. 용돈 줄게. 그럼 되잖아. 나는 절반쯤은 진심으로 비참해져서 말했다. 또 돈 받기는 싫어. 엄마는 한숨을 내쉬고서 말했다.

이럴 거면 자개장 도로 갖다 놓던가.

아, 왜 그래, 엄마. 이번엔 내가 소리쳤다. 조만간 갈게. 진짜로요. 주말에 갈게요. 엄마는 또 한 번 긴 한숨 소리를 내고는 전화를 끊었다.

나는 자개장 앞에 앉았다. 지금 장을 돌려줄 수는 없었다. 덕택에 아낀 입장료만 해도 얼마나 많던가. 클럽, 놀이공원 등 입장권을 사야만 들어갈 수 있는 각종 문화 시설들…… 아니, 사실 그건 중요한 문제가 아니었다. 자개장은 푯값보다 훨씬 큰 것을 내게 주었다. 그것 덕에 나는 매일 몰려오는 사람들 사이에서도 흔들리지 않았고, 누군가 비밀을 말할 때면 몰래 웃기까지 했다. 나는 언제든 이 모두를 떠날 수 있지만 누구도 그걸 모른다. 이만한 비밀을 갖는 건 뒷덜미가 서늘해질 정도로 멋진 일이었다.

나는 천천히 일어났다. 엄마와의 싸움에 오래도록 잠길 시간은 없었다. 나는 스무 살이었고, 자개장은 아직 나와 함께 있었다. 몇 시간 후면 친구들이 동아리에서 만난 남자 선배들을 데려올 터였다. 나는 방 안에 널브러진 물건을 모두 자개장에 넣은 뒤, 입술을 옅게 칠했다.

친구들은 평소보다 달뜬 얼굴이었다. 그들 뒤로 남자 셋이 따라 들어왔다. 한 사람은 비니, 또 한 사람은 안경을 쓰고 있었다. 맨 뒤에 선 남자는 무엇도 쓰고 있지 않았다. 앞선 두 사람에 비해 유달리 낯선 얼굴이기도 했다. 비니를 쓴 선배가 그의 어깨를 두드리며 말했다.

여긴 정우야. 우리 과 앤데 모르지? 얘가 워낙 학교에 안 나와서.

사람들은 엉거주춤 방 안에 앉았다. 나는 평소처럼 자개장 바로 앞에 자리를 잡았다. 정우는 내 건너편에 앉았다. 어색한 인사말이 오가고, 맥주 따는 소리가 크게 울렸다.

사람들은 금방 취했다. 고향, 가족 혹은 친구, 좋거나 싫은 것. 빤한 물음과 답이 눈앞에서 날아다녔다. 나는 자개장에 기댄 채 물끄러미 그들을 보았다. 이상하게도 취기가 오르지 않았다. 선배들이 시킨 치킨이나 친구들이 사 온 맥주에도 손이 안 갔다. 자개장을 돌려놓으라던 엄마의 말만 어른거렸다. 엄마가 그토록 날 선 목소리로 말한 것은 처음이었다.

저 장롱 말이야.

나는 고개를 들었다. 비니 쪽이 자개장을 빤히 보고 있었다. 그가 턱짓으로 장을 가리키며 물었다. 이 방 옵션이야? 우리 할머니 집에나 있던 건데 원룸에서 보네. 나는 아무렇지도 않은 척 대답했다. 아뇨, 집에서 가져왔어요. 안경이 말을 받았다. 자취방에 자개장 있는 건 처음 본다, 취향 독특하네. 나는 눈을 내리깔았다. 이마와 뺨이 느리게 뜨거워졌다. 저 말들은 감탄도, 친밀한 이들끼리 주고받는 농담도 아니었다. 그렇다면 친구들이 저토록 어색하게 웃을 리 없었다.

그때 정우가 입을 열었다.

저거 되게 귀한 물건이야.

방의 모든 눈길이 자신에게 쏠리자 정우는 바로 딴청을 피웠다. 사람들이 또다시 멋쩍은 웃음을 주고받았고 대화는 금세 다른 주제로 넘어갔다. 나만이 계속해서 정우를 보았다. 저 사람 방금 처음 말했지. 그 사실을 깨닫자 모든 게 안전하게 느껴졌다.

술자리는 빠르게 끝났다. 사람들이 갑작스레, 또 하나둘 사라졌기 때문이다. 먼저 없어진 쪽은 친구 한 명과 비니였다. 그들은 담배를 태운다고 나간 뒤 돌아오지 않았다. 안경과 남은 친구는 어색한 표정으로 남은 술을 들이켜다가 안주를 사 오 겠다며 자리를 떠났고, 역시 자취를 감췄다. 방에 남은 것은 나 와 정우 그리고 자개장뿐이었다. 그제야 나는 내가 일종의 행 사에, 그러니까 삼 대 삼 미팅에 참여하고 있었음을 깨달았다.

정우는 웅크린 채로 잠들어 있었다. 그러니까 이 남자는, 아마 사라진 이들이 '나를 위해' 데려온 사람일 터였다. 저들의 의도는 어느 정도 통한 셈이었다. 이 방에 나와 함께 남은 사람 은 정우뿐이니까. 그런데 이 사람을 남았다고 표현해도 되나. 이렇게나 졸고 있는데.

나는 그의 어깨를 두드렸다. 선배 일어나세요. 다들 갔어 요. 정우는 끙 소리를 내고서 다시 코를 골았다. 나는 그의 겨 드랑이에 팔을 끼우고 일으켜 세우려다가 그대로 나자빠졌다. 맥주들이 요란한 소리를 내며 쏟아졌다. 나는 축축해진 바닥 을 닦으며 중얼거렸다. 좋아, 당분간은 집에 오는 사람들을 줄 여야지. 입학한 지 몇 달 만에야 그 생각을 겨우 해냈다.

당장은 어찌할 도리가 없었다. 나는 정우의 어깨를 당겨 바 닥에 눕히고 그 위로 이불을 던졌다. 잠시 망설이다가 목 아래 로 베개를 밀어 넣었다. 정우가 제대로 눈을 감았나 서너 차례 확인한 후 일어섰다. 자개장 앞에 섰을 때는 어깨도 팔도 잔뜩 욱신거렸다. 달에 비친 얼굴은 어째선지 웃고 있었다. 이상하네, 뭐가 웃기지, 생각하면서 천천히 문을 열었다.

문 너머로 달과 가로등 빛에 잠긴 방이 보였다. 엄마와 아빠가 나란히 잠들어 있었다. 오래된 가구와 옷 냄새가 여기까지 풍겼다. 나는 자개장 안으로 성큼 들어섰다. 두 걸음 만에 이불 가장자리가 밟혔다. 나는 엄마의 등 뒤에 누웠다. 머리 위 창에서 새어든 달빛 탓에, 엄마의 머리카락은 반짝이는 흰색으로 보였다. 백발의 엄마가 꿈틀거리다가 말했다. 빨리도 왔네. 나는 엄마의 등에 바싹 달라붙었다. 잘 자요, 말하고 눈을 감았다.

일주일 후에 정우를 다시 만났다. 도서관 아르바이트를 끝내고 나오는 길이었다. 누군가 내 어깨를 두드렸다. 정우가 빳빳이 굳은 채 서 있었다. 그는 허리를 숙이며 말했다.

죄송합니다.

나는 양손을 흔들고 머리도 내저었다. 괜찮아요. 제 방도 엄청 깨끗하게 청소해두셨던데요. 내가 말하자 정우는 벌게진 얼굴로 중얼거렸다. 아뇨, 그건 그거고, 더 빨리 사과해야 했는데……. 내가 뒤로 물러서며 괜찮다는 말을 되풀이하자, 정우는 느리게 쫓아와 거듭 사과했다. 모든 게 아주 어설픈 놀이처럼 느껴졌다. 실력이 형편없는 사람들끼리 바람도 덜 들어간 공을 던지는 놀이.

그날 정우는 나에게 처음으로 커피를 사 주었다. 사과의 의미라고 했다. 커피에는 얼음이 산처럼 쌓여 있었다. 우리는 얼음이 모두 녹을 때까지 학교 곳곳을 걸어 다녔다.

정우는 차츰 그날의 일들을 털어놓았다. 그날 함께 온 남자들과는 애초 친구 사이가 아니다. 그저 제때 거절하지 못해 끌려왔을 뿐이라고. 술자리가 어색했기에 술만 마구 들이켰고, 그 탓에 무방비하게 잠들었더랬다. 그가 말하는 내내 나는 아, 혹은 아하, 소리만 반복했다. 그 외에 무슨 말을 할지 알 수 없었다. 나보다 나이 든 남자가 무엇이 어렵고 두려웠노라고 말하는 일은 흔치 않았다. 정우가 내 표정을 살피더니 말했다.

그날이 싫었다는 건 아니에요. 자개장 아주 멋있던데요. 기억에 남아요.

우리는 그날부터 함께 걷기 시작했다. 그러기 좋은 시기였다. 친구들이 연애를 시작한 뒤로 함께 노는 시간은 부쩍 줄어들었다. 나는 자취방에 온다는 이들을 꾸준히 거절해냈다. 빈시간이 늘어났다. 나는 그 모두를 정우와 걷는 데 썼다. 수업이 일찍 끝나거나 아예 없는 날, 가끔은 수업 중에도 몰래 나와 학교 안팎을 걸었다. 아침과 저녁 공기는 미지근했고 잔가지마다 녹색이 움텄다.

서울은 예상보다 걷기 좋은 도시였다. 보도블록은 모두 새 것이고 안전 난간도 잘 세워져 있었다. 우리는 지상과 지하, 천변과 도로변, 역과 정류장 사이를 지났다. 수제화 상점이 늘어선 다리를 지나고 기찻길과 고가도로를 건너갔다. 광장과 시장, 공원과 고궁을 돌아다녔다. 나는 갈림길이 나타날 때마다 정우를 보았다. 정우는 우리가 마주한 길의 갈래들이 어디로 이어지는지를 언제나 정확히 알고 있었다. 서울의 모든 길을 외운 사람 같았다.

그는 매일 내게 커피를 사 주었다. 나는 늘 얼음이 가득한 커피를 시켰다. 얼기설기 지은 건물인 양 서로에게 겹쳐진 얼음들이 하나씩 녹을 때마다 달그락, 신호 같은 소리가 났다. 얼음이 녹아갈수록 나는 정우에 대해 더 많은 것을 알아냈다. 예컨대 정우가 내가 만난 이 중 가장 많은 곳을 다녀온 사람이란 사실 같은 것. 우리 엄마와 할머니들을 제외하면 말이다.

정우는 온갖 마을 혹은 도시 들, 그 안의 보도 도로 거리 골목 천변 해변 황무지 등을 걸어보았다. 정우가 말하는 지명들은 모조리 낯설었다. 므츠헤타나 페르가나 혹은 스몰랸 같은 이름들. 그것들은 고향 문방구에서 팔던 다이어리에 맥락 없이 적힌 지명들, 그러니까 베네치아, 파리, 로마 등과는 완전히 다른 차원에 속한 듯 보였다. 그 도시들은 자개장으로도 갈 수 없으리만치 아득하게 느껴졌고, 그리하여 더욱 아름다운 이름으로 기억되었다.

종종 궁금했다. 정우는 나보다 겨우 두세 살 많은데, 어떻게 그토록 많은 장소를 직접 가본 걸까. 자개장도 없는 사람이 어쩜 그럴 수 있지. 물론 실제로 묻지는 않았다. 괜한 말을 꺼냈다가는 상황을 망칠지도 몰랐다. 정우의 마음을 거스르고 싶지 않았다. 어떤 순간일지라도 그랬다. 그즈음 나는 이미 정우와 걷는 일에 흠뻑 잠겨 있었다.

강에 갔던 날도 마찬가지였다. 가볍게 산책이나 하자며 나섰다가 하천 곁길을 따라 몇 시간이고 걸었다. 저물녘에 한강을 맞닥뜨렸다. 강 건너로 해가 지고 있었다. 붉게 젖은 마천루들이 등대처럼 깜빡였다. 나는 입을 벌렸다. 강의 너비, 이쪽에서 저쪽까지의 거리가 나를 압도했다.

내가 중얼거렸다. 한강에 걸어서 온 건 처음이야. 평소에는⋯⋯.

자개장으로 왔다는 말이 혀끝까지 나왔다가 도로 들어갔다. 정우가 물었다. 평소에는 어떻게 왔는데? 나는 더듬더듬 답했다. 버스 아니면 지하철을 타고 왔다고. 다른 사람들처럼.

철교 안쪽으로 노란 조명이 켜졌다. 딱 붙는 바지를 입은 사람들이 규칙적인 숨소리를 내며 강변을 달렸다. 손잡이에 라디오를 매단 자전거 디제이들이 쿵작거리며 지나갔다. 둔치에 앉은 사람들이 맥주를 마셨다. 세상 모든 게 거기 있었다. 우리는 그 사이에 서서 양편 도시의 빛을 싣고 흐르는 검은 물결을 보았다. 나는 정우에게 물었다.

요새는 어디에 가장 가고 싶어?

정우가 생각에 잠긴 동안, 나는 그의 옆얼굴을 물끄러미 보았다. 둥그스름한 귀와 눈썹 옆에 난 작고 움푹한 흉터, 땀에 젖은 앞머리. 그런 것을 보면 마음이 유순하게 가라앉았다.

지금은…… 정우가 말했다. 강 건너편이 궁금하네.

강 건너에는 이쪽보다 몇 층은 더 높은 건물들이 서 있었다. 그들이 내뿜는 밝고 날카로운 불빛 아래서 이동하는 자동차 무리도 보였다. 나는 정우의 팔을 당겼다. 지금 갈까? 물었다. 진심이었다. 종아리에 벽돌을 넣은 듯 아팠지만 어디로든 갈 자신이 있었다. 그러나 정우는 웃으며 고개를 저었다. 오늘은 너무 늦었잖아, 말하고서 덧붙였다. 집에 가자. 데려다줄게.

집에 다다랐을 때는 이미 자정이었다. 정우는 공동현관 앞에서 뒤돌아섰다. 나는 정우의 손을 붙들었다. 상상한 것보다 뜨겁고 축축한 손이었다. 첫차 뜨면 가. 택시비 비싸잖아. 말하는 와중에도 정우에게는 택시비가 별것 아니지 않을까 하는 생각이 들었으나 모른 척했다. 정우는 몇 차례 거절의 말을 웅얼대다가, 내가 거의 울음을 터뜨리려 하는 걸 본 후에야 집으로 들어왔다.

나는 방 한가운데 이불을 깔았다. 자개장과 맞은편 벽 사이의 공간이 좁아서 이불은 잔뜩 구겨진 모양으로 깔렸다. 정우가 둥글게 구부린 자세로 누웠다. 불을 끈 방은 엷은 어둠에 잠겼다. 창문 앞 가로등과 간판 불빛 탓이었다. 나는 침대에 걸터앉아 10초 정도 숨을 참은 뒤에 말했다.

나 이제 옆으로 갈게.

정우는 꽤 오래 숨을 내쉬고서 말했다. 알겠어.

나는 조심스레 바닥으로 내려와 정우의 뒤쪽에 누웠다. 눈앞이 흰 티셔츠를 입은 등으로 가득 찼다. 천 바깥으로 울퉁불퉁하게 불거진 척추가 보였다. 몇 해 전에 본 영상이 떠올랐다.

전공을 고르기 직전에 본 다큐멘터리로, 멸종된 동물의 뼈를 파내는 사람들의 이야기였다. 나는 정우의 등이 어디에 묻힐지 생각했다. 누가 그것을 파낼지도 궁금했다.

정우야. 지금은 어디에 가고 싶어?

정우가 돌아누웠다. 웃고 있었다.

어디 안 가도 돼.

그 후로 아주 많은 말이 오고 갔다. 고향이라거나, 가족, 좋거나 싫은 것. 우리는 천천히 묻고 느리게 답했다. 한 사람이 던진 공이 빛이 선명한 하늘을 반짝거리며 가로질러 다음 사람 손에 안겼다. 나는 신이 났다. 모든 공을 놓치지 않고 받아내고 싶었다. 제대로 던지고 싶기도 했다. 그 마음이 불쑥 질문을 던지도록 만들었다.

그런데 진짜로 어떻게 그만큼 많이 여행을 다녔어? 계속 일했던 거야?

정우는 눈동자로 당황한 빛이 스쳤다. 나는 내가 실수했음을, 또 공이 바닥에 떨어졌음을 깨달았다. 공은 경기장을 벗어나 둔치까지 굴러갔다.

이윽고 정우가 말했다. 좀 민망한 이야기야. 나는 얼른 말했다. 미안, 얘기 안 해도 돼. 정우가 고개를 저었다. 불편한 주제는 아니라고 했다. 그저 가족에 관해 말하는 일이 쉽지 않다, 이 이야기를 하면 대부분 자신을 질투하거나 미워하기 때문이라고 덧붙였다. 내가 빠르게 말했다. 나한테는 그런 일이 생길 수가 없어. 정우는 잠깐 웃더니 그럼 비밀로 해줘, 말하고서 입을 열었다.

우리 가족은 다들 내가 아주 멀리까지 나가길 바라. 그게 성공하는 일이라 생각하고.

어디로 나가길 바라는데?

그냥 한국 바깥이면 어디든. 한곳에 오래 머물지만 말래. 그럼 썩게 된다고들 했어. 그래서 어릴 적부터 매해 밖으로 날 내보냈어. 여행이든, 공부 때문이든……. 거기에 돈을 아주 많이 투자했고.

투자, 라고 말할 때 정우는 눈을 내리깔았다. 나는 입술을 달싹거렸다. 정우의 인상에 남을 법한 말을 하고 싶었다. 멋지다고 할까 아니면 버거웠겠다고 할까. 혹은 돌아올 감당 없이도 떠날 수 있다니 무척 부럽다고 말할까. 장난인 듯, 네 가족 말대로라면 나는 평생 썩은 채 살아왔노라 말할 수도 있었다. 모두 다 진심이었다. 문제는 무엇이 가장 진실에 가깝냐는 것이었다.

정우와 눈이 마주치자 생각은 걸음을 멈췄다. 정우는 여태 본 적 없이 유순한 얼굴로 나를 보았다. 무언가를 기다리는 눈이었다. 나는 그에게로 몸을 숙였다. 귀 안쪽에서 심장이 뛰는 듯 쿵쿵 소리가 났다. 거의 다 왔어. 안쪽에서 누군가 말했다.

정우야. 내가 속삭였다. 나도 비밀을 말해줄게.

우리는 연한 어둠 속에서 오래 마주 보았다. 저 자개장 말이야. 내가 말하자 정우가 장을 흘끗 보았다. 나는 말을 이었다.

방법만 알면, 저걸 열고서 어디로든 갈 수 있어. 거리와 상관없이 말이야.

정우는 아무 말도 하지 않았다. 나는 그의 양 뺨을 누르며 말했다. 너 내 말 믿어? 정우가 눌린 목소리로 답했다. 잘 모르겠어. 나는 그의 옷깃을 붙잡아 당겼다. 일어나봐. 얼른, 여기에 서. 정우는 엉거주춤 일어났다. 나는 오래전의 엄마처럼 정우의 어깨를 잡고 자개장 앞으로 갔다. 달 위로 두 얼굴이 나란히 비쳤다. 거울 안의 정우는 당황스러워 보였다. 한편으로는 아주 옅은 기대가 비치기도 했다. 나는 거울에 손끝을 올리고서 말했다.

아까 강 건너에 가고 싶댔지?

나는 강에서 본 맞은편을 떠올렸다. 달 안의 얼굴이 흔들릴 때까지 누누이 되새겼다. 이제 열기만 하면 됐다. 그렇다면 보여줄 수 있다. 엄마가 나에게 그랬듯 나도 정우에게 문을 열어줄 수 있었다. 정우는 분명 매혹될 터였다. 언제나 어디로든 떠나게 만드는 물건이라니, 이런 데 무심한 사람이 있을 리 없었다. 하물며 그토록 많은 곳을 다녀온 정우라면……

문고리를 잡은 손에 땀이 고였다. 정우가 나를 흘긋 보더니 놀란 목소리로 물었다.

왜 그래? 표정이 너무 안 좋아.

나는 그를 보았다. 창문을 지나온 빛 속에서 정우의 얼굴이 선명히 드러났다. 이마는 말갛고 치열도 골랐다. 머리카락에서는 좋은 향이 풍겼다. 평소에 내 넋을 빼놓던 그 모든 것이 지금은 위협처럼 느껴졌다. 정우는 언제 어디로든 갈 수 있다. 내 도움이 없어도 그렇다. 그 생각이 머리를 친 순간 나는 문고리를 놓았다. 뒷덜미로 차가운 땀이 흘렀다. 내가 말했다. 있지, 미안해. 정우가 물었다. 뭐가? 나는 웅얼거렸다.

네가 이렇게 진지하게 받아들일지 몰랐어.

정우는 오랫동안 나를 보다가 낮은 목소리로 물었다.

왜 이런 장난을 쳐?

나는 자개장에 등을 붙이고 발끝을 내려다보았다. 말들은 멋대로 튀어나왔다. 모르겠어. 그냥, 나도 자랑할 게 필요했나 봐. 정우가 말했다. 왜 자랑을 하려고 하는데. 그건 질문이 아니었으므로, 나는 어깨만 으쓱였다.

우습게도 방금 한 말 모두가 진심이라는 확신이 들었다. 그 감정들은 정우가 비밀을 말하고서부터 스멀스멀 피어올랐다. 감정들은 꼭 벌레 같은 생김새로, 파랗고 창백했으며 다리가 아주 많았다. 거기 달린 발들은 서로 아주 다른 자국을 남기며 걸어갔다. 어떤 건 정우에게 가장 예쁜 흔적을 남기길 바랐다. 또 다른 것은 있는 힘껏 정우를 상처 입히고자 했다. 끌어안는 동시에 마구 할퀴고 싶었다. 한 번에 가야 할 곳이 너무 많아 어지러웠다. 이런 상황에서 자개장을 열 수는 없었다.

고개를 들어 다시 정우를 마주 본 순간, 나는 내가 돌이킬 수 없는 일을 했음을 알았다. 언제나 그랬듯 내 실수가 무엇인지는 정확히 알 수 없었다. 일이 틀어진 것만은 확실했다. 머리가 차가워지고 귓속은 고요해졌다. 거의 다 왔다고 속삭이던 목소리도 사라졌다.

정우는 말했다. 그래, 그럼 이만 잘까.

나는 다시 침대에 누웠다. 바닥에 누운 정우의 숨소리를 들으며 천장을 보았다. 몇 달 전에도 이렇게 천장을 보았지. 옆에서는 엄마가 코를 골며 잠을 잤는데. 오래지 않은 과거인데도, 그때의 나와 지금의 내가 전혀 다른 사람인 양 느껴졌다. 나는 야비한 사람이 된 것이다. 자개장을 아무에게도 양보할 수 없는 사람이.

다음 날에는 평소보다 일찍 잠에서 깼다. 옆자리는 비어 있었다. 정우가 쓴 베개가 침대 위에 가지런히 올려져 있었다. 전화를 걸자 신호음만 지루하게 이어졌다. 다음 날도 마찬가지였다. 그다음 날도, 다음다음 날도 그랬다. 정우는 보이지 않았다. 일주일이 지났을 때 나는 그가 사라졌다는 사실을 깨달았다.

나는 학교를 샅샅이 뒤졌다. 몇 달 만에 학과 술자리에도 참가했다. 몇 주 새 슬쩍 서먹해진 친구들이 물었다. 웬일이야. 요새 이런 데 안 나왔잖아. 연락도 없고. 나는 슬며시 긴장한 얼굴의 여자애들을 보았다. 핑계를 댈 수는 있었다. 몸이 아팠다거나, 학점이 아슬아슬했다고. 가족에 문제가 있었다고도 말할 수 있었다. 어차피 나도 얘들도 소심한 촌뜨기들이니, 그런 대화가 지나고 나면 순식간에 서로 용서하고 이제 더 진득한 사이가 되었노라 선언할 터였다.

그러나 이번에도 입이 열리지 않았다. 나는 맥주를 들이켰다. 내가 말하려는 모든 게 거짓처럼 느껴졌다. 우선 정우를 찾아야 했다. 그래야만 정말로 하고 싶은 말을 해낼 수 있을 것이다. 먼저 왜 사라졌느냐고 묻겠다. 그날 그 순간이 끔찍했더라도, 조금 더 말을 나눌 수 있지 않았냐고. 그 후 덧붙이겠다. 나는 너랑 정말 잘해보고 싶어. 대체 잘한다는 게 뭔지는 모르겠지만, 우리가 그걸 해낼 수 있으리라 생각해.

나는 자리에서 일어나 술집을 둘러보았다. 익숙한 얼굴 둘이 눈에 띄었다. 나는 그들 가운데로 비집고 들어갔다. 비니를 쓴 선배와 안경을 쓴 선배가 눈을 치떴다. 나는 곧장 질문했다.

요새 정우 선배 어디에 있는지 아세요? 연락은 하시나요?

두 사람이 눈짓을 주고받았다. 나는 그들의 입가에 슬며시 떠오르는 미소를 보았다. 나는 알았다. 이제 곧 무안을 당할 터였다. 상관없었다. 몇 달 전이라면 몰라도, 지금은 그쯤이야 정말로 별것 아니었다. 비니 쪽이 말했다. 정우 휴학했을 건데. 내가 그를 빤히 쳐다보자 그가 한마디 더 덧붙였다.

걔는 원래 그래. 잘 사라져.

거기서 더 나올 말은 없어 보였다. 나는 고개를 끄덕이고 일어섰다. 안경 쪽이 물었다. 근데 왜? 걔가 돈이라도 빌렸어? 나는 멍하게 물었다. 돈을 빌렸냐고요? 그 말을 하자, 눈 안쪽이 순식간에 뜨거워졌다. 나는 얼른 자리를 떴다. 등을 훑는 눈길 몇 쌍이 느껴졌다.

이튿날부터 나는 다시 자개장에 들어갔다. 물병을 들고 운동화를 신은 채 문을 열었다. 정우와 함께 걸은 모든 곳으로 갔다. 서울의 동쪽부터 서쪽까지. 골목과 거리, 역과 정류장, 그 사이를 잇는 언덕과 강변을 맴돌았다. 가는 일이야 쉬웠으나 돌아오는 길은 어김없이 피로했다. 서울을 가로지르는 동안 발바닥은 부었고 발목은 삐걱댔다. 종아리가 찢어질 듯 저리면 길가에 주저앉아서 아 씨발, 중얼거렸다. 그렇다고 버스나 지하철을 탈 수는 없었다. 걷지 않으면, 걸어서 다니지 않는다면, 절대로 정우를 만날 수 없을 듯했다.

학교에서는 나와 정우가 어설프게 연애를 하다가 끝났다는 소문이 돌았다. 소문이 나고 지는 동안에도 정우는 보이지 않았다. 나는 매일 정우에게 전화를 걸고 문자를 보냈다. 답신은 없었다. 내게 전화를 거는 이는 엄마뿐이었다. 엄마는 여전히 같은 질문을 했다. 언제 올 거니. 나는 대답하지 않았다.

질문과 침묵이 오간 지 일주일쯤 지나자 엄마는 거의 울먹거렸다.

너 뭐가 문제니. 왜 이러는데.

그 순간에도 나는 자개장 앞에 서 있었다. 강 건너편, 말하며 문고리를 잡았다. 나도 모르게 정우와 갔던 강을 떠올린 모양이었다. 문 너머로 유리 파사드와 자동차 헤드라이트로 번쩍이는 강변이 나타났다. 아냐, 여긴 강 건너가 아니다. 나는 문틀을 붙잡은 채 물었다.

엄마, 대체 어떻게 해야지 강 건너로 갈 수 있어?

뭐라고?

나는 빠르게 말했다. 강 건너로 갈 방법을 모르겠다, 강을 건너도 그곳에 또다시 건너편이 있고, 그건 끝이 나지 않는다고. 그게 나를 미치게 만들어. 엄마는 도중에 내 말을 가로막았다.

너 지금 뭐 하는 거니?

이번에는 엄마도 빠르게 말했다. 내가 오랫동안 집에 오지 않았으며, 가족을 뒷전으로 여겼고, 책임을 진다는 약속을 전혀 지키지 않았다는 얘기였다. 목소리를 들으니 진심으로 화가 난 듯했다. 두렵지는 않았다. 엄마가 나와 마주하고 제대로 화를 쏟아내기 위해서는 네 시간 반 동안 버스와 전차를 타고 달려와야 했다. 그동안 분노는 차차 식을 테고 몸은 피로해질 것이다. 거기까지 생각이 미치자 엄마가 무엇에 화가 났는지 명확히 알 수 있었다. 화내지 마, 엄마. 내가 말했다.

지금 날 걱정하는 게 아니잖아. 자개장을 걱정하는 거지. 그냥 내가 이걸 마음대로 쓰는 게 싫은 거면서, 왜 다른 이유로 화가 난 척하는 거야.

뒤이어 엄마가 퍼부은 단어들은 잘 옮기기가 어렵다. 대부분이 생전 처음으로 들어본 말들이었다. 그것을 말이라고 해야 하나. 저주를 퍼부었거나 악을 썼다고 말하는 게 옳지 않을까. 그것들에 얻어맞자니 눈앞이 아찔했다. 자개장 안쪽의 강조차 희미해 보였다. 나는 문틀을 붙잡고 섰다. 무어라 반문하려던 순간, 엄마가 전화를 끊었다.

나는 자개장 문을 닫았다. 강이 사라졌다. 몇 초 후 다시 문을 열자 위쪽에 걸린 겉옷들 뒤로 꽉 막힌 벽이 보였다. 나는 장 안쪽으로 들어가 벽에 기대어 앉았다. 어깨를 둥글게 말고 양 무릎을 접자 겨우 누울 수 있었다. 몸을 비틀어가며 문 안쪽을 잡아당겼다. 쿵, 둔탁한 소리와 함께 문이 닫혔다. 세상은 검고 고요해졌다.

잠에서 깨어난 후에는 잠시 겁에 질렸다. 무엇도 보이지 않았다. 목덜미부터 꼬리뼈까지 믿을 수 없도록 아팠다. 입이 바싹 말랐고 콧속은 텁텁했다. 내가 지금 어디 있는 거지, 생각하며 몸을 비튼 순간 문이 텅 소리를 내며 열렸다. 나는 자개장 밖으로 쏟아져 나왔다. 세상이 뒤집히더니 뒤통수가 방바닥에 부딪혔다. 고통은 얼굴 안쪽을 한 바퀴 돌고 사라졌다.

나는 등 뒤로 더듬더듬 손을 넣어 엉덩이에 깔린 휴대전화를 빼냈다. 화면이 반짝였다. 새벽 3시 20분이었고, 부재중 전화 세 통과 문자 두 개가 찍혀 있었다. 모두 엄마가 보낸 것이었다. 정우의 이름은 없었다. 나는 순서대로 문자를 열었다.

네가 맞다.

자개장을 돌려줘.

나는 끙끙거리며 몸을 돌렸다. 자개장은 여전히 그 자리에 있었다. 어릴 적부터 봐오던 모습 그대로였다. 이것을 쓰던 사람들과는 달리, 장은 전혀 늙지 않았다. 모퉁이는 여전히 반듯했고 경첩도 부드럽게 움직였다. 자개로 그려진 동식물도 형형하게 빛났다. 증조할머니가 눈 오는 날 장을 지고 마당에 나간 날도, 할머니가 구두를 신고 문을 열어젖힌 때도, 엄마가 배낭을 메고 장 앞에 선 순간에도, 저들은 지금과 똑같은 눈으로 그들을 보았을 터였다. 어디로도 떠나지 않고, 그 자리에 서서.

종종 궁금했다. 증조할머니는 왜 이처럼 편리하고 다정한 물건을 버리려 했을까. 다른 이들이 비밀을 알까 무서웠나. 혹은 자기 자신조차 이걸 쓰는 게 두려웠던 걸까.

엄마가 쏟아부은 말들을 생각했다. 그간 몰랐으나, 엄마는 욕을 제대로 하는 사람이었다. 각 욕설의 용도를 제대로 활용했으며, 발음도 강세도 훌륭했다. 은혜도 모르는 년. 아까 엄마는 그렇게 말을 맺었다. 넌 그걸 타고 어디든 갈 수 있으니 내 마음은 전혀 모르겠지. 이 은혜도 모르는 년아. 사실 그 말들은 나를 좀 기쁘게 했다. 나는 아주 어리고 어디든 갈 수 있다. 그렇기에 누군가의 은혜에 개의치 않아도 되는 나날을 살고 있다. 내가 정우를 부러워하듯, 누군가는 나를 부러워한다는 사실이 좋았다. 내 마음에만 바닥이 있는 게 아니라는 사실도 기뻤다.

나는 부재중 전화를 눌렀다. 신호음이 두 번 정도 흘렀다. 엄마는 바로 전화를 받았다. 잠들었던 목소리가 아니었다. 엄마가 사과의 말 비슷한 걸 시작하려는 찰나, 내가 순서를 낚아챘다.

지금까지 제일 멀리 다녀온 곳이 어디야?

뭐라고?

엄마가 자개장으로 가장 멀리 간 곳이 어디냐고. 궁금해.

엄마가 길게 숨을 토해냈다. 그 질문을 오래도록 기다린 사람 같았다. 어디냐면. 엄마가 더듬거렸다. 거기가 어디냐면. 나는 기다렸다. 정우 덕분에 누군가의 말을 기다리는 솜씨만은 늘었다.

……타클라마칸 사막. 거기가 가장 멀었어.

그게 어디야?

사막이야. 중앙아시아에 있고. 거기서 부는 모래바람이 미국까지 간다.

중앙아시아라. 생각보다 가깝네.

가깝다고?

아시아라며. 난 생각보다 더 멀리 갔을 줄 알았지. 남극이라거나.

너 타클라마칸이 무슨 뜻인지는 아니.

몰라요.

위구르어야. 들어가면 나올 수 없다, 는 뜻이고.

들어가면 나올 수 없는데 어떻게 나왔어. 내가 묻자 엄마가 소리 내어 웃었다. 말로 하기에는 너무 긴 이야기라고 했다. 나는 유리잔에 물과 얼음을 가득 따른 뒤 침대에 앉았다. 괜찮

아. 나 시간 많아. 내가 말하자 엄마는 물었다. 그럼 건너올래? 이번에는 내 쪽이 웃었다. 지금이 좋아. 엄마는 더 권하지 않았다. 대신 잠긴 목소리로 이야기했다. 왜 그 사막에, 모래바람이 종일 불어 매 순간 지형이 바뀌는 사막에 들어갔는지, 또 어떻게 그곳에서 아주 멀리 걸어와 우리를 만났는지를.

실제로 그것은 아주 긴 이야기였다.

나는 자개장 앞에 섰다. 언제나 그랬듯이 달을 마주 보고 눈을 가늘게 떴다. 깊은 물속에 잠긴 듯 흔들리는 얼굴 역시 닳도록 본 것이었다. 엄마도, 엄마의 엄마도, 엄마의 엄마의 엄마도 이 얼굴과 마주했을 터였다.

엄마는 말했다. 예전에 너더러 자개장을 쓸 때는 꼭 돌아올 거리를 염두에 둬야 한다고 말했지. 사실 그건 거짓말이야. 돌아올 길을 생각하면 자개장을 제대로 쓸 수 없어. 오히려 그걸 전혀 개의치 않아야만 자개장을 제대로 쓸 수 있다. 누구한테도 이 말은 하지 않았어. 그게 나를 떠날 방법으로 쓰일까 봐 무서웠기 때문이야. 너희도 빠져나올 수 없는 곳으로 들어갈까 봐.

사막으로 간 여자가 바로 그렇게 사람들을 떠났노라고 했다. 이야기 속 여자는 아주 낯선 사람처럼 느껴졌다. 그는 너무 어리고 약했으며 그래서인지 원하는 게 많았다. 언제나 손에 쥘 수 없는 것을 바랐기에, 자신이 든 것은 무척 가볍거나 무겁게 느꼈다. 결국 그는 모든 걸 뒷전에 둔 채로 자개장에 들어섰다. 돌아올 거리는 재지 않았다. 애초 돌아온다는 생각조차 없었다. 사막에 발을 디딘 후에야 그는 뒤를 돌아보았다. 텅 빈 땅이 보였다. 바람에 따라 매 순간 제 모습을 바꾸는 땅이었다. 여자는 자신이 집으로부터 아주 멀리 왔으며, 이제 앞에 놓인 길은 한 갈래뿐이라는 사실을 깨달았다.

엄마는 말했다. 나는 선택했어. 그래서 너희를 만난 거야.

날이 밝고 있었다. 새벽의 분홍빛이 방 안을 적셨다. 나는 눈을 비볐다. 자개 달 안에 담긴 얼굴은 모르는 새 무척 늙어 있었다. 한때 정우도 이 거울 속에 담겼었지. 그 얼굴에 깃든 설렘을 잠시 보았다. 그때 문을 열었다면 우리는 아주 많은 곳에 갈 수 있었을지도 모른다. 아니, 사실은 그럴 필요도 없었다. 어디에 가지 않더라도 좋았다. 정우와 함께 있는 것만으로도 어떤 장소가 만들어졌다. 나는 그곳이 괜찮았다. 그곳이 아주 넓어졌으면 했다. 그러나 더는 거기에 갈 수 없다. 내게는 하나의 갈림길만 남았다. 한때 엄마가 앞둔 것과 같은 길이었다. 돌아가거나, 혹은 아주 멀리 가거나.

바닥에 놓아둔 유리잔에서 얼음이 녹아내렸다. 달그락거리는 소리는 일련의 신호 같았다. 나는 자개장의 문을 열었다. 차가운 바람이 이마와 뺨에 스몄다. 물 냄새가 났다. 몸을 안으로 뻗자 눈 쌓인 응달이 보였다. 그렇다면 저곳은 겨울이구나, 생각하며 자개장 안으로 들어섰다.

처음에는 얇은 천이 깔린 바닥이 밟혔다. 자개장 양옆에 걸린 겉옷이 눈앞을 가렸다. 옷들을 옆으로 밀자 전연 다른 세상이 보였다. 녹슨 가로등이 연한 빛깔의 보도블록을 비추고 있었다. 털모자를 쓴 사람들이 그 위를 지나갔다. 뒤돌아보면 내 방이 그대로 있었다. 바닥에서는 얼음이 녹고, 이불 위로 볕이 스몄다. 거의 다 왔어. 안쪽에서 누군가 말했다.

나는 어깨를 스치는 과 점퍼를 옷걸이에서 벗겨내 앞으로 던졌다. 점퍼는 가로등 아래 떨어졌다. 이번에는 내가 던져질 차례였다. 다음 걸음을 내딛는 순간 나는 내가 아주 넓은 강을 건너고 있음을 알았다. 내 위의 여자들은 이것이 아주 위험한 일임을 진작부터 알고 있었지. 그런데도 다들 이곳을 지나왔다.

맨발이 얼어붙은 보도에 닿은 순간 나는 다시 고개를 돌렸다. 앞뒤로 펼쳐진 것은 낯선 거리뿐이었다. 내 방도 얼음도 서울도 없었다. 나는 또다시 아주 낯선 땅으로 건너온 것이다. 이번에는 나 혼자서.

담벼락에 등을 기댄 채 지나가는 이들을 보았다. 품에 안은 점퍼의 온기가 서서히 식을 때까지 기다렸다. 붉은 모자를 쓴 사람 하나가 다가와 무어라 말을 걸었다. 알 수 없는 말이라 그냥 고개를 흔들었다. 모자를 쓴 사람은 눈썹을 꿈틀거리고 머리를 긁적였다. 그는 담 뒤쪽으로 사라지더니 10여 분 뒤에 다시 나타났다. 이번에도 역시 내가 모르는 말로 소리치면서, 발아래에 무언가 놔두고 사라졌다. 슬리퍼였다.

지금도 종종 생각한다. 내가 정말로 그 모든 걸 경험했던가? 유난히 빨리 움직이던 구름 아래 얼음처럼 서 있던 흰 벽들, 안에 둘러싸인 무수한 집과 얼굴들……. 그들은 나와 전혀 다른 피부와 털 색을 갖고 있었다. 때로는 당황스러울 만큼 큰 호의를, 어떤 순간에는 느닷없는 적의를 보여주었다. 내가 거기서 무얼 봤는지, 누구를 만났고 또 어떤 대화를 나누었는지 아는 사람은 나뿐이다. 내가 소리 내어 말하지 않으면 모든 것은 누구도 모르는 자리에 남게 된다. 그걸 안 후에야 나는 비밀에 대하여 조금 이해하게 되었다. 내 방에 모인 이들이 끝내 말하지 않던 비밀에 대해 생각했다. 그 비밀들이 얼마나 오래 홀로 있었을지도.

첫 슬리퍼가 끊어진 날에 엄마에게 전화를 걸었다. 신호음이 가는 내내 손톱을 물어뜯었다. 무슨 말을 할지, 또 엄마의 질문과 질타에 어떻게 반응할지 준비했다.

막상 엄마는 아주 침착하게 전화를 받았다.

정말로 걱정했어.

미안해.

네 아빠는 종일 울더라. 우리 집안은 어쩔 수 없다고, 몇 번이나 달랬는지 몰라.

나는 한참 수화기만 만지작거리다가 말했다. 그래서, 자개장은 어떻게 됐어? 엄마는 픽 웃더니 자개장은 무사하다고 말했다. 여전히 내 자취방에 있고 잘 확인하고 왔노라고.

아. 엄마가 문득 외쳤다. 그런데 너희 집에 편지가 하나 와 있더라.

몸 안에서 무언가 둔중한 소리와 함께 떨어졌다. 누가 보낸 건데? 내가 묻자, 엄마는 모르겠다고 말했다. 발신인 칸에는 아무런 표시도 없었다고. 다만 내 이름만은 친필로 또박또박 적어둔 것이, 아마도 직접 편지를 놓고 간 것 같더랬다.

나는 입술을 깨물고 허벅지를 꼬집었다. 당장 돌아가겠다 말하지 않으려 갖은 애를 썼다. 나는 갈라진 목소리로 물었다. 그 편지는 어디에 뒀어? 혹시 열어봤어? 엄마는 이번에는 큰 소리로 웃더니 말했다. 걱정 마, 안 봤으니까. 편지는 자개장 안에 뒀다. 그러고서는 어쩔 수 없었는지 떨리는 목소리로 덧붙였다. 집 계약 끝나기 전에는 돌아와. 제발 몸조심하고.

전화를 끊은 뒤에도 나는 한참 앉아 있었다. 홀로 남은 비밀들은 어디로 가는지 생각했다. 한 가지는 확실했다. 그들은 사라지지 않을 터였다. 어딘가에 쌓여서 누가 그걸 제대로 읽고 받아치기 전까지는 거기 있을 테다. 나는 창밖을 보았다. 빠르게 흐르는 하늘 아래 쌓인 무수한 편지들을 생각하니 현기증이 일었다. 비틀대며 일어나 새 신발을 신었다. 끈이 질긴 슬리퍼였다.

그 순간 나는 내가 아주 먼 곳으로 가게 되리란 사실을 알았다. 가장 먼 길로 가다 보면 언젠가 다시 자개장 앞에 설 것이란 사실도. 그때까지 편지는 자개장 속에 놓여 있을 터였다. 시간이 흘러도 움직이지 않고 제 몸 위로 먼지를 쌓으면서 그 자리를 지킬 것이다. 자개장이 그들을 붙들 테니까. 무언가 떠나지 않도록 보존하는 것. 자개장에는 그런 용도도 있다.

✻ 본 소설은 '연희문학창작촌'에서 일부 집필한 것입니다.

저 외로운 궤도 위에서

이하진

유진은 오늘도 방호복과 전면형 면체를 착용한 채 부양형 컨테이너에 물류를 싣고 정지 궤도 콜로니로 향하는 적도 우주 엘리베이터로 향했다.

길을 따라 바닥에 놓인 전자석이 컨테이너를 부양하는 저음이 공간을 가득 채웠다. 자기력으로 부상한 컨테이너는 무게가 톤의 단위에 달한다고는 보이지 않을 만큼 가볍게 유진의 손에 이끌려 미끄러지듯 길을 나아갔다.

그것이 아무리 가볍더라도, 사람이 할 일은 아니었지만 말이다.

유진이 일하는 배큠라인의 콜로니 배송 기사의 3할은 인간이 아닌 로봇이었다. 이것도 다른 물류 업계에 비하면 높은 비율이었지만, 원칙적으론 터무니없다. 어느 연구소에서 유출된 생화학병기라는 모종의 바이러스가 전 세계 인구의 절반을 죽인 전염병 시대에 어디서 어떻게 온 줄도 모르는 택배를 배송하는 일은 심각한 감염 부담을 안고 있었다. 전문적인 소독을 거치지 않은 택배는 그저 개봉하는 것만으로도 치명적으로 위험했고, 세태에 맞추어 진공 소독형 포장 배송을 지원하는 배큠라인의 배송 시스템에도 불구하고 전염병의 원천적인 차단은 불가능했다. 때문에 바이러스가 없는 청정 지역인 궤도 콜로니로 향하는 배송은 원칙적으로 전량 로봇에 의존해야 했다.

하지만 실태는, 지금 보이는 바와 같았다. 이유는 간단했다. 기계보다 사람의 노동력이 저렴했기 때문이었다. 혹여 기계가 상하기라도 하면 어쩌냐는 기업식 자본 논리였다. 그러거나 말거나 어떤 사람들은 생계를 유지하기 위해선 당장 주어진 물류를 배송해야 했고, 그중 하나가 유진이었다.

어차피 전부 SP-2202 콜로니로 향하는 물류일 터였지만, 유진은 컨테이너에 올라 재차 행선지를 확인했다. 최근 물류가 대부분 그러했듯 비슷한 태그를 달고 있었다.

- 경유지: 배큠라인 제1터미널
- 도착지: SP-2202 기억 공원 앞 천막

유진은 한숨을 쉬며 태그를 살피던 고개를 들며 허리를 폈다.

그리고 천장을 뒤덮은 유리창 너머로, 흐릿하게 뻗은 우주 엘리베이터 끝 어딘가를 바라보았다. 굵고 검은 용처럼 보이는 인공의 풍경은 몇 번을 봐도 이질적이었다. 이 검은 용의 머리엔 사고로 반파되어 이제는 기억 공원이 되어버린 그 SP-2202 정지 궤도 콜로니가 있을 터였다.

*

"무슨 일이시죠?"

유진은 좀처럼 긴장을 가라앉히지 못한 채 제1터미널 관리자 앞에 앉으며 물었다. 관리자는 전면형 면체를 위로 젖혀 올리더니 테이블 위의 커피를 빨대로 한 모금 마셨다. 그는 면체를 다시 내리곤 자세를 고쳐앉으며 유진에게 눈을 맞추었다.

"자네가 기억 공원 쪽 주간 배송 담당이었지?"

유진은 기억 공원이라는 단어에 일순 느낀 껄끄러움을 참으며 답했다.

"네, 그렇죠."

"거기 무슨 일이 있는지는 알지?"

"자세히는 모릅니다."

"그래, 괜찮아. 파업 중인 건 알겠지? 그 기억 공원 직원들."

"전부 파업 중이었죠."

"그 정도 알면 됐어."

"요즘 물류 대부분이 거기 파업 농성장으로 가는 겁니다."

관리자는 유진의 말을 듣자마자 기다렸다는 듯 깍지를 끼며 자세를 낮췄다.

"그거 말이야. 그거 때문에 만나자고 한 거야."

"예?"

"어디서부터 얘길 해야 할까. 그 기억 공원, 이름이 원래 뭐였냐. SP 다시 이천몇? 자세히는 기억 안 나네. 어쨌든 거기 옛날에 충돌 사고 났었잖아."

유진은 울렁거리는 속을 참으며 가까스로 고개를 끄덕였다.

"다른 콜로니랑 쾅, 하고. 그래서 그거 사고 기억하겠다고 기억 공원 된 거고."

"……그렇죠."

"근데 문제는 그때 거기 기능이 거의 다 망가져버렸다는 거야. 그때 나선 게 성림이었지. 기억 공원 관리를 도맡겠다며 나

서서 그쪽에 각종 생필품이며 음식이며 다 지원해주기 시작한 거야. 아무도 안 살게 된 곳에 체계적으로 관리할 사람도 뽑아서 넣었어. 그래서 조금이지만 다시 거기에 사는 사람들도 생겼고. 하여튼 그렇게 잘 운영되고 있었는데, 갑자기 거기 일하는 사람들이 전부 파업을 했네?"

유진은 말없이 고갯짓으로만 경청의 의사를 표했다. 속이 울렁거리는 게 당장이라도 화장실에 가서 변기에 머리를 박아버리고 싶었다.

"그래서 성림은 지원을 끊기로 했지. 걔넨 노조도 괴멸 수준이라 그것만으로도 쉽게 압박할 수 있거든. 그런데 그 파업에 연대한다는 지구 쪽 시민단체가 구호 물품을 보내기 시작했어. 거기 물품 자립 안 되는 거 알면서 어떻게 그런 결정을 할 수 있냐고. 근데 그건 알 바 아니고."

관리자는 깍지 낀 손을 풀며 면체를 올렸다. 그는 커피를 다시 한 모금 마신 뒤 면체를 내리며 대화를 이어나갔다.

"배큠라인 모회사는 알지?"

관리자는 불온한 의중으로 물어왔다.

"……성림이죠."

"맞아. 그럼 어떨 것 같아?"

유진은 맥락으로부터 악의 없는 악의를 읽고 눈썹을 꿈틀거렸다. 관리자는 그 표정의 의미를 알아챈 듯 코웃음 치며 고개를 끄덕였다.

"알지, 이상한 거. 구호 물품 배송도 끊으란다. 근데 어쩌겠어. 윗분들이 그러는데. 야간 담당한테는 이미 말해놨어. 내일부터 제1터미널로 오는 구호 물품은 전부 반송될 거야. 우리가 다 걸러내긴 할 건데, 혹시 보이면 보내지 말고 그냥 터미널에 남겨서 반송시켜. 요즘 대부분이 그거였다며. 일 줄고 좋겠네."

"그럼 거기 사람들은요?"

"몰라. 어떻게든 되겠지. 우리가 신경 쓸 건 아니야. 정 쫄리면 파업을 그만두든지. 생각해보면 괘씸하잖아? 먹여주고 재워주는 게 누군데 파업을 왜 해? 거긴 바이러스도 없고 이런거추장스러운 거 입을 일도 없잖아. 복에 겨웠지 아주."

관리자는 방호복을 단단히 껴입은 모습을 보라는 듯 양손으로 자신을 가리키며 말했다. 유진은 "하하, 그렇죠"라며 진심 없는 반응으로 상관의 비위를 맞췄다.

"그런데 이참에 기억 공원 그냥 없애버려도 되지 않나? 성림은 그러고 싶어 하는 걸로 보이더라. 어차피 반쯤 박살 난거, 이제는 찾아오는 사람들도 별로 없는데. 기억할 사람들은 알아서 하겠지. 벌써 10년이야. 아무도 신경 안 써. 관광지로도 영 쓸데없고, 차라리 놀러 갈 거면 다른 콜로니로 가고 말지. 어휴. 성림도 이거 돈 될 줄 알고 관리하겠다 했을 텐데 돈도 안 되고."

"……누군가에겐 각별하겠죠."

"그게 누군지는 몰라도 과거에 갇힌 안타까운 사람이라고 생각해. 아무튼, 이 말 하려고 왔다. 시간도 늦었는데 들어가봐."

관리자는 가볍게 웃으며 그만 일어나보라는 듯 손짓했다. 유진은 인사한 뒤 카페를 나와 그대로 기숙사 1층 로비의 공용 화장실로 들어갔다. 가장 가까운 칸에 들어가 문을 잠그자마자 면체를 집어 던지고 주저앉아 변기에 얼굴을 박았다. 먹은 것도 없는 속을 게워 위액을 마주하고 화장실 벽에 기대 힘없이 늘어졌다. 방호복을 더듬어 주머니의 지퍼를 열고 휴대전화의 배경화면을 바라보았다. 자신이 찍혀 있는 가족사진 위, 위젯으로 덧대어진 'Remember 2044' 위로 유진의 눈물이 한 방울 떨어졌다. 유진은 휴대전화를 품에 꼭 쥔 채 아무도 없는 화장실에서 이제는 아무도 기억하지 않는 참사를 기억했다.

마땅히 로봇으로 대체되어야 했음에도 유진이 고용된 그 자리는 사실 아무도 원하지 않는 자리였다. 그곳에 지원한 사람은 유진 한 명뿐이었다.

그것이 바로 이 열악한 환경 속에서 유진이 SP-2202 담당의 인간 배송 기사로 자원하여 남아 있는 유일한 이유였다. 그것이 유진이 참사를 기억하는 방법이었다.

*

유진은 기숙사에 들어오자마자 일회용 싸구려 방호복을 쓰레기통에 처박고 바닥에 주저앉았다. 천연덕스럽게 '그건 별게 아니다'라고 말하는 관리자의 얼굴에 주먹을 날렸어야 했을까 후회도 해봤지만 그래서는 더 이상 SP-2202에 갈 수 없게 될지도 몰랐다. 우주 시대의 시작이었던 초기 우주여행은 표가 몇백억에 달하지 않았는가. 아직도 일반적인 서민에게 궤도 콜로니로 가는 게 쉬운 일은 아니었다. 그런 사치스러운 공간에 기억 공원을 조성한다는 것 자체가 억지일지 몰랐지만, 유진을 비롯한 유가족들은 그곳이 보존되길 원했다. 우리가 그곳에 있었다고 증명되길 바랐다. 추억의 공간이 그런 일로 망쳐지길 바라지 않았다. 그곳에서 사람이 또 말라 죽어가는 일은 절대로 바라지 않았다.

무엇 때문에 그들은 파업을 강행했는가? 성림은 대체 왜 물자 지원을 끊으면서까지 파업을 반대하고 사람을 죽이려 드는 건지 이해가 되지 않았다. 아무렇게나 던져둔 휴대전화를 가져와 무작정 검색을 시작했다. 한 달이 넘게 이어진 파업이었음에도 협의에 대한 기사는 하나도 보이지 않았다. 몇 되지 않는 기사들에서 파업 사유를 찾을 수 있었다. 단 두 개의 이유, 그 이상 그 이하도 보이지 않았다.

휴게 시간 보장, 노동 환경 개선.

얼마 되지 않는 기사를 전부 훑어봐도 그들의 파업 사유는 그들이 받은 부당한 대우에 비하면 너무나 소박한 것이었다. 유진은 문득 자신의 처지가 떠올랐다. 기계보다 싸다는 이유로, 언제든지 대체 가능하다는 이유로 고용된 사람들이 기업에 어떤 가치가 있을지.

유진은 제 안의 무언가가 무너진 것만 같은 느낌에 저도 모르게 헛웃음을 흘렸다.

관리자가 시민단체의 물류를 거절하겠다고 일방적으로 통보한 뒤 2주간은 정말로 제1터미널에서 기억 공원의 농성장으로 향하는 물류를 찾아볼 수 없었다. 남은 물류라곤 기억 공원

종사 거주자를 제외한 극소수의 SP-2202 거주자에게 향하는 물류 한 줌뿐이었다. 줄어든 작업량에 유진은 한숨 돌리기도 했지만, SP-2202에 갈 때마다 그곳 사람들과 눈을 마주칠 수 없었다. 파업하는 이들 중 몇몇이 유진에게 다가와 "정말로 배큠라인이 구호 물품 배송을 끊었느냐"라고 물을 때마다 유진은 그렇다는 기계적인 답변밖엔 할 수 없었다.

농성장에서 빵 한 개를 세 명이서 나눠 먹는 모습을 본 날이었다. 성림은 여전히 협상 의지가 없어 보였다. 유진은 파업에 연대하는 시민단체의 연락처를 찾아보았다. 상황에 맞춰 급하게 만들어진 조직이어서 그런지 연락처를 찾는 게 쉽지 않았다. 아무리 뒤져봐도 단체가 운영하는 SNS밖엔 찾을 수 없었고, 결국 유진은 평소 하지도 않던 SNS 계정을 만들어 단체의 계정에 다이렉트 메시지를 보냈다.

[안녕하세요.]

[SP-2202 콜로니 물류 배송을 담당하는 배큠라인 배송 기사 박유진입니다.]

유진은 사원증 사진까지 찍어 보낸 후 쓸데없는 짓을 하는 건 아닌지 마음에 걸려 괜히 목 뒤를 긁적였다.

[부끄럽게도 최근에야 기억 공원 분들의 파업 이유를 알게

되었습니다. 그리고 성림은 고작 그것 때문에 합의도 없이 지원조차 끊어버렸고요.]

그리고 다음 문장을 몇 차례 쓰고 지우길 반복했다. 마침내 전송을 누르는 순간, 정체되어 있던 메시지는 모두 '읽음' 표시로 바뀌었다.

[도움 드릴 방법이 없을까 싶어 연락드립니다.]

마찬가지로 '읽음' 표시된 자신의 마지막 메시지를 보며 유진은 작은 불안을 곱씹었다. 필요 없다고 하면 어쩌지? 괜한 오지랖이 아닐까?

하지만 궤도 콜로니마다 전담 배송 기사—그게 사람이든 로봇이든 간에—가 붙은 데에는 이유가 있었다. 대다수의 콜로니가 자체 시설로는 자원 자급과 독립이 불가능했다. 특히 콜로니 간 충돌 사고로 기능을 대부분 손실한 SP-2202 같은 콜로니라면 그 상황은 더욱 심각했다.

얼마 뒤, 상대방이 메시지를 입력하고 있다는 알림 한 줄이 작게 띄워졌다. 유진은 괜히 손끝을 꼼지락거리며 화면 너머의 누군가가 답장을 입력하길 기다렸다.

[안녕하세요.]

상대방은 여전히 연이어 메시지를 입력하고 있었다. 유진은 답장을 덧붙일까 하다가 다음 메시지를 온전히 기다리기로 했다.

[연대의 뜻 밝혀주셔서 감사합니다. 마침 저희도 방법을 찾고 있던 참이었는데, 도움을 주실 수 있을까요?]

어떻게, 그것이 가장 큰 문제였다. 유진은 대책을 생각하지 않은 채 보냈던 메시지를 잠시간 후회하며 상황을 해결할 시스템의 허점을 떠올렸다.

관리자는 분명 제1터미널 담당이었고 그의 지시 역시 제1터미널로 한정되어 있었다. 시민단체의 물류는 대형 화물로 분류되어 있었다. 그렇다면,

유진으로선 그것이 정말 가능할지 확신할 수 없었다. 하지만 시도하지 않는 것보단 나을 터였다. 유진은 조심스럽게 생각을 활자로 다듬어 입력창에 적었고, 마침내 전송 버튼을 눌렀다.

[경유지를 배큠라인 제2터미널로 해주시겠어요? 원칙상 제2터미널은 소량 물류만 받도록 되어 있긴 한데, 감시 피하려면 그쪽이 용이해서요. 물품은 소분해주시고요. 그리고 발신인 이름을 시민단체로 하지 말아주시고, 수령인을 저로 해주세요.]

　그날 이후로 유진은 출근길마다 일부러 제2터미널을 경유했다. 메시지를 보낸 뒤 며칠 뒤, 유진은 드디어 자신에게 도착한 여러 개의 물류를 찾아볼 수 있었다. 보낸 이의 이름은 다양했다. 정황상 시민단체에서 개인 명의로 소분하여 보낸 것으로 보였다.

　유진은 제1터미널에서 자신의 컨테이너를 끌고 와 제2터미널의 물류를 차근차근 실었다. 어차피 항상 하는 일이었으므로 신경 쓰는 사람은 없었다. 좋아, 이대로만. 유진은 적지 않은 물류를 모두 컨테이너에 실은 뒤 전자석이 달린 바닥 라인을 따라 컨테이너를 끌고 제1터미널로 돌아왔다.

　곧바로 유진은 지상에서 궤도 콜로니로 향하는 상행 엘리베이터에 탑승 카드를 찍었다. 잠시 후 도착한다는 안내문이 전광판에 띄워졌고 유진은 손잡이를 의미 없이 쥐락펴락하며 시간을 보내고 있었다. 그때 이어폰에서 전화 착신음이 들려왔다. 유진은 방호복을 더듬어 이어폰의 버튼을 눌러 전화를 받았다. 이어폰 너머에서 다급한 목소리가 들려왔다.

"안녕하세요. 혹시 택배 보내셨나요?"

"누구시죠?"

"기억 공원 노동자 연대 시민단체의 이현재입니다. 저희 택배 지금 어떻게 되어 있나요?"

이현재. 분명 제2터미널의 물류에서 봤던 이름이었다. 급히 인사를 마치자마자 다시 택배의 상태를 묻는 그의 목소리엔 시급함이 묻어났다.

"지금 보내려는 길입니다. 무슨 일이시죠?"

"보내지 마세요."

유진은 예상치 못한 대답에 말문이 막혔다.

"대뜸 무슨 말이에요? 누구보다 잘 아시잖아요. 저 위에 꼭 보내야 한다는 거."

"방금 내부자 제보가 있었는데, 포장 절차가 잘못됐대요. 일부 택배에 소독 포장이 안 된 것 같아요. 1차 소독이요."

"그럴 리가요. 배큠라인이……"

유진은 순간 떠오른 생각에 말을 멈췄다.

완전 무균 상태의 궤도 콜로니로 보내지는 택배들은 배큠라인을 비롯한 특수 택배 서비스사의 클린룸에서 직원에게 직접 봉입되어야만 했다. 하지만 기업이 그 과정에 적극적으로 관여하고자 한다면 치명적인 바이러스에 택배를 노출시키는 데에 어려움은 없을 터였다. 시민단체를 뒷조사해서 그 단체원의 정보를 얻어낸 뒤, 그들의 택배만 일부러 포장을 피한 걸까? 그렇게 콜로니를 바이러스에 노출시킨다면 배큠라인 역시 책임을 피할 수 없을 텐데, 어쩌자고 이러는지 알 수 없었다. 하나 유력한 가능성이 있긴 있었다. 유지 비용보다 그 책임이 더 가벼울 경우. 유진은 배큠라인과 성림의 빌어먹을 기업 논리에 넌더리가 났다. 심장이 녹아내려 무겁게 가라앉는 듯했고 머리는 현기증에 죄어왔다.

"……보세요? 여보세요?"

"……네. 듣고 있습니다."

"저희가 방법을 찾아볼게요. 바이러스를 그곳에 보낼 수는 없어요."

"하지만 벌써 2주째예요."

물자가 끊긴 지 2주를 막 넘긴 오늘이 지나면 짧은 연휴가 시작된다. 그 시기 동안 배큠라인은 새로운 물류를 받지 않을 것이고, 결과적으로 오늘이 아니라면 기억 공원의 사람들에게 구호 물품을 전달할 길이 없었다. 정말 누군가 죽을지도 모르는 상황이었다.

"그렇지만 방법이 없어요. 저도 이 상황이 너무 끔찍합니다."

그는 그렇게 말한 뒤 한숨을 내쉬었다.

유진은 부양형 컨테이너의 손잡이를 붙잡은 채 엘리베이터의 계기판을 바라보았다. 오렌지색 LED에 '하강 중'이라는 글자가 띄워져 있었다. 길어봤자 1분 뒤면 엘리베이터는 지상에 도착한다. 한번 카드키를 댄 이상 '유진은 엘리베이터에 화물을 싣고 탑승할 것이다'라는 정보가 배큠라인으로 전송되었기 때문에 탑승을 무를 수는 없었다. 탑승하지 않는다 한들 할수 있는 일이 없었다. 적도 엘리베이터와 연결된 제1터미널에는 소독 봉입 과정에 필요한 클린룸이 설치되어 있지 않았다. 반송한다고 하면 저 궤도 위에 있을 사람들은 또 어떡하고? 물자 공급을 중단함으로써 노사 합의 없이 파업이 종결되는 것은 바로 성림이, 배큠라인이 바라던 바였다.

어느덧 엘리베이터는 도착을 앞두고 있었다. 진퇴양난에 몰린 유진은 계속 생각했다. 정말 방법이 없을까? 그는 평소 방호복에 소지하고 다니는 물건들의 리스트를 떠올렸고, 그중에 커터칼이 있다는 것을 깨달은 뒤 끊어지지 않은 전화에 대고 말했다.

"방법이 있어요. 전부는 불가능하겠지만, 일부는 보낼 수 있어요."

"정말요?"

"소독실을 이용하면 돼요. 그곳에서 가능한 한 많은 상자를 소독시킨 뒤 기억 공원으로 보내면 돼요."

고전적인 종소리와 함께 엘리베이터의 문이 열렸다. 유진은 엘리베이터가 도착했으니 이만 끊겠다는 말과 함께 이어폰의 버튼을 눌러 통화를 종료했다.

유진은 컨테이너를 끌고 엘리베이터에 탑승했다. 그리고 계획을 점검했다. 먼저 소독실에 도착하면 컨테이너에 소독가스 배관을 연결하지 않고 그대로 열어젖힌다. 그리고 박스를 전부 바닥에 늘어놓은 다음, 커터칼로 개봉한다. 그러면 소독가스가 물건으로 스밀 테고, 바이러스는 대부분 사멸할 것이다. 열린 공간에서 개봉한다면 물건에 잔재한 소독가스 역시 문제없이 공기 중에 희석될 터였다.

그야말로 택배 기사가 인간이었기에 할 수 있는 일이었다. 기억 공원을 완벽하게 고립시키길 바랐다면 진작에 권고대로 위험 직군엔 로봇이나 썼어야지. 돈을 아끼겠다며 사람을 가볍게 다루는 곳이 결국 사람 때문에 뜻하지 않은 결과를 마주하게 될 생각에 유진은 헛웃음이 나올 것만 같았다.

망할 놈들. 유진은 혼자뿐인 엘리베이터 안에서 작게 읊조렸다. 예나 지금이나 그놈의 자본 논리는 사람을 죽였다. 그 안일함이 참사를 일으키고 나서도 사람들은 바뀔 줄을 몰랐다. 오늘날에도 또다시 사람은 죽어가고 있었다.

그러니 값싸다는 이유로 고용된 불명예스러운 인간으로서 기계는 하지 못할 일을 행해주어야겠다고, 유진은 컨테이너 손잡이를 꾹 쥐며 생각했다.

＊

"2차 소독 절차를 진행해주세요. 진행하지 않을 시, 10분 내로 소독 절차가 강제 진행됩니다."

유진은 소독실에 도착하자마자 들려오는 소독 절차 안내를 무시한 채 부양형 컨테이너를 열어젖혔다. 밀봉 상태 비정상 해제를 알리는 버저음이 소독실에 가득 찼지만, 유진은 개의치 않고 그 속에 있는 화물 중 자신에게 왔던 것들을 모두 고르게 내려놓기 시작했다. 결국 외로운 곳으로 향하고 마는 마음처럼 어느 하나 가벼운 것이 없었다. 무거움을 잊고 저 궤도 위의 사람들을 생각하며 컨테이너에서 적지 않은 상자들을 최대한 꺼내 바닥에 늘어놓았다.

"10분이 경과되어 소독 절차가 진행됩니다."

이내 모든 문이 닫히고 실내가 밀폐 상태에 돌입함을 알리는 안내음이 울렸다. 유진은 방호복의 차폐 상태를 확인하며 면체와 연결된 등 뒤의 산소 탱크 밸브를 열었다. 치익, 하는 산소 유입음과 함께 소독실에는 소독을 위한 유독가스가 들어찼다.

"안녕 루시, 5분 타이머 시작해줘. 30초 간격으로 남은 시간 알려주고."

유진은 휴대전화의 인공지능을 호출하여 소독기가 작동하는 시간 동안의 타이머를 맞췄다.

평소의 유진이라면 지금부터 팔을 벌린 채 가만히 호흡을 가다듬었겠지만 지금은 그럴 수 없었다. 유진은 주머니에서 커터칼을 꺼내어 늘어놓은 상자들에 붙은 테이프를 난도질하기 시작했다. 몇 개나 개봉할 수 있을지 모를 일이었다. 땀이 관자놀이를 타고 흘렀고 거친 숨소리가 귓가를 스쳤다. 얼굴 전면을 덮은 면체가 날숨으로 뿌옇게 변해갈수록 입을 벌린 상자의 개수는 늘어갔다.

소독의 위력은 생물 위해성에 비례했다. 유독가스는 애초에 노동자가 로봇으로 대체되어야 할 만큼 지독하여 소독 기제가 작동되는 시간만큼은 노동자의 활동을 권장하지 않았다. 활동으로 인해 발생하는 밀폐 상태의 해제가 유독가스의 유입을 초래했기 때문이다. 유진은 쉴 새 없이 몸을 움직이며 면체와 방호복 사이 공간의 피부가 드문드문 따가운 것을 느꼈다. 내가 왜 이러고 있지? 뭘 위해서? 이렇게까지 해야 할 일이었을까? 곧이어 배송 기사에게 지급되는 싸구려 방호복으로는 활동 시 안전을 보장할 수 없다는 듯 목이 간지럽고 따끔거리기 시작했다. 진작에 대체되었어야 하는 일이었다. 사람이 있을 곳이 아니었다.

"3분 남았습니다."

그사이에도 소독기가 작동하는 시간은 점점 줄어만 갔다. 유진은 잡념을 뿌리친 채 최대한 많은 상자를 열어야 한다는 집념으로 묵묵히, 치열하게 상자를 열었다. 입구를 열어둔 컨테이너로도 가스가 스미는 것이 보였다. 그렇다면 자신에게로 향한 화물 중 열지 않은 상자를 제외하면 모든 화물은 콜로니에 전달될 수 있는 이상적인 소독 상태를 유지할 터였다. 올라가서, 제대로 소독된 일반 물품과 소독실에서 뜯어놓은 구호 물품을 그곳에 전달하면 된다. 그럼 조금이라도, 저 위의 사람들에게……

"3, 2, 1."

루시의 안내에 겹친 버저음과 함께 소독기의 작동이 종료되었다. 그리고 소독실에 가득 들어찬 유독가스를 배출하기 위한 환기 과정이 시작되었다.

유진은 도착해 있는 상행 엘리베이터로 다가가 카드를 대어 관계자용 패널을 연 뒤 지연 버튼을 눌렀다. 컨테이너가 쏟아졌다거나 했을 때 임의로 운행을 지연시킬 수 있는 기능이었다. 뒤돌아 멀리서 소독실을 둘러보니 입구가 열린 상자와 열리지 않은 상자들이 어지럽게 놓여 있었다. 다행히도 열린 쪽이 훨씬 많았다. 유진은 한숨을 쉬었고 곧 자극된 목이 반사적으로 기침을 뱉어냈다. 유진은 참을 수 없는 답답함에 전면형 면체를 벗어 옆에 두었다. 규정상 근무 중에 면체를 벗는 행위는 금지였지만 방금 소독을 마쳤으니 괜찮을 터였다. 무엇보다도 면체 전체가 격한 호흡과 기침 때문에 뿌옇게 변했기에 벗지 않고서는 작업을 계속할 수가 없었다.

유진은 그대로 열린 상자를 닫아 정리하기 시작했다. 가까운 것부터 순서대로 컨테이너에 다시 실었고, 열지 못한 것들은 소독실 한편에 모아두기로 했다. 지상에 내려갈 때의 소독 과정에서 뜯어낸 뒤 컨테이너에 보관하면 될 일이었다. 작고 많은 상자를 컨테이너에 다시 실으며 기침이 나올 때마다 팔뚝으로 코와 입을 막기를 반복했다. 그렇게 기침할 때마다 유진은 후회했다. 옆 터미널에서 실수로 소독 가스에 노출되었다는 동료는 호흡기 손상이 낫지 않아 퇴사를 결심했다는데. 어째서 자신이 이렇게까지 해야 하는지, 상황과 스스로가 원망스러웠다.

그때 싣고 있던 한 상자가 유진을 사로잡았다. 물건들 위에 삐뚤빼뚤한 글씨로 '엄마 사랑해요!'라고 쓰인 편지가 붙은 상자였다.

"에이씨."

결국 유진은 욕설이 되기 직전의 한탄을 내뱉었다. 가족, 결국 그놈의 가족이었다. 저 외로운 궤도 위에 있는 사람들도 결국 누군가의 사랑이었을 테고, 사고를 겪었던 유진은 그 작은 편지를 보고 도저히 직전의 후회를 이어나갈 수 없었다. 완벽히 후회하지 않는 선택지는 없을 것이다. 그렇다면 조금이라도 후회가 적은 쪽을 택해야 했다. 유진은 후회가 당연한 거라며 이 일은 결코 헛되지 않은 일이리라 마음을 다잡았다.

유진은 개봉했던 모든 상자를 컨테이너에 조심스럽게 실

은 뒤 문을 닫았다. 지연 버튼을 눌러두었으니 당분간 엘리베이터는 정지한 채 움직이지 않을 터였다. 유진은 가쁜 숨을 몰아쉬며 숨을 가다듬기 위해 후들거리는 다리를 붙잡으며 주저앉았다.

처음부터 이렇게 파업을 적극적으로 지지하거나 도우려 했던 것은 아니었다. 눈 밖에 날까 두려워 노조에도 가입하지 않았던 유진은 권리라는 것에 무감각했다. 그저 원래 자신의 자리에 있어야 할 기계처럼 묵묵히 하루를 이어나갈 뿐이었다. 그래야 SP-2202에 갈 수 있으니까. 그곳의 풍경을 계속 눈에 담을 수 있으니까.

따지고 보면 과거 SP-2202와 UR-0309의 충돌 사건도 돈을 아끼려다가 벌어진 일이었다. UR-0309는 폐기된 위성과의 충돌로 인해 본래의 정지 궤도를 이탈했다. 궤도 수정을 위한 프로세스가 진행되어야 했지만, 그곳에 프로세스를 담당하는 인공지능은 존재하지 않았다. 그저 자격증조차 없이, 바이러스가 없다는 낙원으로 발령 난 낙하산 인사가 그 자리에 대신 있을 뿐이었다. 문제는 그곳이야말로 기계가 필요한 곳이었다는 점이다. 궤도를 수정하지 못한 UR-0309는 별다른 저항도

하지 못한 채 결국 정상 궤도를 공전 중이었던 SP-2202를 반파시키고 완전히 부서진 채 우주 공간으로 먼지가 되어 흩어졌다.

유진은 그날 지상에 출장이 있었다. 사고 이후 처음 그곳으로 올라갔을 때 마주한 풍경을 생생히 기억한다. SP-2202에 도착한 유가족들이 먼저 가야 할 곳은 임시로 지어진 구호 본부였다. 햇빛 하나 없이 삭막한 인공광이 빛나던 공간에서, 고작 이런 곳에서 무얼 하라는 거냐며 분을 참지 못한 누군가가 창문을 가린 커튼을 걷어냈을 때. 몸과 몸이 뒤엉켜 소란을 빚던 것이 무색할 정도로 그 작은 창문에 비친 모습은 모든 소란을 진화시키기에 충분했다. 본래 있어야 할 콜로니의 주거 지역은 온데간데없이 검은 공간만이 펼쳐져 있었고, 삼각형 유리가 유려히 이어져 하늘을 이루었던 천장 역시도 처참하게 조각나 과거의 모습을 보지 못한 사람은 이것이 원래 어떤 모양인지 추측할 수 없을 정도로 망가져 있었다. 한때 천장이었던 것 너머로 보였던 공간엔 잔해나 파편 같은 것들이 처참하게 흩어져 구름을 이루고 있었다. 그때 그곳에 있던 사람들은 이 광경을 절대 잊지 못할 것이다. 커튼을 걷어냈던 사람은 절규하며 무릎 꿇었고 혹자는 멍하니 무의 공간을 바라보다 혼절하기도 했다.

유진은 이후 하던 일을 그만두었다. 간신히 우주 엘리베이터에 매달려 있던 SP-2202는 유가족들의 뜻에 따라 보존되고 재건되어 기억 공원이 되었다. 기존 주거자들은 모두 떠났지만, 공원을 유지하고자 하는 이들이 다시 반파된 SP-2202로 모였다. 그들을 따라 적은 수의 이주 희망자도 SP-2202로 향했다. 유진은 SP-2202 담당의 콜로니 배송 기사로 자원했다. 그렇게 모든 것이 순조로운 줄만 알았다.

성림은 투자를 위해 기억 공원의 운영을 맡았고, 사람을 갈아가며 그곳을 운영했다. 그곳이 돈이 되지 않는다는 걸 뒤늦게 깨달은 성림은 이제 와 지원 물자를 끊고 사람을 말려 죽이려 하고 있었다. 얼마든지 대체 가능하니까. 사람이 기계보다 싸니까. 성림의 자회사였던 배큠라인 역시도 그러했다. 유진은 스스로를 향할 뻔했던 혐오의 화살을 성림에게로 돌렸다.

난 저들과 같지 않아.

어쩌면 지금의 행동엔 그런 도덕성을 증명하기 위한 지분도 있을지 모르는 일이었다.

"안녕 루시, 지금 몇 시야?"

"지금은 오전 10시 25분입니다."

상념에서 벗어날 시간이었다. 바닥을 짚고 일어서자 소독실의 작은 창 너머로, 잔인할 정도로 무심케 정적인 지구의 모습이 눈에 들어왔다. 마치 이곳의 일은 자신들과 상관없다는 듯 언제나처럼 허무할 정도로 아름답게 푸른 빛을 휘감고 있었다. 그렇다면 지금 저 궤도 위는 얼마나 외로운 걸까. 마음을 확인할 방법이 고작 이런 택배뿐이라면 그들은 얼마나 쓸쓸하게 고립되어 있는 걸까. 헤아릴 수 없는 무관심 속에서 유진이할 수 있는 일은 그 마음들을 전달하는 일뿐이었다. 할 수 있기에 해야 할 일이었고 그렇기에 해내야만 하는 일이었다.

유진은 이곳저곳 어지러이 널브러져 열리지 못한 상자들을 한곳에 정리하기 시작했다. 가장 가까운 상자로 걸어가는 짧은 순간에도 기침이 멎지 않았다. 유진은 고작 이런 걸로 퇴사하지는 않으리라 다짐했다. 오래오래 악착같이 버텨서 기억 공원이 언제까지고 온전한 모습을 지켜보겠다고 심지를 굳혔다.

그 순간 손끝에서 툭 하고 무언가 뜯어지는 느낌이 들었다. 소리는 양손으로 붙잡고 있는 상자의 한쪽 모서리에서 들려왔다. 얇은 니트릴 장갑 너머로 액체의 차가운 감촉이 느껴졌다.

모서리가 젖어 짙어진 상자는 손끝에 닿아 제 모양을 잃은 채 내부를 보이고 있었다.

전신의 땀이 순식간에 식어갔다.

유진은 서둘러 옆에 벗어두었던 면체를 붙잡아 뒤집어썼다. 벗는 게 아니었다. 젠장. 숨을 고르며 다른 상자들의 상태를 살폈다. 몇몇 상자가 조금씩 젖어 있었다. 유진은 처음 뜯어졌던 상자의 내부를 바라보았다. 간단한 장치가 연결된 10센티미터 길이의 유리관이 얼핏 보였다.

유진은 그 관의 모양을 잘 알고 있었다. 지금 이 시대를 살아가는 사람이라면 모를 수가 없는 관이었다.

그 관은 지금 지구에 퍼진 바이러스, 유출된 생화학병기라는 그것의 원액이 담겼던 관의 모양과 같았다.

어째서? 저것이 어째서 여기에?

생각할 틈이 없었다. 유진은 두려움에 힘이 풀린 다리로 컨테이너에 다가가 문고리에 손을 올렸다. 문이 열린 컨테이너 내부는 빛이 들지 않아 어두웠다. 눈이 차츰 암순응해가자, 마찬가지로 한쪽이 젖은 상자들이 몇 개 눈에 들어왔다. 이런 물건은 지침상 애초에 접수를 받지 않을 터였다. 만에 하나 저것이 의도적으로 봉입시킨 바이러스 원액이 아니라고 보기엔 너무나 의아했다. 한순간에 벌어진 일이었다. 상자를 뜯을 때만 해도 얼룩을 찾아볼 수 없었다. 그렇다면 가능성은 하나뿐이었다. 누군가 이런 일이 벌어지도록 의도한 거겠지. 그런 수작이 가능한 용의자와 시기는 명확했다.

배큠라인이 포장 작업에 직접 관여했을 때.

소독 절차를 무시할 수 있을 정도라면 무언가를 봉입하는 것도 문제는 아니었을 터였다. 그리고 그것들이 모든 소독 절차가 끝나는 순간에 누출되도록 장치하는 것도.

"씨발 진짜."

시민단체로 제보한 내부자는 1차 소독 절차의 생략만을 보았던 것이지, 이런 일이 벌어졌을 줄은 확인하지 못했던 것이다. 만약 이 시점에 맞추어 모든 관이 바이러스를 누출시켰다면 제2터미널의 다른 컨테이너 속에서 배송을 기다리는 남은 구호 물자 역시도 바이러스에 노출되었을 것이 분명했다. 그것들을 가지러 가기엔 시간이 부족했다. 지금 당장 하행 엘리베이터를 타고 제2터미널로 향하더라도 그 악의적인 액체에 모든 화물이 전 뒤겠지.

유진은 순식간에 바이러스에 감염된 자신과 버려질 위기

에 처한 물품들을 보며 무어라 형언할 수 없는 허탈감을 느꼈다. 오늘이 아니라면 더는 저곳에 구호 물품을 지원할 수 없다. 오늘이 아니라면 늦을지도 몰랐다. 유진은 바이러스에 노출된 니트릴 장갑을 벗어 찢어진 택배 쪽으로 던진 뒤 주머니에서 예비 장갑을 꺼내 착용하고 아직 젖지 않은 상자들을 컨테이너 바깥으로 꺼냈다. 얼마 남지 않은 이것들만이라도 그곳으로 전해야 했다. 눈가가 달아오르는 것이 느껴졌다. 그냥 살겠다는데, 사람답게 살겠다는데 그것이 얼마나 어려운 일이기에, 이렇게까지.

유진은 눈을 꾹 감았다 떠 눈물을 떨쳐내며 대안을 생각했다. 우주 엘리베이터는 무게 중심을 맞추기 위해 소독실로부터 궤도 콜로니로 향하는 상행 엘리베이터와 지상으로 향하는 하행 엘리베이터가 동시에 운행됐다. 소독실이 가동되는 건 두 엘리베이터 모두가 소독실에 정차할 때였다. 그렇다면 현재 소독실에 정차한 두 엘리베이터를 빈 상태로 운행시킨 뒤, 그것들이 다시 소독실로 돌아왔을 때 바이러스 원액에 젖지 않은 상자들만을 다시 소독하면 된다. 이 경우 할당량을 채우지 못할 것이 뻔했지만 그게 중요한 게 아니었다. 어차피 중요한 것들은 전부 배송하지 못하게 되었으니까. 한 줌 남은 물품들이라도 저 위로 보낼 수 있는 유일한 방법이었다.

"씹새끼들. 진짜 망할 새끼들. 씨발!"

유진은 소독실 한가운데에서 성림에게, 배큠라인에게, 그리고 이 모든 걸 관조하는 이들을 향한 욕설을 한참 내뱉었다. 하지만 그 분노는 목적지를 잃은 마음처럼 아무에게도 닿을 수 없었다.

*

몇 되지 않는 상자를 실은 상행 엘리베이터의 입구가 경고음과 함께 닫혔다. 유진은 기침을 계속하며 소독실의 중심으로 되돌아왔다. 개봉된 유리관과 바이러스에 젖은 상자, 컨테이너만이 유진을 기다리고 있었다. 유진은 그 초라한 행태에 헛웃음을 흘렸다. 그는 남은 상자들을 전부 컨테이너에 대충 그러모은 뒤 하행 엘리베이터에 탑승 카드를 찍었다. 곧 문이 열렸고 유진은 바이러스가 담긴 컨테이너를 이끈 채 엘리베이터에 탑승했다.

유진은 지상으로 향하는 하행 엘리베이터 안에서 컨테이너를 열고, 바이러스로 가득한 상자를 뜯기 시작했다.

[공지]

(주)배큠라인 제1터미널 봉쇄 안내

안녕하세요. 배큠라인을 사랑해주시는 고객 여러분.

SP-2202와 연결된 제1터미널의 바이러스 누출 사태로 인하여,

당분간 SP-2202로 가는 화물을 받지 않습니다.

배큠라인은 시스템을 점검하고 조속히 사태를 해결하도록

노력하겠습니다.

감사합니다.

위기의 배큠라인······ 바이러스 제1터미널 덮쳐

주배영 앵커 궤도 콜로니 간 화물 운송을 담당하는 배

큠라인의 제1터미널이 대규모 바이러스 누출 사태

에 직면했습니다. 김명우 리포터입니다.

[CCTV 자료 화면]

김명우 리포터 지상에 도착한 우주 엘리베이터. 이윽고 문이 열리더니 상자가 던져집니다. 곧이어 방호복을 착용한 여성이 상자 여러 개를 발로 차며 엘리베이터에서 걸어 나옵니다. 상자에서는 물건이 쏟아지고, 사방으로 흩어집니다. 문제는 이 물건들에 바이러스가 묻어 있었다는 점입니다. 지난 목요일, 배큠라인 제1터미널은 그렇게 바이러스에 노출되었습니다.

[인터뷰 화면]

배큠라인 제1터미널 관리자 손해가 아주 커요. 원래 터미널은 저균 상태를 유지해야 하거든요. 대부분이 콜로니로 가는 화물이니까요. 그리고 가뜩이나 저기 윗분들 고생하시는데, 구호 물품도 못 배달하게 돼서 걱정이 이만저만이 아니죠.

[자료 화면]

김명우 리포터 용의자로 지목된 박모 씨는 현장에서 검거된 뒤 호흡기 증상을 호소해 병원으로 옮겨졌으나 치료 중에 숨진 것으로 드러났습니다. 경찰 측은 정확한 사망 원인을 부검으로 밝혀낼 것이라 전했습니다. 한편 배큠라인은 박모 씨가 바이러스를 반입한 경로 등을 추적해 고인의 유족에게 손해배상을 청구할 것이라 밝혔습니다. 지금까지 김명우 리포터였습니다.

오늘의 토막 뉴스 : 고립된 SP-2202······ 전 세계에서 응원 물결 이어져

[기사와 무관한 사진, @솔티이미지뱅크]

정지 궤도 콜로니는 그 특성상 물품 자립이 불가능하게 되어 있다. 거의 모든 식량과 생필품을 지구로부터 공급받는 구조인데, SP-2202와 유일하게 연결된 배큠라인의 제1터미널이 봉쇄되며 콜로니의 사람들에게 응원을 보내는 물결이 전 세계에서 일고 있다.

오늘의 토막 뉴스 : 구호 물품 배송 거부한 배큠라인

[기사와 무관한 사진, @솔티이미지뱅크]

기억 공원 근로자들의 파업 시점부터 SP-2202로 배송되는 물류의 양이 줄어들었다는 SP-2202 콜로니

거주자의 증언이 이어지고 있다.

최근 소셜미디어 등지에서 전파된 #IAMHERESP2202 해시태그에서는 "파업과 동시에 성림이 보내는 물류가 줄어들더니 어느 순간부터는 완전히 끊겨버렸다", "구호 물품이 배송되긴 했는데, 배송 기사로부터 배큠라인이 배송을 거부했다는 소식을 들었다" 같은 의견이 공유되었다.

누리꾼들은 성림그룹과 배큠라인에 사실 확인을 강력히 요청하고 있으나 양측 모두 별다른 입장을 내놓지 않고 있는 상황이다.

오늘의 토막 뉴스 : 성림그룹 기억 공원 노조 합의 성사

두 달 가까이 이어진 SP-2202 기억 공원 근로자들의 파업 농성이 노사 합의로 종료되었다. 성림그룹은 노조 측에서 주장한 휴게 시간 보장과 노동 환경 개선을 약속했으며, 지속적인 합의를 통해 사내 문제점을 개선해나갈 것이라고 주장했다.

한편 누리꾼들은 '뒤늦게 이미지를 쇄신하려는 목적이 아니냐'며 성림 측에 강도 높은 비판을 이어가고 있다.

오늘의 토막 뉴스 : '박모 씨' 영웅이었나?

익명의 기억 공원 근로자가 소셜미디어를 통해 공유한 게시글이 화제다.

그는 박모 씨의 소란을 믿을 수 없다고 밝혔다. "박모 씨는 그날 우리에게 금지된 구호 물품을 엘리베이터로 전해주었다"라며 "그의 용기가 아니었다면 우리는 지금쯤 굶어 죽었을 것"이라고 덧붙였다.

박모 씨의 행적에 관해 상반되는 주장이 엇갈리는 가운데, 배큠라인은 이에 대한 아무런 해명도 내놓지 않고 있다.

오늘의 토막 뉴스 : 배큠라인 바이러스 밀반입 정황 포착

[기사와 무관한 사진, @솔티이미지뱅크]

배큠라인이 SP-2202로 향하는 구호 물품의 배송을 거절했을 뿐만 아니라, 박모 씨가 감시를 피해 전달하려던 구호 물품에 바이러스 앰플을 의도적으로 숨긴 것으로 드러나 충격을 주고 있다.

배큠라인은 불법 조사 업체에 의뢰해 구호 물품을 보내는 시민단체의 연대원을 알아낸 뒤, 그들이 보내는 일부 택배에 일부러 소독 처리를 하지 않고 바이러스 앰플을 불법 봉입한 혐의를 받고 있다.

한편 검찰은 근로기준법과 노동조합 및 노동관계조정법 위반 혐의로 우명석 배큠라인 대표를 지난 30일 불구속 기소했다.

'불명예' 박모 씨······ 진실 밝혀져

주배영 앵커 배큠라인의 제1터미널 바이러스 누출 사건의 주모자이자 사망자인 박모 씨. 그의 행적에 대한 진실이 드러나고 있습니다. 김명우 리포터입니다.

[자료 화면]

김명우 리포터 얼마 전 큰 충격을 준 배큠라인 제1터미널의 바이러스 누출 사건. 사건은 박모 씨가 우주 엘리베이터를 타고 제1터미널에 도착하면서 벌어졌습니다.

[CCTV 자료 화면]

김명우 리포터 박모 씨는 컨테이너를 열더니 그 안에 있는 상자를 마구잡이로 던지기 시작합니다. 문제는 상자였습니다. 배큠라인의 소독 과정을 거치지 않은 데다, 바이러스 원액이 묻어 있었던 겁니다. 그런데 익명의 관계자는 있을 수 없는 일이라며 박모 씨가 계획한 일일 수 없다고 주장했습니다.

[통화 화면]

익명의 관계자 통화 녹음 말도 안 되는 일이죠. 원칙적으로 전부 (소독 과정을) 거치거든요. 그렇게 많은 화물을 개인적으로 반입할 수도 없고. 이건 (배큠라인 측) 잘못이 확실하죠. 바이러스 넣은 것도 배송 기사는 못 해요. 전부 거기가 (배큠라인이) 한 거죠.

[CCTV 화면]

김명우 리포터 배큠라인이 구호 물품에 의도적으로 바이러스를 유입한 정황 역시 사실로 드러났습니다.

[자료 화면]

게다가 국과수 부검 결과 박모 씨의 호흡기에서는 고농도의 유독가스에 노출된 정황이 확인되었으며, 이는 우주 엘리베이터의 소독실에서 사용하는 것과 같은 물질인 것으로 밝혀졌습니다. 하지만 이에 대해 배큠라인 측은 안전 수칙을 지키지 않은 박모 씨의 잘못이라고 답했습니다.

[인터뷰 화면]

배큠라인 제1터미널 관리자 그게 (가스가) 전혀 유해하지가 않아요. 가만히 움직이지만 않으면 노출되지도 않아요.

[리포터 화면]

김명우 리포터 또한 배큠라인의 구호 물품 배송 거부와 바이러스 봉입설에 대해선 일절 부정하는 반응을 보였습니다.

[인터뷰 화면]

배큠라인 제1터미널 관리자 누가 그래요? 누가? 어딜 회사 욕을 먹이려고 그러는 거야?

[자료 화면]

한편 SP-2202에 있던 이들은 "박모 씨가 영웅이었다"라고 말합니다.

[인터뷰 화면]

이현재 시민단체 대표 그분이 먼저 연락을 해오셨죠. 자기가 배송 기사인데 도울 수 있을 것 같다고. (저희 입장에서는) 너무 고마웠죠. (콜로니와) 연락도 잘 안 되니까, 무엇이 부족하다고 전해주시기도 했거든요.

김욱찬 '기억 공원' 노동조합 위원장 어느 날은 가장 필요한 게 뭐냐 물어보셨어요. 식수라고 대답하니 그날 엘리베이터에 도착한 상자에 (물이) 가득 있더라고요. 그 사람 아니었으면 정말 누군가 죽었을지도 몰라요. 전부 그분 덕분이었죠

[리포터 화면]

김명우 리포터 박모 씨의 유족은 이제라도 불명예를 벗게 되어 다행이라며, 고인이 생전 지키고 싶어 했던 것들을 함께 지켜주길 바란다는 의견을 밝혔습니다. 검찰은 근로기준법과 노동조합 및 노동관계조정법 위반 혐의에 대해 지난 30일 우명석 배큠라인 대표를 불구속 기소했습니다. 지금까지 김명우 리포터였습니다.

오늘의 토막 뉴스 : '박모 씨' 기억 공원 봉안당에 안치

성림그룹과 배큠라인에 의해 불명예에 시달렸던 박모 씨의 유골이 오는 13일에 SP-2202 기억 공원 내 봉안당에 안치되기로 결정됐다.

박모 씨는 지난 '배큠라인 제1터미널 바이러스 누

출 사태' 직후 호흡기 손상과 바이러스 감염으로 인해 병원 이송 후 사망하였다. 배큠라인은 사태에 책임이 있다며 박모 씨를 고소했고, 박모 씨의 유족은 긴 투쟁 끝에 무죄 판결을 받았다. 해당 과정에서 밝혀진 배큠라인의 위법 정황으로 인해 우명석 대표는 현재 근로기준법과 노동조합 및 노동관계조정법 위반 혐의로 재판 과정 중에 있다.

한편 박모 씨의 유골은 2044년에 일어난 궤도 콜로니 간 충돌 참사로 희생된 박모 씨 가족의 유골 곁에 안치될 예정이다.

시차와 시대착오

전하영

1.

이명식은 최근 들어 부쩍 죽은 아들 생각을 많이 했다.

    그날도 그는 영등포구청역 근처의 벤치에 앉아 자기도 모르게 그런 생각을 하고 있었다. 팔짱을 끼고 몸을 구부린 채 상체를 앞뒤로 건들건들 움직이면서 자기만의 상념에 빠져들어 시간 가는 줄도 몰랐다. 여전히 날씨가 쌀쌀했지만 3월이 되자 그래도 봄이라고 뼛속까지 시리다는 느낌은 꽤 가셨다. 이미 루에게서 10분 정도 늦을 것 같다는 문자가 왔다. 명식의 외모를 꼭 닮았지만 미루의 성격은 명식과는 완전히 딴판이었다. 딸은 약속을 잡을 때마다 늦지 않은 적이 단 한 번도 없었다. 반면 명식은 상대가 늦을 것을 짐작하더라도 최소한 10분 전쯤에는 약속 장소에 나가서 대기하고 있어야 직성이 풀렸다.

그 상대가 딸이어도 달라지는 건 없었다. 그건 그가 관계에서 우위를 차지하기 위해 흩뿌리는 작은 씨앗과도 같은 습관이었고, 숨을 내쉬는 것처럼 자연스럽게 생활과 밀착돼 있었다.

'아들이었어. 분명 아들이었을 거야.'

명식은 죽은 첫째가 아들이었다고 확신했다. 그러니까, 미루가 태어나기도 훨씬 전에 아주 잠깐 명식과 아내에게 왔다가 간 그 아이. 심장이 뛰지 않아 보내주어야 했던 그 사내아이가 어느 날부터 명식의 마음 한구석을 차지하고 있었던 것이다. 명식도 자신이 왜 자꾸 그런 생각을 하는지 이해할 수 없었다. 정작 그 아이를 떠나보낼 때는 이렇게 마음이 허하지 않았다. 오히려 자리를 잡는 데에는 아이가 늦게 생기는 편이 나을지도 모른다고 생각했었다. 그래, 솔직히 조금은 안도하는 마음도 없지 않았다. 부부는 아직 젊었기 때문에 다시 아이를 갖는 것이 문제 될 일도 아니었다. 명식은 낙관적이었고 앞으로의 인생에서 모든 게 잘 풀릴 것이라는 확고한 믿음이 있었다. 명식과 달리 아내는 한참을 힘들어했다. 자신이 무엇을 잘못했는지 자꾸 곱씹었다. 그녀는 명식이 충분히 슬퍼하지 않는다고 비난했다. 아내는 달라졌다. 아이를 잃었다는 사건이 그녀 안에 잠재된 어떤 스위치를 올리기라도 한 것처럼 다른 사람이 되어 있었다. 그녀는 머리가 아프고 잠이 오지 않는다고 자주 하소연했다. 아주 의기소침해졌다가도 들뜬 기분을 자제하지 못해 안절부절못했고, 조그만 의견 차이도 견딜 수 없어 하며 명식에게 달려들었다. 그러던 어느 날부터 아내는 옆집 사람들이 벽에다 대고 계속 자기 험담을 한다며 불안해했다. 처음에 웃어넘겼던 명식은 이내 사태가 심각함을 인식했다. 누가 욕을 한다는 거야. 당신 왜 그래, 도대체 왜 그러는 거야, 명식은 아내를 꼭 부둥켜안고 달래주었다. 중앙정보부 요원들이 자기를 감시하고 있다고, 작고 마른 아내는 베란다 창 뒤에 숨어 눈을 질끈 감고 여러 번 중얼거렸다. 여보, 중앙정보부는 이제 없어, 지금은 안기부 시대라고. 명식은 이성적으로 그녀를 설득해보려고 수차례 시도했다. 지금 그게 중요해? 그게 정말 그렇게 중요하냐구. 그녀는 상처받은 얼굴로 명식에게서 몸을 돌려 흐느껴 울다가 그를 밀치고선 자기를 죽여달라고 부엌에서 칼을 가지고 왔다. 당신 날 믿지 않지. 날 믿지 않는 거지. 내가 거짓말한다고 생각하는 거지. 그녀는 가슴을 치고 몸을 덜덜 떨며 악을 썼다. 때때로 아내는 전혀 낯선 사람이 되었는데, 실은 그게 그녀의 원래 모습이었는지 감당할 자신이 없어 명식은 두려웠다. 이 사람을 어찌해야 할지 도무지 알 수가 없었다. 귀가 시간은 점점 늦어졌고 아내는 집에서 혼자 시간을 보냈다. 보다 못한 처형들이 돌아가며 아내를 보살펴주었다. 미안해하는 명식을 탓한 사람은 아무도 없었다. 그는 폭력을 쓰지도, 바람을 피우지도 않았고, 이혼을 요구하지도 않았다. 그런 그에게 오히려 처형들이 고마워했다.

미루에게서 다시 문자가 왔다. 지하철을 반대로 타서 예상보다 15분 정도 더 늦게 되었다는 내용이었다. '아빠 어디 따듯한 곳에 들어가 계세요.' 명식은 이미 20분 가까이 벤치에 앉아 있었다. 미루어보건대, 미루는 족히 30분은 더 걸려야 도착할 것이다. 명식은 딸의 이름을 영 잘못 지었다는 생각을 했다. '미리'라고 했어야 하나. 미리미리 다녀야 성공하지. 명식은 여러 번 반복한 생각을 다시 떠올리고 한숨 쉬었다.

그러나 무엇보다도 그의 마음을 괴롭히는 가장 큰 골칫거리는 딸의 비혼이었다. 처음에는 설마 했다. 미루가 결혼을 안 하리라고는 상상도 해본 적 없었다. 그런 건 애초에 고려 사항이 아니었다. 모든 골치 아픈 일들은 사위가 생기면 다 해결될 터였다. 그렇게 믿어 왔다. 그런데 사람 일이라는 게 참 알 수가 없었다. 비혼이라니. 그런 신종 단어도 미루가 아니었으면 알지 못했을 것이다. 알 필요도 없는 말이었다. 다시금 사위가 없다고 생각하자 그는 오랜 벗을 잃은 상실감마저 느꼈다. 그래. 혼자 사는 건 뭐 그렇다 치더라도 재산 관리는 도대체 어떻게 하려고 저러는지…… 칠십 평생을 살면서 이명식은 다양한 사례를 목격해왔다. 재산을 가진 혹은 가지게 될 여자들이 얼마나 자주, 그리고 쉽게 위험과 난관을 맞닥뜨리게 되는지를 말이다. 그는 거의 강박관념처럼 틈만 나면 딸의 미래를 염려했다. 딸을 위한다고 대비해온 일이 도리어 그 애에게 해를 끼치지는 않을지 걱정되었다.

외환위기 직후, 그는 영등포에 있는 낡은 상가 건물 하나를 싸게 매입했다. 그가 입버릇처럼 말해왔듯이 준비된 사람에게 위기란 곧 기회였다. 물론, 이명식이 소유하게 된 그 건물이란 것이 오래된 슬레이트 지붕 위에 대충 천막을 덮어놓은 가설 건축물이어서 건물이라 부르기엔 좀 멋쩍은 감이 없지 않았으나, 그래도 그 덕분에 매달 월세를 받아 부족하지 않게 노후 생활을 건사할 수 있었다. 서울이라고는 하지만 명식이 건물을 샀을 즈음 영등포는 쇠락한 공업지구였고 그 후로도 점점 더 쇠락해져가는 중이었다. 지난 20년 내내 그는 기습적으로 닥치는 공실로 인해 골머리를 썩였다. 공실. 그 단순한 한마디 말이 명식을 힘겹게 만들었다. 상가를 매입하기 전까지만 해도,

비교적 젊었던 그는 비어 있다는 것의 공포가 무엇인지 제대로 알지 못했다. 빚을 내서 자산을 마련한 사람에게 공실이란 매달 나가는 이자를 감당할 수 없음을 뜻하고, 눈덩이처럼 불어나는 이자는 한 사람의 영혼을 금세 쑥대밭으로 만들어버렸다. 그래왔던 것이 최근 들어서는 무슨 바람이 들었는지 동네 전체가 급격히 개발되면서 일대의 땅값이 두 배 가까이 올랐다. 명식이 처음 주인이 됐을 때와 비교하면 대략 열 배가 훌쩍 넘어갔다. 영등포의 풍경을 익숙하게 채우던 허름한 벽돌조의 공장과 창고 들이 도미노 무너지듯 순식간에 철거되고 어느새 '지식산업센터'라는 신식 이름의 고층건물이 여기저기 앞다투어 올라갔다. 신이 난 명식은 새로운 투자처를 탐색하는 사업가라도 된 것처럼 이곳저곳 공인중개사 사무소를 돌아다니며 영등포 일대의 부동산 시세를 파악하러 다녔다. 그는 부지런한 사람이었고 그에 대해 자부심을 가졌다. 흔히 건물주라 하면 가만히 누워 입만 벌리고 있어도 따박따박 월세가 자동으로 입금되는 줄 알고 있는데, 이 일이 얼마나 신경 쓸 게 많은지 그 실상을 알고 나면 함부로 그렇게 말하지 못할 것이다. 임대차 계약, 시설 관리, 각종 세금 신고뿐만 아니라 지역 개발이나 부동산 정책, 법 개정 등도 수시로 체크하고 공부해야 한다.

그중에서도 가장 까다로운 문제는 임차인과의 관계다. 미루에게 얘기는 안 했지만, 그는 7년 전 임차인과 실랑이를 벌이다가 고소 고발 직전까지 간 적이 있었다. 생전 처음 변호사에게 상담을 받았었다. 임차인에게 듣도 보도 못한 욕설을 듣고 협박을 당했기 때문이었다. 그 임차인은 명식이 A형 간염에 걸려 사경을 헤매고 있을 때에도, 임대료를 깎아달라며 집 앞까지 찾아와 횡포를 부렸었다. 하도 사정이 딱하게 들려 임대료를 조금 낮춰줬는데, 나중에 알고 보니 그놈은 커다란 외제차를 새로 뽑아 온갖 폼을 잡고 쏘다녔던 것이었다. 명식이 자동차 얘기를 꺼내면서 원래대로 임대료를 복구하겠다고 통고하자 젊은 임차인은 명식을 스토커 취급하며 미친 듯이 날뛰었다. 그때를 떠올리면 아직도 가슴이 벌렁벌렁했다. 앞으로 이 모든 것을 미루 혼자 짊어지고 가야 할 텐데, 강 건너 불구경하듯 딸애는 일을 배우려고 하진 않고 그저 귀찮아하기만 했다.

'근수는 어땠을까.'

명식은 자기도 모르게 그렇게 생각하고선 깜짝 놀랐다. 이근수, 라고 거의 소리 나지 않을 정도로 작게 이름을 불러보았다. 명식은 아들을 낳으면 '근수近水'라는 이름을 지어주고 싶었다. 물처럼 유연한 사람이 되라는 생각으로 지은 이름이었다. 아내에게조차 한 번도 언급해본 적 없는 이름이었다. 아내는 근수를 '태평'이라고 불렀던가. 몇 번 부르지 못하고 죽어서 기억이 희미했다. 어쩌면 아내가 부르던 태명은 다른 것이었고, 그딴 것보다는 태평이가 더 낫겠다, 하고 혼자 생각했던 걸지도 몰랐다. 그 아이, 근수가 건강히 태어났더라면 지금쯤은 마흔 살 언저리가 되었을 것이다. 결혼도 하고 아이도 두 명쯤 있겠지. 살아보니 하나는 너무 적었다. 적어도 두 명은 낳는 게 근수한테도 더 좋을 일이다. 아들 하나, 딸 하나. 부인은 너무 젊지 않은 게 좋다. 명식의 아내는 명식보다 열 살이 어렸는데, 결혼할 무렵에는 친구들의 부러움을 샀지만, 막상 같이 살다 보니 대화가 어려웠다. 되돌아보면 아내에게 많이 미안했다. 아내를 처음 만났을 때 그녀는 고작 스무 살이었다. 고등학교를 다니다 그만두고 먼 친척이 운영한다는 무역회사에 나가고 있었다. 주로 일본하고 거래하는 회사였는데 그래서 그런지 오래 다니고 싶은 마음이 안 든다고 토로했던 것 같다. 원래 아내는 어느 정도 저축액이 모이면 그녀가 학창 시절 흠모하던 여류작가처럼 독일에 혼자 가서 공부를 계속할 작정이었는데, 중간에 그만 명식을 만나버린 것이었다. 나중에 돈을 많이 벌어서 당신이 원하는 대로 다 하게 해주겠노라고, 명식이 그런 말을 떠벌렸던가. 아마도 그랬을 것이다. 당시 그는 나이 서른의 노총각으로 결혼이 급했었다. 남동생이 먼저 결혼하는 바람에 그에게 뭔가 하자가 있을 거라는 생각들을 했는지 소개도 거의 들어오지 않았다. 그걸 의식했는지 모르겠지만 명식의 남동생 부부가 중간에 애를 써줘서 그는 아내를 소개받을 수 있었다. 두 사람은 1979년 9월에 그해에 문을 연 중구에 있는 한 호텔 커피숍에서 처음 만났고, 석 달 후 결혼식을 올렸다. 상견례 다음 날 박정희가 죽었고, 결혼식 며칠 전에는 쿠데타가 터졌다. 탱크가 한강 다리를 막고 있어서 하객들이 결혼식장까지 제대로 올 수 있을지 걱정이 많았었다. 1980년 봄은 인생에서 가장 행복한 때였다. 생애 처음으로 그는 원하는 걸 다 가질 수 있으리라는 기분을 느꼈다. 온 세상이 자기 발밑에 있는 것만 같았다. 그즈음이었다. 명식은 광주에서 벌어졌다는 일을 기자 친구에게 전해 들었으나 그걸 믿을 수 없었다. 차마 믿고 싶지 않았다. 다 거짓말이야, 조작이라고. 빨갱이 놈들. 그는 눈과 귀를 닫았다. 그편이 살기에 더 편했으므로 그는 그렇게 하는 쪽을 선택했다. 누가 자신을 감시라도 하듯 그는 앞장서서 강한 쪽의 입장을 옹호하고 스스로를 동일시했다.

다 지난 일이다.

명식은 구청 앞마당이나 한 바퀴 걸어볼까 하고 자리에서 일어났다. 자기도 모르게 끙, 하는 소리가 나왔다. 다리가 저리고 몸도 으슬으슬한 기분이었다. 햇빛을 자주 보고 틈날 때마다 운동을 좀 하시라며 의사가 잔소리를 했었다. 젊은 의사였는데 미루보다 겨우 두세 살 정도 많아 보이는 여의사였다. 진료실 벽에 걸린 가족사진으로 봐서는 이미 결혼했고, 아이도 둘이나 되는 듯 사람이 야무졌다. 구청 잔디밭 쪽에는 몇몇 사람이 몰려 있었는데, 슬쩍 보니 교복을 입은 학생 세 명이 쭈그리고 앉아 손바닥만 한 회색 고양이에게 먹을 것을 주고 있었다. 명식은 못마땅하게 그 광경을 바라보았다. 미루도 몇 년 전부터 도둑고양이 한 마리를 주워 와 키우는데, 호밀인가 뭔가, 하도 불러젖혀서 이름까지 외우게 되었다. 가족이라고는 딸 하나밖에 없는데, 그 딸을 고작 고양이 새끼한테 빼앗긴 꼴이라니, 자기 처지가 참 딱했다.

　호밀이라는 놈이 집에 들어오기 전, 그 몇 년간은 명식에게 좋은 한 시절로 기억됐다. 은퇴하고 2, 3년이 지나면서 망가졌던 건강을 되찾았고, 미루도 뉴욕에서 공부를 마치고 무사히 한국으로 돌아왔다. 미루가 처음 유학을 가겠다고 했을 때 명식은 대환영이었다. 아내가 미처 하지 못한 공부를 딸에게 시켜준다는 의미도 있었고, 하나밖에 없는 자식이 공부를 계속하고 싶어 한다면 본인이 그만하겠다고 할 때까지 원 없이 지원하겠다는 게 명식의 평생 결심이었다. 그런데 한 가지, 어쩌면 가장 중요한 한 가지가 마음에 걸렸다. 명식에게 해외 유학이라 함은 경영학이나 물리학, 의학 같은 전문 분야 지식을 배우러 나가는 것이었는데 딸은 '파인아트'를 전공하겠다고 선언한 것이었다. 게다가 진학하는 그 대학원이라는 곳은 특정한 전공 없이 예술 분야의 여러 과정을 학생 스스로가 자율적으로 운용하는 학교라고 들었다. 들리기야 그럴듯하지만, 그 말인즉슨 돈을 쏟아부어 고도로 전문화된 백수를 양산하는 곳이라는 의미와 다를 바 없지 않은가. 명식은 눈앞이 깜깜했지만 미루가 원한다면 그것조차 도리 없이 받아들여야 한다고 재차 속을 다잡았다. 그동안 악착같이 돈을 벌었던 이유도 다 그러려고 한 것이었다. 미루가 아들이었다면 상황은 다르게 전개됐을 것이다. 명식은 어떻게 해서든 자식의 진로를 수정하려 애썼을 것이다. 사람 구실을 할 수 있도록 실용적인 학문을 배우라고 최대한 설득하고 필요하다면 강압적인 입장을 취할 수도 있었다. 그러고 보면 그의 인생 후반기에 이루어진 대부분의 결정은 미루가 아들이 아니라는 데에서 비롯되었다.

미루가 남자아이였다면 그는 인생에서 좀더 모험적인 루트를 선택했을 것이다. 기회는 많았다. 그는 더 큰 부자가 될 수도 있었다. 딸과 아내를 보호하기 위해 그는 자신이 원했던 것보다 소박한 삶을 살았다. 야망의 크기를 조절했다. 회환에 잠긴 명식은 '파인아트'로 유학을 가겠다는 딸을 말리거나 그런 비슷한 시도조차 하지 않았다. 다만 명식은 딸에게서 아내의 흔적을 발견했다. 어떤 몰입과 흥분. 과도한, 한때는 그가 '열정'이라는 개념으로 착각했던 알 수 없는 에너지로 충만해져 반짝거리는 눈동자. 명식은 두려웠다. 어쩌면 자기가 치러야 하는 인생의 대가가 딸이 예술가가 되겠다는 결과로 집결되어 발현되는 걸지도 모르겠다는 생각마저 들었다.

2.

이미루는 안국역 1번 출구에서 나와 윤보선길로 발걸음을 옮겼다. 보통은 지각하지 않기 위해 공예박물관을 경보하듯 가로질러 감고당길로 향하기 마련인데, 여유를 부려도 제시간에 도착할 만큼 시간이 일렀다.

아침에, 미루는 6시 20분쯤 일어났다. 알람이 울리려면 30분도 더 남았지만 호밀이가 집에 불이라도 난 것처럼 다급하게 미루를 깨웠기 때문에 일어나지 않을 수 없었다. 호밀이는 그랬다. 당장 자기 배가 고프면 금방이라도 세상이 망할 것처럼 미루를 재촉했다. 미루는 모른 척하려고 몸을 뒤척거렸지만 호밀이가 아랑곳하지 않고 귀여운 소리를 내면서 격렬하게 얼굴을 비벼대는 통에 잠이 휙 달아나버렸다. 미루는 비몽사몽 일어나 자동 급식기가 된 것처럼 호밀이의 밥을 챙겨주고 다시 침대 위로 돌아와 그대로 쓰러져버렸다.

다시 잠드는 것은 불가능했다. 미루는 그대로 누워서 직전에 꾼 꿈이 휘발되기 전에 그 기억을 복원해보고자 시도했다. 꿈에서 그녀는 사람들로 가득 찬 실내를 걷고 있었는데, 문득 그곳에 살아 있는 사람이 그녀 혼자임을 깨닫고는 순간 겁에 질렸다. 그러다가 그 사람들이 전혀 움직이지 않고 있다는 것을 알아차리고 그들을 하나하나 자세히 관찰하며 방을 둘러보았다. 그들은 다양한 포즈로 진열되어 있었다. 발걸음을 옮기면서 그녀는 무언가를 기록하기 위해 노트를 찾으려고 주머니에 손을 넣었는데 아무리 해도 그 손을 꺼낼 수가 없었고 안간힘을 쓰려 하지만 어떤 힘도 쓰지 못하는 상태에 오래 머물러 있었다. 사람들이 그녀를 주시했다. 박제된 얼굴 속의 깜빡이지 않는 눈동자들이 그녀가 이동하는 방향을 따라 함께 움직였다. 아마도 그 장소는 전날 저녁에 본 다큐멘터리 영화의 배경―자연사박물관의 '인류관'에서 촬영된 장면―이었을 것이다. 그 영화는 진귀한 보물처럼 다뤄지는 갖가지 형상의 밀랍인형과 저명한 철학자들의 데스마스크 따위가 가득 채워진 방을 한참 비추다가 어떤 묘지로 이동한다. 거기에는 먼 곳에서 온 한 여자가 묻혀 있다. 그 여자는 미루가 잘 아는 여자다. 그녀가 아니지만 그녀이기도 한, 시간을 두고 반복되는 어떤 그림자 같은 인물이었다. 여자가 떠나온 고향 마을에서 악령은 하얀 얼굴을 하고 출몰한다. 흰 성상들 틈에서 그녀는 몹시 고독하다. 군중들은 그녀를 구경하기 위해 묘지로 향한다. 훼손된 무덤, 이성을 잃은 젊은이들, 뮌헨의 혹독한 날씨, 달갑지 않은 이미지…… 어느덧 여자는 자기도 모르는 사이에 그림자 형상을 쫓아가고 있었다. 그녀는 이미 묘지에 묻혀 있지 않은가, 반문하는 순간 여자는 어느 집 앞에 다다른다. 그리고 그녀는 빨려 들어가듯 계단을 올라가 주머니에서 열쇠를 꺼내어 현관문을 열고 들어간다. 그 부분에서 미루는 깨어 있지 못하고 잠들어버리고 말았다. 두 번이나. 6시 55분. 7시 7분. 알람이 울리는 바람에 그녀는 더 이상 꿈에 골몰하지 못하고 침대에서 몸을 일으켜 세웠다.

미루가 노원구로 이사 온 것은 3년 전이었다. 보증금 5천만 원은 명식에게서 받았다. 부모가 자식에게 세금을 내지 않고 증여할 수 있는 최대한도의 금액이었고, 원래는 미루의 결혼 자금으로 쓰일 현금 저축이었다. 그녀는 아버지에게 결혼할 생각 따윈 절대 없으니 그 5천만 원으로 집을 얻어 나가겠다고 고집부렸다. 명식은 마지못해 동의하며 딸의 안전을 핑계로 한 가지 조건을 달았다. '아파트일 것.' 서울에서 보증금 5천만 원으로 구할 수 있는 아파트를 검색하니 손에 꼽을 정도로 선택지가 좁혀졌다. 미루는 노원구에서 반전세 아파트를 하나 찾았다. 녹물이 나온다는 맘카페 게시글들이 좀 찝찝했지만, 지하철역과 가깝고 집 주변에 샐러드 가게가 세 개나 있다는 사실이 마음에 들었다. 살 집을 구할 때까지만 해도 그녀는 노원구에 별로 관심이 없었다. 그러니까, 앞으로 자신이 노원구민이 될 거라는 자의식 자체가 전혀 없었다는 말이다. 노원구에는 아무도 살지 않았다. 아니, 미루가 아는 사람들은 노원구에 살지 않았다. 그들은 대부분 망원동에 살았고, 망원동에 살지 않더라도 그 근처 마포구나 은평구에 살았다. 간혹 성북구나 용산구, 그도 아니면 일산에 살고 있는 이들도 있었지만 미루처럼 노원구에 살기로 한 사람은 하나도 없었다. 3년이나 살아버렸지만 솔직히 미루는 이 동네가 조금 따분하다고 생각했다. 노원은 전형적인 베드타운이었다. 출퇴근하고, 가정을 꾸려서 아이를 키우며, 주말에는 등산을 하거나 테니스를 치고 저녁이 되면 동네에서 치맥을 즐기는 사람들을 위한 주거 도시였다. 미루는 거의 매 순간 이질감을 느꼈다. 이곳은 여러모로 예술가들이 살기에 적합한 서식지라고 볼 수 없었다. 이사 오기 전까지 그녀는 보통의 사람들이 그러한 루트로 살아간다는 것에 대해 그다지 의식해본 적이 없었다. 적당한 나이가 되었을 때 결혼을 하고 아이를 갖고 집을 사고 조금씩 행복하게 나이 들어간다. 그런 개념이 자신에게는 전혀 존재하지 않았음을 새삼스레 깨달았다. 그녀는 삼삼오오 가족과 함께 걷는 사람들 틈에서 홀로 당현천을 산책했다. 우연히 다음과 같은 문장을 읽었을 때 그녀는 슬픈 감정을 느끼고 밑줄을 그었다.

나는 왜 내게 관심 있는 사람들로부터

멀리 떨어져 살고 있는 걸까 하는 생각이 들었습니다.

호밀이가 없었더라면 미루도 노원구에 정착할 생각을 하지 않았을 것이다. 결코 하지 않았을 것이다. 혼자 산다고 가정하면 책상 하나, 침대 하나가 겨우 들어가는 작은 원룸이었어도 크게 불편하지 않았을 테니까. 하지만 집에서만 지내는 호밀이에게 그런 환경을 제공할 수는 없는 노릇이었다. 호밀이는 새로운 공간을 낯설어했지만 이내 적응했다. 오래된 구축 주공아파트라서 정남향으로 베란다가 나 있었고 해가 잘 들었다. 호밀이는 자신의 전용 방석이 깔린 나무 의자 위에서 느긋한 시간을 보냈다. 미루가 직장에 나가 있는 동안에는 캣타워에 올라가 동네 풍경과 지나가는 새와 아이들을 구경했다. 심심하고 평화로운 나날이 지속되었다. 마주치기만 하면 서로 으르렁대던 명식이 집에 없으니 안심하고 집 안을 돌아다닐 수 있었다. 셋이 같이 살 적에, 명식은 호밀이가 사람이기라도 한 것처럼 호밀이의 성격을 문제 삼았다. 호밀이가 나쁜 의도를 가지고 일부러 자신을 공격한다고 항변하기도 했다.

"아빠, 그럴 리가요. 호밀이는 그냥 본능적으로 행동할 뿐이라고요."

"넌 모른다. 저놈이 얼마나 영악한지."

"영악하다니요?"

미루는 어이가 없었다.

"네 앞에서는 꼬리 내리고 숨지, 나 혼자 있으면 냉큼 쫓아와서 다리를 할퀴고 간다니까."

명식은 언짢은 표정으로 자신의 종아리 뒤쪽을 가리키며

억울한 표정을 지었다.

미루는 명식의 말을 믿지 않았다. 명식은 너무나도 진지하게 호밀이를 경계했다. 좀더 따뜻하게 대한다면 호밀이도 마음을 열지 않겠느냐고 그를 설득하려 했지만 둘은 전혀 가까워지지를 못했다. 그녀는 인터넷 커뮤니티 어디에선가 읽은 어떤 유형의 에피소드를 기억한다. 고양이를 기른다고 하자 질색하던 부모들이 정작 같이 살게 된 이후로는 자식보다 고양이를 더 아끼고 예뻐한다는 훈훈한 이야기…… 하지만 미루에게 그런 동화 같은 일은 일어나지 않았다. 한편, 명식의 말을 듣고 호밀이를 유심히 관찰해보니 과연 호밀이는 명식을 자기보다 더 낮은 서열의 생명체로 인식하고 있는 듯했다. 어째서인지는 미루도 알 수 없었다. 호밀이는 어디까지나 자신의 감정에, 순간순간 정직하게 행동하고 있을 뿐이었다.

호밀이에게 밥을 줄 때 베란다 창을 열어놓아서인지 맑고 서늘한 아침 공기가 금세 실내를 상쾌하게 만들었다. 창밖으로는 초록 나뭇잎이 무성히, 하늘이 보이지 않을 정도로 가득차 있었다. 몇 해 전, 미루가 맨 처음 이 집을 보러 왔을 때만 해도 나뭇잎이 이렇게까지 자라지는 않았었다. 그 당시의 나무들은 정리되고 남은 브로콜리 줄기처럼 잔가지와 중간가지 들이 싹둑 잘린 앙상한 모습으로 초라하게 맨몸을 드러내고 있었다. 미루는 창밖 너머로 펼쳐지는 풍경이 마음에 들었다. 바로 앞에 공터가 있고, 더 멀리에는 놀이터와 어린이 공원이 아기자기하게 붙어 있어 시야가 훤히 트였다. 측면으로 보이는 커다란 가로수들 위로는 7층 높이 정도에 우주선 같은 이상한 구조물이 생뚱맞게 떠올라 있었다. 뭉툭한 다이아몬드 모양의 허연, 정체를 알 수 없는 물체였다. 미루는 첫눈에 그것을 UFO라고 생각했지만, 당연히 UFO가 아니라는 것도 알았고, 그래도 그것을 UFO라 부르고 싶었고, 아는 누군가, 아무에게라도 그 얘길 하고 싶다는 마음이 불쑥 샘솟았다. "우리 집에서는 우주선이 보인답니다." 가까운 미래에 집으로 사람들을 불러 모아 굉장한 구경거리라도 선보이듯 자랑스러워하는 자신을 상상할 수 있었다. 미루는 바로 계약하겠다고 말했다. 그 이상한 구조물의 정체는 몇 번의 검색으로 쉽게 밝혀졌다. 그것은 '고가수조 타워'라는 것이었고, 처음 만들어졌을 1980년대 중반에는 로켓 기둥처럼 보이는 하층부에서부터 우주선의 본체처럼 보이는 상층부까지, 수십 미터나 물을 끌어 올려 뿜어내도록 설계한 거대한 공중 분수로 이용됐었다. 기능적인 측면에서는 아무 의미 없이, 오로지 아파트 조경을 위해서만 지어진

설비라는 설명을 찾을 수 있었다. 물론, 얼마 지나지 않아 예산 상의 문제로 공중 분수는 운영을 멈추었다. 한동안 미루는 집에서 우주선이 보인다는 사실에 큰 위안을 받았다. 정체 모를 이상한 물체가 자신의 안전한 주거지 근처에 위치한다는 그 단순한 사실이 마음을 놓이게 했다. 그것은 경이로운 조각이었다. 그 어떤 작품에서도 느껴보지 못한 존재감이 있었다. 그러나 지난 몇 년간 집 앞 나무들이 풍성하게 자라나는 바람에, 이제 미루의 집에서는 오직 나무들이 헐벗은 겨울에만 우주선을 볼 수 있게 되었다. 그러는 사이 그녀는 아무도 집에 초대하지 않았다. 초대할 수 없었다.

삼청동 갤러리에서 일한 뒤로 미루는 누구하고도 더 노력해서 만나고 싶지 않았다. 직장이라는 곳이 원래 그런지는 모르겠지만 종일 사무실에서 진을 빼고 나면 그 이상의 무엇을 더 하고 싶다든가 하는 의욕이 사라졌다. 퇴근할 무렵이 되면 노원역까지 가는 지옥철에 몸을 싣고 딱 한 시간을 버틸 수 있을 만큼의 에너지만 남았다. 매일 때려치우고 싶다고 생각했지만 정작 프리랜서가 되었을 때 일주일에 40시간만 일하면서 최저임금 이상을 벌 자신이 없었다. 그녀는 석사학위를 가졌지만 최저임금을 받고 일했다. 요즘 세상 기준으로 유별난 일은 아니었다. 주휴수당과 식대를 고려하면 최저임금을 받더라도 어딘가에 소속되는 편이 나았다. 갤러리에서 일하기 전, 미루는 작업과 병행할 수 있으리라는 기대로 여러 아르바이트를 전전했지만, 그 어떤 일에도 정착할 수 없었다. 전시 기획자로 참여했던 영화제에서는 3개월의 계약 기간 동안 총 3백만 원을 받기로 되어 있었는데 그중 50만 원은 프로젝터 장비로 대신 받았다. 그보다 더 전에는 영상번역가로도 잠시 일했었다. 50분짜리 케이블 다큐멘터리—이상하게도 대부분 사자나 치타, 하이에나들이 나오는 지루하기 짝이 없는 시리즈—를 의뢰받았고, 그 영상들을 스파팅부터 번역, 교정, 수정까지 모두 혼자 작업하고서 25만 원을 수령했다. 한 편을 마무리하는 데에는 사나흘쯤 걸렸다. 그걸 시급으로 따지자면 최저임금의 절반 정도가 되었다. 경력이 쌓이면 더 나은 조건으로 계약할 수 있다는 얘기를 들었지만, 다른 대부분의 일과 마찬가지로 계속하고 싶고, 할 수 있는 일이라는 생각은 들지 않았다.

갤러리 관장은 좋은 사람이었다. 그 사람이 처한 입장을 고려해볼 때 그러했다는 말이다. 돈이 많고 순수한 인상의 여자였다. 자기 이름을 내세운 갤러리를 운영할 만큼 집에 돈이 많아서 굳이 순수하지 않을 필요가 없는 사람이라고 표현하는 게 더 정확할지도 모른다. 그녀는 미루에게 친절했다. 친절하려고 무척 노력했다. 자신의 바닥을 드러내지 않으려 애쓰는 사람이었다. K-드라마에 흔히 나오는 피 한 방울 안 나올 것 같은 못된 인상의 부잣집 마나님 겸 미술계 인사라는 스테레오타입과는 거리가 멀었다. 그저 미술에 진지한 사람이었고, 알고 보면 불쌍한 사람이었다. 그녀는 미루가 뉴욕에서 알게 된 학교 선배의 지인이었는데, 미국 동부 지역에서 미술사를 공부했고, 원래는 학위를 딴 다음 잡을 구해서 계속 미국에 살 작정이었지만, 결혼하면서 한국에 들어올 수밖에 없었다고 들었다. 그리고 아이가 생겼다. 이어서 둘째를 낳았다. 게다가, 그게 끝이 아니었고, 시어머니가 손자를 간절히 원한 나머지 최근에는 셋째를 임신했는데, 불행인지 다행인지 셋째도 여자애였다. 우울한 얼굴을 한 관장은 오후가 되어서야 겨우 출근했고 자주 조퇴했다. 특별한 행사가 있거나 손님이 찾아오는 게 아니라면 그녀가 갤러리에 머무는 시간은 세 시간이 채 안 되었다. 오후 4시쯤부터는 거의 자리를 비운다고 봐야 했다. 관장은 무리를 해서라도 매일 갤러리에 출근하려고 기를 썼다. 그렇지 않으면 자기 자신을 잃어버리기라도 할 것처럼 조바심 내면서.

"미루 씨는 박사 안 해?"

어느 날 관장이 물었다.

"요새는 작가들도 다 박사더라. 심사 가면 다 박사야."

관장은 힘 빠지는 목소리로 투덜거렸다.

"작가들이 너무 범생이라서 그런가. 스테이트먼트는 그럴 듯한데 정작 작업은 재미가 없네."

네네, 정말 그래요. 미루는 장난스럽게 울상을 지으며 그녀의 말에 맞장구를 쳐주었다. 아무도 그 폐해를 모르지 않지만, 누구도 거스를 수 없는 작가들의 학력 인플레 현상에 대해 미루도 할 말이 없진 않았다. 범생이라서 박사를 따는 게 아니구요, 고령화 사회라서요, 작가들이 너무 오래 사는 것 같아요. 20세기에는 마흔 정도만 돼도 죽고 그랬는데 이제는 마흔이 넘고 나서도 먹고살아야 할 날이 구만리잖아요…… 한국에 돌아온 후 미루는 여러 사람으로부터 박사 학위를 받으라는 조언을 들었다. 길게 작업을 하기 위해서는 그러는 편이 도움이 될 거라는 이유에서였다. 티칭도 하고, 커뮤니티 안에 소속되어야 뭐라도 접점이 생긴다는 관점이었다.

"미루 씨도 박사 하고 싶으면 빨리해. 나처럼 나이 들기 전에 미리미리."

관장은 귀국한 뒤로 몇 년째 박사 논문을 진척시키지 못한 처지였다. 최근에는 노산이라 병원에 가야 하는 일이 잦았고, 임신한 태가 날 때 즈음부터는 양미간에 대충 뉘앙스로만 박혀 있던 '피곤'이라는 글자가 대놓고 얼굴 전체를 잠식해버렸다. 논문 같은 것은 아예 꿈도 꾸지 못하는 처지가 된 것이다. 돈도 많으신 분이 왜 그렇게 정석대로 박사 학위를 받으려고 집착하시는지. 대충 유지하며 시늉만 해도 어렵지 않게 받으실 수 있을 텐데. 미루는 자기 처지도 모르는 주제에 쓸데없는 간섭을 한다며 마음이 꼬여버리다가도 결국은 관장을 미워할 수 없었다. 그녀가 너무 딱했기 때문이었다. 그녀의 고집이, 착한 여자가 되려는 그 미련한 고집이 답답하면서도 저게 맞지, 저게 맞아, 싶었다. 그래도 그녀를 보고 있으면 왠지 모르게 화가 나서 퉁명스러워졌다.

관장의 잔소리가 아니더라도 원래 이 일을 시작했을 때 미루는 빠르게 할 일을 해치우고 남는 시간에 공부를 더 하거나 개인 작업을 진행해볼 계획이었다. 분명 그럴 계획이 있었는데 실행에 옮기지는 못했다. 작게나마 정기적으로 월급을 받으니 생활이 안정되었고 돈이 모이자 주식을 시작했다. 코로나로 누군가를 만날 상황도 아니었고 주식을 하지 않으면 뭔가 시대에 뒤처지는 듯한 'MZ세대 투자 열풍' 분위기도 한몫했다. 모바일 계좌를 만들고 나서 한동안은 매수 방법을 몰라 매일 차트만 바라봤었다. 쉴 새 없이 움직이는 숫자들을 멍하니 바라보고 있노라면 무언가와 연결되었다는 느낌을 새삼스레 받을 수 있었다. 살아 있는 것들을 만나기 힘든 시절이었다. 코로나가 닥치기 전만 하더라도 미루는 주식에 대해 무척 회의적이었다. 돈에 관심이 없는 것은 아니었지만 부동산을 맹신하는 아버지의 영향이 컸다. 주식은 패가망신의 지름길이라는 게 아버지의 지론이었다. 게다가 주식은 어쩐지 품위가 떨어지는 것 같았다. 어느 모임이든 한 명씩 있는, 아무도 공감하지 못하는 주식과 코인 등 실체 없는 세계에서 벌어지는 돈 얘기를 혼자 신나게 떠드는 작가들의 작업이 좋았던 적이 한 번이라도 있었던가. 그런 사람들을 볼 때마다 그가 무슨 대단한 타락이라도 한 것처럼 속으로 혀를 끌끌 차며 '손절'한 적이 무수히 많았었다. 그게 불과 몇 년 전이었건만 미루는 시류가 완연히 변하였음을 느낄 수 있었다. 이제 동시대 미술계에서도 가상화폐 투자, NFT, 빅데이터, 인공지능, 대체 현실 등 메타버스 관련 '첨단' 이슈를 넣지 않는 전시를 찾아보는 게 오히려 더 어려운 시대가 되었다. 심지어 그것들은 이미, 벌써, 뒤늦게 유행을 쫓아간다는 느낌마저 주는 낡은 테마가 되어가고 있는 중이었다.

어찌 되었건 미루는 독학으로 어렵사리 첫 번째 주식을 매수했고, 인플루언서 블로거가 추천하는 IPO 상장 주식을 한두 개 사서 재미를 보았다. 그다음에는 가장 핫하다는, 10년 안에 다섯 배가 되고도 남는다는 해외 반도체 ETF와 전기차 주식을 매수했다. 해외 주식은 환전도 필요하고, 위험을 잘 인지하고 있는지의 여부를 묻는 동의 창에 수차례 클릭을 해야만 주문이 가능했다. 백만 원이 2백만 원, 3백만 원이 되었고, 조금씩 물을 타다 보니 미루는 몇 주 만에 적금을 깨서 2천만 원이 넘는 돈을 계좌로 이체한 후 열다섯 개가 넘는 종목을 담았다. 이후로는 혼자여도 심심할 틈이 없었다. 혹시 사람들은 외롭지 않기 위해 주식을 하는 건 아닐까, 미루는 그런 생각마저 들었다. 잘나가는 재테크 채널의 구독자는 기본이 수십만이었다. 전시 하나를 오픈하면 천 명이 올까 말까 하는 상황과 무척 대조되었다. 미루는 아이스브레이킹이 필요하거나 딱히 할 말이 떠오르지 않는 사람에게 날씨 대신 주식 얘기를 꺼냈고, 그러면 서로가 잘 아는 사이였던 것처럼 무언가 소통이 이루어진다는 느낌을 받았다. 그렇게 그녀는 유튜브 알고리즘이 안

내하는 신세계에 완전히 빠져버려서 관장이 자리를 비운 시간 틈틈이 넓고 깊은 재테크 채널 네트워크를 떠돌아다니느라 수백 시간을 허비했다. 그나마 최근에는 금리 인상이다 인플레이션이다 뉴스에서 하도 겁을 주는 바람에 손절에 손절을 거듭한 끝에 대부분의 주식을 정리했고, 그제야 겨우 제정신을 차릴 수 있었다. 애초에 첫 주식을 산 시점이 기나긴 하락장의 초입이었으므로 주식투자로 N잡러가 되겠다는 부푼 희망도 반등세가 약해지면서 곧 하찮아졌다. 잃은 것은 두 달 치 월급. 그녀는 두 가지를 깨달았다. 첫째, 주식은 아무나 하는 게 아니라는 것. 둘째, 예술 너머에는 거대한 '진짜' 세상이 존재하며 대다수의 인간은 예술이 아니라 돈에 관심을 갖고 살아간다는 것.

　개인 작업은 미루의 관심에서 점점 더 멀어졌다. 어째서 자신이 그토록 사랑하던 세계를 이렇게나 쉽게 내쳐버릴 수 있었을까. 그녀는 가끔 의아했지만 나는 그런 사람일지도 몰라, 하고 스스로를 납득하고자 했다.

　3.

　삼청동 갤러리는 부실하게 운영되는 것치고는 위치가 좋

은 편이라 나름대로 이름 있는 작가의 개인전이 종종 열리곤 했다. 오프닝에는 온갖 사람들이 찾아왔다. 일을 시작한 초반에 미루는 그들과 마주치는 상황이 몹시 부담스러웠다. 게스트가 아니라 호스트로서 미술계 사람들을 대하는 게 어색하게만 느껴졌기 때문이었다. 정확히는 호스트라기보다는 하인의 입장이 된 것 같은 기분이었다. 다른 사람들이 물 흐르듯 자연스럽게 파티를 즐길 수 있도록 될 수 있는 한 눈에 띄지 않게 일을 진행해야 했다. 간혹, 유난히 큰 목소리로 "자기 여기서 일해?" 하고 물으며 미루를 알아보고 안쓰러운 시선을 던지는 이들이 있었다. 친근한 어조로 다가와 남의 좌절을 더 자세히 쳐다보고 싶어 하는 호기심을 그녀는 섬세하게 읽을 수 있었다. 불행이 아닌 것을 모두 불행으로 만들어버리는 신기한 능력을 가진 사람들이었다. 사람을 막 대한다는 것이 무엇인지도 다양한 측면에서 알게 됐다. 그러나 그것도 2년쯤 지나자 아무렇지 않아졌다. 오히려 한 걸음 떨어져서 이쪽 군상들을 관찰하는 여유가 생겼다. 사람들도 미루가 한때 작가였다는 사실을 잊어버린 듯 작업에 대해 더 이상 묻지 않았다.

그런 시기에 준회를 만난 것은 어쩌면 다행이었다. 미루는 준회를 한눈에 알아봤다. 대학원 어드미션을 받고 가을학기가 시작되기 전 몇 달간, 미루는 시간이 남아돌아 두세 명의 남자를 동시에 만났었다. 다 별 볼 일 없는 놈들이었지만…… 그중에서 지금까지 이름을 기억하는 건 준회가 유일했다. 준회는 젊고 잘생긴 남자였으나 의외로 본인은 그런 사실을 잘 알지 못한다는 듯 행동했다. 진심으로 알지 못했을 것이다. 그리고 그런 점이 사람을 미치게 했다. 좋은 의미로도, 나쁜 의미로도 그랬다. 그게 자기 인생에서 얼마나 유리하게 작용하는지 그는 알 필요가 없었다. 미루는 그가 부러웠다. 왜 어떤 사람은 모든 것을 그토록 쉽게 얻는 것인지 마음이 비뚤어졌고, 그런 자신이 싫어졌다. 정작 준회와의 관계는 썩 괜찮았다. 괜찮았는데, 마지막에는 그냥 헤어질 핑계를 아무거나 생각해냈다. 돈도 못 버는 애가 몇백만 원씩이나 하는 자전거를 타고 다니는 게 좀 꼴사나워 보인다는 따위의 혼자만의 이유를 만들었다. 그렇지만 미루는 스스로 잘 알고 있었다. 그녀는 매력을 느끼는 상대에게 경쟁심을 느꼈다. 이상한 일이었다. 어째서 로맨틱한 관계를 맺는 사람에게 그런 감정을 느끼는 걸까. 그건 모든 관계에 적용되지는 않았다. 이따금 미루의 마음을 건드리는 사람들이 있었다. 마음. 상대를 이기고 싶다는 마음. 혹은 내가 저 사람처럼 되고 싶다는 마음. 그건 오랜 습관이나 강

박처럼 자신의 일부가 된 감정이었고, 평생에 걸쳐 싸워야—관리해야—하는 깊은 질병과도 같은 것이었다. 아주 어릴 적부터, 그녀는 '남자아이'가 되고 싶었다. 아니, 그녀는 아버지가 그토록 원하던 남자아이가 될 수 없다는 사실이 놀랍고 당혹스러웠다. 단지 여자아이였기 때문에 이러저러한 일들을 못하고, 또 이러저러하게 행동해야 한다는 단속과 통제를 받는 것이 분하고 억울해서 도저히 참을 수가 없었다. 그녀는 일찌감치 알게 되었다. 여자아이들이란 존재하지도 않는 남자 형제로부터도 차별받을 수 있다는 사실을. 그녀의 어린 시절은 남자아이가 될 순 없어도 남자아이만큼 충분히, 그 이상을 잘해낼 수 있다는 것을 증명하고자 하는 수많은 시도로 채워져 있었다.

미루는 먼발치에서 준회를 유심히 지켜보았다. 그는 사람들과 어울리지 않고 갤러리 앞마당 구석에 있는 거대한 초록색 햄버거같이 생긴 가이스카 향나무를 보고 있었다. 정확히 말하자면 초록색 햄버거에서 툭 튀어나온 패티의 윗부분을 보고 있는 듯했다. 마치 거기에 다른 세계로 통하는 작은 문이라도 달린 것처럼 유심히 내려다보고 있었다.

"뭐가 있어?"

미루는 다가가서 물었다.

준회는 미루를 알아보지 못한 듯 잠시 멍하니 그녀를 바라보았다. 순간이지만 준회의 얼굴에서 상처받은 사람의 눈빛 같은 것이 스쳐 지나갔다.

"거미가 있어."

준회가 손으로 가리킨 쪽을 보니 아주 작은 거미가 아주 작고 가는 거미줄에 다리를 걸고 대롱대롱 매달려 있었다. 두 사람은 한동안 말없이 거미를 바라보았다. 이렇게 작은데도 더 작은 벌레들을 잡아먹겠지, 미루는 그런 생각을 했지만 말로 내뱉지는 않았다.

준회와 다시 만난 건 며칠 후였다.

정독도서관 사거리에서 준회를 기다리며 미루에게 맨 처음 든 생각은 얘가 복수하면 어쩌지, 하는 것이었다. 한편으론 복수를 당해도 싸다는 생각이 잠시 들었지만 그건 그냥 상상 속에서나 그렇다는 얘기고, 막상 실제로 만나려니 준회가 무슨 마음에서 보자고 한 건지 짐작할 수 없었다. 다만 서울이라는 도시는 때론 너무 작아서, 그리고 다른 대안적인 도시가 있는 것도 아니어서 살다 보면 종종 달갑지 않은 과거와 마주쳐

야만 한다는 현실을 환기했다. 그 달갑지 않은 과거라는 게 자기 자신이 되지 말라는 법도 없는 법. 미루는 마음의 준비를 제대로 하기 위해 SNS를 뒤져보았지만 준회의 근황에 대해 딱히 구체적인 정보를 찾아낼 순 없었다. 준회는 여전히 SNS를 하지 않는 것 같았다.

사거리 건너편에서 준회가 걸어오는 모습이 보였다. 걷는 모습이 예전과 똑같았다. 미루를 확인한 후 손을 슬며시 들어 인사하고, 괜히 다른 곳을 둘러보는 척 낯을 가리는 행동도 그대로였다.

"늦어서 미안."

"괜찮아. 나도 방금 왔어."

사실 미루는 긴장이 돼서 10분이나 일찍 도착했지만 거짓말을 했다.

"너무 더러워서 좀 치운다는 게 늦어버렸네."

준회가 손바닥을 펼쳐 내보이며 말했다. 이마에는 긁힌 상처가 나 있었다. 작업실 문이 낮아서 이마를 부딪혀 다친 것이라고 했다.

"작업실 근처로 오라고 하지 그랬어."

"거긴 뭐 먹을 데가 없어서."

준회가 가지런한 이를 드러내며 활짝 웃었다. 타고난 걸까, 아니면 어릴 때 엄마가 교정을 시켜준 걸까. 준회의 티 없이 완벽한 치열을 볼 때마다 주눅이 들었던 것이 기억났다. 왜 아름다운 것을 볼 때 그것을 온전히 즐기지 못하고 자신의 결점부터 먼저 떠올리게 되는 걸까…… 미루는 어떤 기질적인 특성에 대해 생각했다. 그 어느 상황에서라도 무언가 스스로에게 결핍된 면을 찾아내고 슬퍼하는 것.

미루는 준회를 데리고 일본식 가정식을 파는 식당에 들어갔다. 갤러리에 지인이 방문하면 자주 찾았던 곳으로 비싸지 않으면서도 어쩐지 품격이 느껴지는 곳이었고, 이상하게도 일반 사람들에게 잘 알려지지 않았다.

"이런 데가 있었네?"

"괜찮지?"

"가끔 이 앞을 지나다니는데 전혀 몰랐어."

"관장이 좋아해. 이 가게."

"그래."

"일하는 사람들이 친절하고 좋아. 사람도 잘 안 바뀌고."

준회가 자리에 앉으면서 높은 천장과 곳곳에 박힌 창문에 무심코 시선을 주었다. 미루는 어색함을 모면하고 싶어서였는지 묻지도 않은 설명을 이어갔다.

"이 집이 원래는 옆에 있는 고택의 행랑채였대."

"행랑채?"

"하인들 사는 곳."

"하인 사는 집인데도 꽤 좋네."

"그렇지?"

"하인이라는 말 오랜만에 들어본다."

"우리가 앉아 있는 데는 창고였어. 저쪽이 사람 사는 곳이었고."

미루가 중벽 너머를 가리키며 말했다.

"아, 그렇구나……."

준회가 고개를 길게 빼고 중벽 건너편을 보았다. 부엌에서는 직원 두세 명이 연어를 굽고 있었다.

"그리고 이거는,"

미루가 손을 뻗어 준회의 뒤편을 손가락으로 가리켰다. 벽면에는 빛바랜 에메랄드색의 대형 아치문이 거대한 유리판으로 덧대어져 막혀 있었다.

"본채 뒷마당하고 연결되는 문인데, 사람들이 다니는 길은 아니고 창고에서 짐을 옮기던 곳이었대."

"아. 짐을……."

"우리가 들어왔던 반대쪽 문은 차량용인 거지."

"그렇구나. 진짜 많이 안다. 대단해."

"응, 그러게."

미루는 잠시 멍하다가 어쩐지 비참한 기분으로 마침내 입을 다물었다.

두 사람은 물을 마시며 주변을 두리번거렸다. 1시가 넘어서인지 실내가 한산했다. 문득 테이블 위에 있는 작은 꽃이 눈에 들어왔고 두 사람은 그때부터 유리병 안에 꽂힌 꽃을 보며 무슨 말을 해야 할까 생각했다. 침묵의 시간이 고통스럽게 느껴지기 전, 친절한 직원이 연어 덮밥 2인분을 가져다주었다.

초여름답지 않은 덥고 습한 날씨 때문인지 '걸어서 10분 정도'라고 들었던 준회의 작업실은 더 멀게 느껴졌다. 북촌은 미루에게도 익숙한 곳이었지만 준회가 안내하는 길은 어쩐지 낯설었다. 큰길에서 조금 안쪽으로 들어갔을 뿐인데도 길가에 행인을 찾을 수 없었다. 골목은 고요하고 고양이 한 마리도 지나다니지 않았다. 미루는 왠지 너무 방심했다는 생각이 들었다. 자신이 무해한 사람임을 애써 드러내려는 듯한 준회의 태도도 왠지 의심스러웠다. 준회는 달라졌다. 속마음을 숨기고 있었다. 그냥 나이가 든 것일지도 모르겠지만 어쩐지 더 능숙하고 예의 바른 사람이 된 것만 같았다. 그러고 보니 예전에 자기가 한 짓을 생각하면 준회와 이렇게 아무렇지도 않게 어제 만난 사람처럼 하하 호호 한다는 게 말이 안 됐다. 이성적으로 판단하면 그랬다. 차라리 속 시원하게 그가 타박한다면 냉큼 사과했을 텐데, 아니, 아까 밥 먹을 때라도 먼저 미안한 척을 했어야 하는 걸까. 미루는 준회를 흘끔흘끔 바라보며 멀끔한 얼굴 속에 무슨 꿍꿍이가 있는 것은 아닌지 바쁘게 머리를 굴렸다. 혹시라도 남들 눈에 띄지 않는 후미진 곳에 들어간 다음 갑자기 흉폭하게 돌변해서 무슨 일을 저지를지도 모르고, 그럴 기미가 보인다면 미리 담판을 짓거나 어떻게든 틈새를 만들어 도망가야 한다고 마음을 단단히 먹고 경계를 늦추면 안 된다는 생각을 했다. 잠깐의 부주의함 때문에 너무나 큰 대가를 치렀던 여자들의 마지막 순간이 문득 떠올랐다. 여기서 죽을 순 없었다. 그녀에게는 먹여 살려야 할 고양이가 있었다……

준회는 어느 폐가 앞에서 발걸음을 멈췄다. 회색 담장 안쪽으로 옴폭 들어간 부분에 커다란 청동 대문이 수십 년 동안 한 번도 열리지 않은 것처럼 녹슨 채 버티고 있었다. 섬세히 조각된 거북이 형상의 문고리에서 한때 이 집이 누렸을 영광을 짐작해볼 수 있었으나 거북이는 머리 부분이 거의 삭은 상태로겨우 붙어 있을 뿐이었다.

"여기가 작업실이야?"

"응."

준회는 열쇠를 찾으려는 듯 주머니를 뒤적거렸다. 이 폐가는 미루가 아는 곳이었다. 이 집에 대해서라면 잘 알고 있었다. 점심을 먹고 북촌을 산책할 때 가끔 지나던 집으로, 멀리서도 담장 너머로 뾰족하게 솟은 여러 겹의 주황색 박공지붕이 눈에 잘 띄는 양관洋館이었다. 1930년대에 지어져서 무척 낡긴 했으나 외관은 비교적 멀쩡한 편이었다. 서양식과 일본식 건축 양식이 혼재된 2.5층의 주택은 거무죽죽한 벽돌 면을 담쟁이 덩굴이 온통 뒤덮었고 세로로 긴 유리창들은 완벽한 비율을 유지하며 세월을 이겨내고 있었다. 허름한 기운을 풍기는 와중에도 이 집을 지은 사람들이 얼마나 애정을 갖고 세부 구조를 만들어갔을지 그 자부심이 그대로 느껴졌다. 자기만의 숨은 이야기를 들려줄 듯한 집의 신비롭고 비밀스러운 분위기에 미루는 어쩐지 마음이 끌렸다. 담장 안쪽을 살펴보기 위해 맞은편에 위치한 빌라로 몰래 들어가본 적도 있었다. 안쪽 마당에는 오랫동안 사람의 손길이 닿지 않은 듯 원시림 같은 키 큰 잡풀이 군데군데 자라 있었고, 그 사이에는 흙투성이가 된 인조 대리석 테이블이 기우뚱하게 놓여 쓰러질 듯 균형을 이루었다. 마당 한구석에는 한때 실개울이 흘렀을 긴 구덩이 위로 작은 관상용 돌다리가 원형을 유지한 채 남아 있었다. 현관 포치 앞에는 성인의 키 높이 정도 되어 보이는 모서리가 마모된 석탑이 있어 고풍스러운 느낌을 주었다.

북촌에서 이런 서양풍의 집은 드물지 않게 발견되었는데, 그중 몇몇은 벌써 수십 년째 방치된 모양으로 주변과 비교하면 그 공간만 신경질적으로 헝클어져 있는 듯 보였다. 멀쩡한—이렇게나 좋은 위치에 있는—집을 비워두는 사람들이 존재한다는 사실은 그냥 쉽게 지나치기 힘들었고, 한번 눈에 들어오기 시작하자 곳곳에 비슷한 상태의 집들이 산재해 있음을 미루는 깨달았다. 집의 운명에 대해 미루는 관심이 많았다. 시간의 흐름 속에서 탈락한 듯한 쇠락한 기운에 몹시 마음이 쓰였기 때문이었다. 또 한편으로는 집이 간직한 특별함—기묘한 여유로움과 무관심—에도 매혹을 느꼈다. 살 집이 없어 난리 법석인 대도시 서울 한복판에, 덩그러니 버려진 이 한

가롭고 을씨년스러운 공간의 주인들은 도대체 무슨 사정인 걸까. 누가 살았고, 어떤 역사를 지나온 걸까. 그녀는 점심시간마다 틈틈이 북촌을 돌아다니며 빈집의 사진을 찍었다. 작가 정체성에 미련을 버리지 못하던 때, 그러니까 주식에 손대기 전에 그녀는 북촌의 유령 집을 소재로 개인 작업을 발전시켜보고 싶었고, 한때는 열망 가득한 눈으로 이 주택 역시 종종 들여다보곤 했던 것이다.

"진짜로 여기라고?"

미루가 믿을 수 없다는 듯 한 발짝 물러서며 물었다.

"찾았다."

준회가 주머니에서 낡은 열쇠를 꺼내 자물쇠 쪽으로 고개를 숙였다. 미루는 손을 뻗어 급히 준회를 돌려세웠다.

"잠깐만."

"집이 좀 낡았어."

"아니, 대체 왜 여기야?"

"여기면 안 돼?"

준회는 영문을 모르겠다는 얼굴로 되물었다.

"그게 아니라. 왜 나를 여기로 불러냈냐고."

"사진 보여준다고 했잖아."

준회는 여전히 어리둥절했다.

"지금 그게 중요해?"

"그럼 안 중요해?"

미루가 팔짱을 끼고 미심쩍은 얼굴로 준회를 쏘아봤다. '열쇠'로 문을 연다는 상황에서 왠지 모르게 '푸른 수염' 이야기가 연상됐고, 기분이 안 좋았다. 영 불길했다.

"지금 너 나한테 복수하려고 그러는 거지? 그런 거지?"

"뭐?"

준회가 황당하다는 듯 코웃음을 터뜨렸다.

"그럼 아냐?"

준회는 웃기 시작하더니 좀처럼 웃음을 멈추지 못했다. 미루는 잘못 짚었나 하는 생각에 그만 머쓱해졌다. 막상 말로 뱉어버리니 좀 뜬금없었다는 생각이 뒤늦게 들었다.

"너 하나도 안 변했구나."

간신히 얼굴에 웃음기를 거두고 준회가 말했다.

"그러니까, 네가 그때 아무 말 없이 뉴욕 가서 잠적했다고, 이제 와서 내가 너한테 해코지라도 할 것 같아?"

미루는 준회의 눈을 똑바로 쳐다볼 수 없었다. 그렇게까지 적나라하게 마음을 읽어내서 요약해줄 필요까진 없지 않은가.

멀찍이 떨어진 길 한가운데에서 호밀이와 똑같이 생긴 삼색 고양이 한 마리가 호기심 어린 눈초리로 두 사람을 쳐다보고 있었다.

"궁금하긴 했지. 왜 그랬을까."

"……."

"한마디라도 해주면 좋았을 텐데, 왜 그랬을까, 하고."

"……."

"그런데, 너."

미루가 비로소 준회를 올려다보았다. 그는 다시 예전의 그 성실한 얼굴을 하고선 아무런 주장도 하지 않겠다는 듯 낮은 목소리로 중얼거렸다.

"너 그렇게 치명적이진 않거든."

준회는 몸을 돌려 수그리고 자물쇠를 돌려 열었다. 녹이 슬 대로 슨 청동 대문이 삐걱하는 소리를 내며 열렸다. 앞마당에 무성하던 원시림은 어쩐 일인지 온데간데없이 사라져버렸고, 대신 막 가꾸기 시작한 풋풋한 느낌의 정원이 펼쳐졌다. 어디 선가 옅은 꽃향기가 흘러오는 듯했다. 오후의 햇살을 받은 정원은 시시할 정도로 안전해 보였고, 어딘가 텅 비어 있어 공사 중인 세트장처럼도 느껴졌다.

"뭐래, 미친놈이······."

미루는 피식 웃으며 자기도 모르게 중얼거렸다. 그 짧은 순간에 갑자기 엄마 생각이 났다. 무심결에 미쳤다는 말을 쓸 때마다 그랬던 것처럼 말이다. 그녀는 미쳤다는 말을 얼마나 자주, 그러니까 터무니없을 정도로 자주 써왔는가. 부주의하게도.

그리고 엄마와 함께 살던 집을 떠올렸다. 항상 둘이 남겨져 있던 그 쓸쓸하고 무섭고 오래된 집. 아빠가 돌아올 때까지 엄마 눈에 띄고 싶지 않아 숨죽이고 있었던 그 집. 엄마만 들을 수 있었던 목소리들, 수근거림······ 어릴 때 미루는 엄마가 미친 개한테 물려서 아픈 것이라고 추측했다. 동네에서 제일 큰 미친개가 집에 돌아오던 엄마를 쫓아왔고, 미루만큼 어렸던 엄마는 소리를 내지르며 도망쳤지만, 막다른 골목에서 그만 미친개한테 물리고 말았다. 그때 감염된 상처는 종종 재발해서 그녀를 아프게 했다. 엄마는 밖에 나가는 것을 두려워했다. 어느 순간부터는 집에서 나오지 못했다. 나중에 증상이 심해졌을 때 그녀는 본인의 의사와 상관없이 다른 집으로 옮겨져야만 했다. 어린 미루를 보호하기 위해서였다. 미루는 엄마를 가엾게 여기면서도 그녀가 무서웠기 때문에 학교가 끝난 후 집으로 돌아갈 때면 엄마가 집을 떠났다는 사실을 재차 상기하며 기뻐했다. 그 여자가 집에 없어. 그 여자는 이제 집에 없다! 엄마가 죽었을 때도 마찬가지였다. 무척, 무척 슬펐지만 안도했다. 그리고 미루는 죄책감을 느꼈다. 할부로 슬픔을 나눠 갚듯이 천천히 차곡차곡 그것은 그녀의 일부가 되었다…….

그녀는 세계문학전집 속에 등장하는 미친 여자들을 생각했다. 소설에는 종종 저택에 갇혀버린 미친 여자가 나왔다. 그 저택들이 실제로 얼마나 크고 미로 같은지 미루는 잘 알지 못했다. 하지만 이야기 속에서 집이라는, 중심이 비어 있는 그 거대한 공간은 자체로서 인간의 영혼을 필요로 하는 것처럼 느껴졌다. 사람들은 자신들이 집을 소유하는 것처럼 착각하지만, 실은 집이 사람을 가진다. 집은 그 안에 있는 사람들을 집어삼킨다. 집은 대가를 원한다. 점유자는 그에 합당한 대가를 치러야 한다. 그녀는 집의 잔혹함과 관대함을 동시에 느꼈다. 집이 자신을 내려다보고 있었다. 분명히 한 명 이상의 미친 여자가 살았을, 위엄과 품위를 간직한 재투성이의 집이 그녀를 응시했다.

망상.

미루는 언젠가 일생에 한 번은 환청을 듣거나 환각을 보게 되리라는 예감을 안고 살아왔다. 그것은 몸 안에 흐르고 있는 어떤 잠재된 가능성으로서 항상 그녀를 괴롭혀왔다. 열린 문 앞에 우두커니 서서 미루는 문득 그런 생각을 했다. 눈앞의 장면이 환영인지 실제로 벌어지는 상황인지, 그것을 확인하기 위해서라도 저길 들어가야 한다. 들어갈 것이다. 어쩌면 안쪽으로 한 발을 들여놓는 순간 꿈이 깨져버리고 또다시 지루한 아침을 맞게 될지도 모른다. 그런 일도 가능하지 않으리라는 법은 없었다. 하지만 그러기엔 이 모든 장면이 너무나도 생생했다. 두려웠다. 두렵고, 살아 있었다. 정원으로 향하는 계단 위에서 준회가 뒤돌아보았다. 역광을 받아서 그의 얼굴이 검게 보였다. 그는 우선 커피를 한잔 마시자고 했다. 미루는 그를 올려다보며 문밖에 서 있었다.

4.

일기예보에 의하면 비는 잠시 소강상태였다. 다음 주부터 다시 장마가 시작된다고 했다.

이명식과 이미루는 영등포구청역에서 만나 공인중개사 사무소로 걸어갔다. 걸어가는 동안 둘은 말이 없었다. 명식은 슬쩍 미루의 눈치를 살폈다. 아직 애라고 생각했는데 딸이 많이 컸다. 아들보다야 못하겠지만 앞으로 살면서 딸에게 많이 의지하게 될지도 모른다는 생각이 문득 들었다. 그러자 이내 마음이 짠해졌다. 그는 건강을 더 잘 챙겨야 한다고 마음먹었다. 오래 살아야 한다. 미루를 보호할 수 있을 때까지 최대한 버텨야 한다. 그러다 보면 혹시라도 딸이 생각을 바꿔 좋은 사람을 만나 가정을 꾸릴 수도 있지 않겠는가.

미루는 쌀쌀맞은 분위기로 의례적인 안부를 물었을 뿐 명식과 눈도 마주치지 않으려고 했다. 다른 때 같으면 부녀가 지하철역에서부터 손을 잡고 다정하게 걸어갔을 것이다. 명식은 섭섭했지만 잘못한 게 있어 풀이 죽은 채 반 발자국 뒤에서 미루를 쫓아갔다.

한 달 전, 명식은 미루에게 말하지 않고 임대차 계약을 맺으려다 하마터면 사기꾼들과 엮일 뻔했었다. 보증금을 낮추는 대신 월세를 30퍼센트나 올려준다고 해서 옳다구나 싶었는데, 알고 보니 권리금 장사를 전문으로 하는 일당이었다. 최고의 임차인을 만났다고 주장하는 명식의 고집을 꺾은 것은 미루였다. 그녀는 거의 언제나 아버지가 생각하는 것보다 유능하고 그녀의 아버지는 그것을 모른다. 사실은 이러했다. 대표 명함을 가진 임차 희망자가 우쭐거린답시고 떠벌린 몇 가지 정보를 키워드 삼아 인터넷 검색을 해보니, 그들은 방송에 한두 번 출연한 경력이 있는 주방장을 얼굴마담으로 내세워 전국 여기 저기에 비슷한 상호의 가게를 계약하고 사기를 치는 악질들이었다. 공실이 6개월이나 지속되니 하루하루 빚만 늘고 어서 임차인을 들여야 한다는 마음에 그만 명식의 눈이 어두워졌었다. 미루가 의심스럽다고 했을 때, 명식도 그런 것 같다는 생각이 얼핏 들었지만, 딸의 말을 그대로 듣기가 싫어서 몰래 계약을 추진하려다가 그걸 들키는 바람에 큰 말다툼이 있었다. 임차 희망자가 가게를 보러 왔을 때, 아내라며 함께 온 여자의 행색이 너무 화려해서 순간적으로 뭔가 어색하다는 느낌을 받았었는데, 명식은 그걸 뻔히 보고도 잡아내질 못했다. 예전의 그였다면 찰나의 느낌만으로도 단박에 눈치챘을 터였다. 이제 귀도 잘 안 들리는데 판단력까지 흐려진 건가 싶어 명식은 아찔해졌다. 그동안은 미루를 교육시키겠다고 싫다는 것을 억지로 데리고 다녔는데, 이제는 영락없이 자식의 도움을 받아야 하는 노인이 된 기분이었다.

공인중개사 사무소에는 가계약을 맺은 임차인이 먼저 도착해 있었다. 명식과 미루가 들어오자 임차인은 자리에서 일어나 꾸벅 인사했다. 선량해 보이는 30대 후반의 남자였다. 건

장하고 듬직한 인상이었는데, 다시 뜯어보니 너무 느긋한 얼굴이라 저런 관상으로 어떻게 자영업을 계속하려나 싶었다. 으레 듣곤 하던 임대료를 깎아달라는 말도 일절 없었다. 남자의 카카오톡 프로필에는 초등학생 정도로 보이는 남자아이와 함께 찍은 가족사진이 잔뜩 올라와 있었다. 아내는 미용실을 운영한다고 했고, 대충 짐작으로는 연상의 아내가 번 돈으로 몇 번의 사업을 말아먹은 경력이 있는 듯했다. 이번에 명식의 상가에서는 경기도에 있다는 아는 선배의 가구 공장에서 도매로 물건을 납품받아 사무용 가구 전시장을 오픈할 예정이라고 했다. 근방에 지식산업센터가 줄지어 생겨나고 있으니 장사가 안 될 것 같지는 않았다.

"아이고 염 사장님, 먼저 와 계셨네요."

명식이 먼저 손을 내밀며 살갑게 인사했다. 자신을 기다리던 성인 남자들의 시선을 한 몸에 받으며 명식은 다시 한번 힘이 나는 것을 느꼈다. 나는 임대인이다, 그는 마음이 뿌듯해졌다.

"딸하고 같이 오느라 좀 늦었습니다."

"네."

염 사장은 말이 많은 사람이 아니었다.

"이 친구가 진짜 주인이죠. 우리 딸 의견이 제일 중요하답니다."

명식의 말에 미루는 뻣뻣하게 선 채로 염 사장을 향해 가볍게 목례했다. 속으로 그녀는 K-드라마에 나오는 피도 눈물도 안 나올 것 같은 부잣집 마나님의 표정을 떠올리고 있었다. 그날 아침 집에서 나올 때에는 임차인에게 만만하게 보이지 않기 위해 일부러 옷차림에도 신경을 썼더랬다.

"염 사장님, 아주 좋은 계약 하시는 겁니다. 대로변에 권리금 하나 없는 가게 구하기가 보통 쉬운 일이 아닌데 말입죠. 우리 가게 자리가 아주 운이 좋습니다. 다들 장사가 잘돼서 크게 키워 나갔지요."

"네."

"세월 참 좋아졌습니다. 지금 주변에 땅 파고 있는 지식산업센터만 해도 세 군데나 되죠. 아주 타이밍이 딱 맞게 들어오셨습니다."

단답형으로 대답하던 염 사장은 보일 듯 말 듯 고개를 끄덕였다. 명식은 기분이 좋은 나머지 되도록 말을 적게 하라는 미루의 조언을 잊어버리고 혼자 쓸데없는 말들을 계속 이어나갔다. 귀가 잘 들리지 않게 되면서 명식은 말이 많아졌다. 상대방의 말을 듣지 않은 채 떠드는 거라 대화라기보다는 본인의 뜻을 일방적으로 전달하는 방식의 말하기였다. 염 사장은 그걸 이미 깨달았는지 그냥 묵묵히 들으면서 몇 번인가 고개를 움직거릴 뿐이었다.

부동산 중개인이 미리 대필한 월세 계약서 2부를 프린트해서 양측에 전해주었다. 테이블을 마주하고 앉은 미루와 염 사장은 조용히 눈으로 계약서를 훑어보았다. 명식은 중개인이 주는 믹스커피 한 모금을 마시고 만족스러운 얼굴로 입맛을 다시며 느릿느릿 안주머니에서 인감도장을 꺼냈다.

염 사장은 계약서를 내려놓고 어디론가 전화를 걸었다.

"사장님 오셨어. 이제 돈 보낸다."

미용실을 한다는 아내에게 건 전화였다.

계약 당사자는 염 사장 본인이지만, 수천만 원에 해당하는 보증금은 그의 아내가 대신 내주는 것이라서, 임대차 계약서상에는 염 사장의 이름 옆에 공동명의인으로서 염 사장 아내의 이름도 함께 기입하는 것으로 미리 합의가 되어 있었다.

도장을 찍으려던 명식은 그 이름을 보고 멈칫했다.

이근수

＊ 제목 '시차와 시대착오'는 조르조 아감벤의 《장치란 무엇인가? 장치학을 위한 서론》(양창렬 옮김, 도서출판 난장, 72쪽)에 수록된 〈동시대인이란 무엇인가〉에서 차용하였다.

＊ 꿈의 내용은 히토 슈타이얼의 〈독일과 정체성〉(1994)과 마야 데렌의 〈오후의 올가미〉(1943)를 참고하여 영화의 맥락과는 무관한 방식으로 변형하였다.

＊ 밑줄 긋는 문장은 제임스 설터의 《소설을 쓰고 싶다면》(서창렬 옮김, 마음산책, 89쪽)에서 인용하였다.

시티 라이트

나인경

1.

‘우로’는 주택가 골목 모퉁이에 위치한 술집으로, 오후 9시부터 새벽 2시까지 영업하고 한 달에 하루를 쉰다.

폭이 좁고 안으로 깊게 들어가는 ‘우로’의 내부는 기역 자의 바와 열댓 명이 앉을 수 있는 스툴, 한쪽 벽면을 차지한 대형 스크린이 전부로 단출한 구성이다. 그 밖에는 카운터 안쪽, 커튼으로 가려둔 작은 공간이 있다. 쓰임이 애매해 한동안 공간을 놀리다 조리 시설을 갖춘 뒤부터 간이 주방으로 사용하게 되었다.

우로는 작은 가게이고 손님이 많지도 않아서 따로 사람을 쓰지는 않는다. 가게 운영에 필요한 전반의 일, 손님 응대라든지 홀 관리, 서빙, 계산, 발주 같은 것들은 사장인 내가 전적으로 도맡고 있다.

하지만 내가 관여하는 모든 일과는 별개로 우로는 내 '것'이 아니다. 처음부터 아니었고 지금도 아니며 앞으로도 아닐 것이다.

왜냐하면 우로는 승도의 것이니까.

이것이 나의 생각이다.

그렇다면 승도는 어디에?

우로의 손님 중에 승도의 행방을 묻는 사람들이 있다. 글쎄, 다만 분명한 건 승도는 우로를 떠났다는 것이다. 이후로는 승도의 일까지도 모두 내 몫이 되었고 나는 아직도 그것이 어색한데, 시간을 헤아려보면 벌써 1년이 지난 일이었다.

"늦었어!"

초저녁, 가게 문을 열고 장사 준비를 시작할 무렵이었다. 길 맞은편 후카바에 앉아 있던 사람 중 하나가 소리를 질렀다.

"말을 해."

"말을 좀 해보라고!"

저들끼리 와하하 웃다가 바 앞에 설치된 접이식 문을 아주 걷어 젖혔다. 겨울인데. 하지만 내가 신경 쓸 일은 아니다. 가게에 들어온 뒤에는 배달 온 식재료들을 정리했다. 9시가 넘어가면서 하나둘 자리가 차기 시작했다.

"장사하나요?"

문이 열리더니 사원증을 목에 건 어린 여자애가 고개를 들이민 채로 물었다. B-ori industrial Co., Ltd. 익숙한 사명이다. 우로의 단골 중에도 비오리 공장의 직원들이 있었다. 하지만 저렇게 젊은 사람은 처음 보는데.

"장사하죠."

나는 들어오시라고 말하며 담요를 내밀었다. 비오리는 입구 근처, 그러니까 내가 서 있는 카운터 바로 앞자리에 앉았다. 뭘 찾는 듯 두리번거리더니 "메뉴판은요?" 하고 물었다.

"여기는 메뉴가 따로 없어요."

"그럼 뭘 팔죠?"

"이것저것 팔긴 하는데요."

이 사람은, 진짜 손님이네. 어떻게 할까, 고민하는데 문득 냉장고에 넣어둔 것이 떠올랐다.

"아귀 간이 있어요, 밥도 조금 있고요."

맛보겠냐고 물었다. 파는 건 아니고 찾는 손님들이 있어서 따로 챙겨둔 것이지만, 뭐 상관없지 싶었다.

"좋아요."

비오리가 대답했다.

"너무 시끄럽지 않아요?"

비오리 다음으로 가게 문을 열고 들어온 사람은 위층 여자였다. 무슨 개인 사업을 한다는데 뭘 하는지 모르겠는 여자. 이틀에 한 번씩 내려와 '요'를 사 간다. 단골 중의 단골이지만 홀에서 요를 마시는 일은 없다. 잠깐 들러 그것을 사 갈 뿐이다.

와하하, 소리는 또 한 번 대단한 기세로 밀려왔다. 단번에 우로의 깊은 곳까지 치달았다.

"이게 다 무슨 소리예요?"

비오리가 물었다. 고개를 돌려 창밖을 내다보았다.

"'새치' 때문이지 뭐."

위층 여자가 말했다.

"새치요?"

"여기까지 와서 그걸 몰라요?"

위층 여자는 창 너머 후카바를 가리켰다. 저거, 저 사람들이 물고 있는 가죽 호스가 실은 물담배가 아니라 환각제, 그러니까 새치라면서 알려주었다.

나는 여자에게 요가 담긴 5백 밀리리터 병을 건넸다. 납작하고 몸통이 둥근 작은 병이었다. 병이 흔들릴 때마다 투명한

요가 문득문득 빛났다.

"고마워요. 난 요즘 이게 없으면 사는 맛이 안 나."

위층 여자는 값을 치른 뒤 가게를 떠났다.

"뭐라도 틀어줘요."

요를 마시던 손님 하나가 안쪽 벽에 걸린 하얀 스크린을 가리켰다. "자정이잖아요."

나는 천장에 달린 빔을 켠 뒤 필름을 재생했다.

"〈러브 스토리〉네?"

또 다른 손님이 스크린을 향해 돌아앉으며 말했다.

"젊었을 때는 나도 사랑을 했는데."

"사랑?"

비오리가 손님의 말에 반응했다. "젊었을 때 언제요?"

"어디 보자."

손님은 쓰고 있던 돋보기를 이마 위로 올렸다. 손가락을 하나씩 구부리며 숫자를 세기 시작했다.

"정확히, 22년 전에요."

"와."

비오리가 감탄했다. 그리고 물었다.

"그럼 나머지 시간은 뭘 하고 지낸 거예요?"

"그러게나 말이에요."

손님은 팔짱을 꼈다. '그동안 나는 뭘 한 거지?' 곰곰 생각에 잠겼다.

"조용히 좀 해! 제발!"

위층에서 여자가 소리를 질렀다. "더 크게, 더!" 후카바 사람들이 환호했다. 발을 구르며 와하하 웃었다.

"손을 씻었어요."

다시 손님이 말했다. "밖에 다녀올 때마다, 물건을 만질 때마다, 낯선 사람과 닿을 때마다, 기분이 울적할 때마다 씻고 또 씻었죠."

"그러니까 사랑을 할 시간에 손을 씻었다는 거예요?"

비오리가 확인하듯 재차 물었다.

"왜요, 그게 이상해요?"

"네, 이상해요."

"그게 뭐가 이상해요. 나 자신을 지키려던 것뿐이에요. 하루 세 번, 때와 장소에 맞는 약을 먹고, 계절이 바뀌면 새롭게 개발된 백신을 맞고, 매 순간 몸의 사소한 신호들을 알아차리고……."

"우리 때는 다 그랬으니까요."

컵을 닦으며 내가 거들었다. 비오리는 여전히 이해를 못했다.

"하지만 아가씨, 나는 진심이었어요. 진심이라는 건 전부란 거지. 멀쩡한 몸 말이야. 그것만이 전부였어요. 다른 건 없었어요."

손님은 마지막 잔을 따른 뒤 그것을 한입에 마셔버렸다.

2.

"장사를 하자."

어느 날 늦은 저녁이었다. 일을 마치고 집으로 돌아온 승도가 말했다. 옷을 갈아입지도 않고 씻지도 않고 거실에 앉더니 바닥을 두드리며 앉아보라고 했다. 이야기를 하자고, 우리의 앞날에 대해.

"앞날?"

"응."

승도가 대답했다.

"낮에 무슨 일이 있었니?"

내가 물었다.

"아니."

승도는 고개를 저었다. 그러면서 평소에는 하지도 않던 말을 늘어놓기 시작했다. 미래와 안정, 계획과 같은 말들을. 어쩐지 생각할수록 막연하게만 느껴질 뿐인 말들을.

"순서로 따지자면 계획이 첫 번째, 그다음이 안정, 미래 순이라고 할 수 있어."

그리고 얼마간 장사 얘기가 계속되었다. 단번에 쏟아내는 것이 제 나름으로는 오래 생각해온 바가 있는 모양이었다. 나는 모르는 뭔가가 승도에게 있었다.

하지만 나는 승도와 생각이 달랐다. 계획은 어디까지나 계획. 미래는 어디까지나 미래. 현재의 계획이 미래를 지켜줄 거라는 생각은, 그런 기대는, 우리를 위험에 빠뜨리고 말 거야. 나는 승도의 계획 너머에 있는 것들이 두려웠다. 그게 순전히 내 마음속에서만 일어나는 일일 뿐이라 해도.

"뭐가 그렇게 두려운데?"

승도가 물었다.

그건 분명 나를 탓하는 말이었다. 나는 상처를 받았다. 나를 탓해서가 아니라 그 순간의 승도가 너무 간절해 보여서. 무엇도 숨길 생각이 없어 보여서. 이런 건 곤란하다고 느꼈다. 우리는 더 이상 젊지 않았으니까. 늙었으니까.

승도를 처음 만났을 때 우리는 젊었다.

그때 승도의 나이가 스물여덟, 내가 스물넷으로 우리는 둘 다 정부가 지원하는 '파란피' 재활프로그램의 지원자였다.

파란 피. 그건 아주 오래된 병이었다. 하지만 한때 파란 피에 감염되었던 사람들은 언제까지나 그 사실을 잊지 못했다. 파란 피를 겪지 않은 다음 세대 사람들을 만날 때마다 역사적인 사건을 증언하듯 자신이 겪었던 일에 대해 말하고 싶어 했다. 30년 전에, 해안가를 중심으로 발병한 바이러스성 피부질환이 있었단다. 갑각류의 패각에 붙어 있던 박테리아가 원인이라고 했던가. 파란 피에 걸리면 손목의 굴측부와 입꼬리, 배꼽 주변과 성기, 두피와 사타구니, 심하면 내장에 이르기까지 홍반성 반점과 구진이 올라왔다. 곪은 것을 긁으면 피부가 벗겨지면서 묘하게 어두운 피가 흘렀다. 전염력이 강한 데다 치사율도 높아서 초기에는 많은 사람이 죽었다. 그다음에는 어떻게 됐냐고? 파란 피는 변이에 변이를 거듭하다가 점점 힘을 잃어서 나중에는 지루성피부염 정도로 그 영향력이 미미하게 되었단다.

바이러스에 감염된 승도와 나는 온갖 고초를 겪으며 한 시절을 보냈다. 하지만 죽지 않았고 결국은 살아남았다.

"나는 건축사예요."

승도가 말했다. "전공은 건축공학이고요. 하지만 앞으로는 어떨지 모르겠어요." 파란 피의 후유증으로 지독한 난시를 앓아 도안 설계는 물론, 설계도면조차 알아보기가 어렵게 됐다고 했다.

"나는 소믈리에예요."

지금은 호텔 라운지 바에서 일하고 있다고 승도에게 소개했다. 이건 절반 정도 거짓말이었다. 나는 소믈리에가 아니라 소믈리에를 양성하는 전문대학의 학생이었다. 두 달 뒤 오성급 호텔의 F&B로 취업이 예정돼 있기는 했지만 "글쎄요. 앞날이 어찌 될지는 저도 잘 모르겠네요," 그렇게 말했다.

"어디가 불편한데요?"

승도가 물었다. 나는 검지를 들어 입과 코를 차례로 가리켰다. "미각이랑 후각 신경이 마비됐대요."

승도와 나는 나란히 재활프로그램을 이수했다. 정부가 공인하는 이수증도 발급 받았다. 하지만 잃어버린 감각은 돌아오지 않았다. 이래서야 이수증을 써먹을 수도 없었고 이후로는 생존의 날들이었다. 승도는 건축사사무소의 보조로, 나는 보틀숍 판매원으로 아르바이트를 시작했다.

"그동안 모아둔 돈이면 충분해."

승도가 말했다. 바닷가 근처 소도시를 알아봤는데, 주택가에 빈집이 많고 그곳이라면 큰돈을 들이지 않아도 가게를 낼수 있을 거라는 말이었다.

"장사가 될까?"

내가 물었다.

"평범한 술집이라면 무리겠지. 하지만 요를 팔 거야."

승도가 말했다. 승도가 말하는 요는 '뇨'라고도 불리는 알코올의 일종이었다. 그때까지 내가 요에 대해 아는 것이라곤 이세상 어딘가 그런 게 있다는 것, 그 정도가 전부였다. 마트에도 술집에도 온라인에도 없는 술을 사람들은 구해서 마셨다. 뉴스에서는 그것이 사회의 문제가 된다고 했었지. 요는 사람을 망가뜨리고 다시 돌아올 수 없게 만들어버린다고.

"하지만 사람들은 이미 망가졌는걸."

그래서 요가 필요한 건데. 사람들의 고통을 줄여주는 게 왜법적으로 문제가 되는 거냐고, 승도는 물었다. 그 말이 아주 틀린 것은 아니었다. 승도의 말대로 사람들은 아팠으니까. 잠을자도 졸음에 시달리고, 조금만 걸어도 호흡이 달리고, 원인을알 수 없는 알레르기가 돋아나고, 소화기관이 예민해져 음식을 가려야 하는 것. 그 정도는 예사였다.

그래도 장사라니. 나는 못내 마음을 정하지 못하고 망설였다. 모든 일은 오롯이 승도의 몫이 되었다. 그러니까 가진 돈을 들고 부동산 중개소를 찾은 것도 승도, 가게 자리를 봐두고 금융 대출을 알아보러 다닌 것도 승도, 우로라는 이름을 짓고 요를 구할 방법을 찾은 것도 모두 승도였다.

가게의 문을 열고 장사를 시작할 때까지도 나는 요가 어떻게 사람을 망가뜨리는 건지 모르고 있었다.

"이게 중추신경을 건드리거든."

승도가 주의를 주며 말했다.

"중추신경을 건드리면 어떻게 되는데?"

"감각기관이 처리하는 신경 정보가 차단돼. 그게 서서히 줄어들다가 결국은 아무것도 느끼지 못하게 되는 거야."

나는 이해가 잘 안 됐다. 머리가 아니라 마음으로 와닿는 게 없었다. 중추신경이니 감각기관이니 하는 말들은 건조하고 딱딱했다. 다른 어떤 곳도 아닌 내 안에 그것이 있다는 게, 내가 그걸 가졌다는 게 좀처럼 실감이 안 났다.

승도는 우로를 아꼈다. 작은 가게였지만 구석구석 승도의 손길이 닿지 않은 곳이 없었다.

승도가 특히 공을 들인 것은 스크린이었다. 문을 열면 정면으로 보이는 안쪽 벽 전면에 대형 스크린을 설치하고 천장에는 빔프로젝터를 달았다. 그러고는 어디서 찾기도 힘든 오래된 필름을 구해 와 자정이 넘어가는 시점부터 무음으로 틀어두었다. 〈여인의 초상〉, 〈로마의 휴일〉, 〈녹색 방〉, 〈비브르 사비〉, 〈소년, 소녀를 만나다〉, 〈호우시절〉, 〈봄날은 간다〉, 〈카사블랑카〉, 〈아사코〉. 순수한 사랑, 뻔한 사랑, 성실한 사랑, 어지러운 사랑, 달아나는 사랑, 함정 속의 사랑, 최후의 사랑, 어디에나 있는 사랑, 사랑사랑…… 끝도 없는 사랑 이야기들이 시간 속에서 흘러갔다.

그랬으니까, 승도가 떠났을 때 나는 놀랄 수밖에 없었다. 내가 아니라 우로를 떠났다는 점에서 납득할 수 없는 지점이 있었다.

어떻게 하려고.

나는 무엇보다 승도가 걱정됐다. 걱정하지 않을 수가 없었다. 그 무렵 승도의 눈은 서서히 멀고 있었으니까.

"눈에 원통을 대고 있는 것 같아."

승도는 이렇게 말했는데, 그 원통이라는 게 바깥쪽부터 폭이 조금씩 줄어드는 모양이었다. 상황은 서서히, 하지만 꾸준히 나빠졌다. 승도는 눈에 보이는 것은 물론, 보이지 않는 것까지 염두에 두어야 했다. 늘 뭔가가 더 있을 거라는 생각에 시달렸고 어느 순간부터는 눈에 보이는 것조차 선뜻 믿으려 하지 않았다.

승도는 요를 마셨을까.

이런 생각을 승도가 떠나기 전까지는 해본 적이 없는데, 왜 없었을까. 혼자 남겨져서는 되레 그것이 이상하게 느껴졌다. 누구를 탓할 수도 없고 다만 상황이 이렇게 된 것이 원망스러웠다.

"사장님은 어디 가셨나?"

처음만큼은 아니지만 요즘도 승도를 찾는 손님들이 있긴 했다.

"지금은 어디에?"

이런 질문은 괜찮았다. 어딘가에서 또 다른 가게를 준비하고 있다, 더 좋은 요를 찾아 국경 너머로 출장을 갔다. 어떤 말이든 그때그때 내키는 대로 떠들 수 있었다.

"승도 씨를 본 것 같아."

이런 말은, 글쎄. 잘 모르겠다. 모르겠으니까 모르겠다는 생각을 계속할 수밖에 없었는데. 하지만 모르는 것에 대해 생각할수록 뭘 모르는지를 모르겠고 모든 게 막연해지는 기분이었다.

나는 그게 싫어.

정말이야. 싫어. 생각을 멈추었다. 다시 돌아온 뒤에는 이렇게 말했다.

"아, 그런가요?"

나는 자연스럽게 움직였다. 주문을 받고 요를 건넸다. 계산을 한 뒤에는 주방으로 들어와 준비해둔 것을 그릇에 올렸다.

기대는 사람을 위험에 빠뜨린다. 기대는 사람을 위험에 빠뜨린다.

같은 말을 주문처럼 거듭 되뇌었다.

3.

"이게 다 수직감염 때문이에요."

비오리가 말했다. 그날 이후 비오리는 종종 우로에 왔다. 늦은 밤, 어디선가 1차를 하고 와서는 해장이라면서 그날그날 우로에 있는 것들을 먹고 갔다.

"수직감염?"

나는 냉장고를 살피며 물었다. 대구알과 이리가 보였다. 모두 증기에 찐 것이었다. 이리보다는 알이 좋지. 나는 알을 내놓았다.

"우리 부모는 둘 다 파란 피인데, 안티 백서였거든요, 나는 무월경이고요. 그게 다 우리 부모 때문인 거 같아요."

비오리는 젓가락으로 알을 짓이기기 시작했다. 그릇을 들더니 터져 나온 것을 입속으로 한 번에 밀어 넣었다.

"으, 비려."

"하지만 무월경인 사람들은 많아."

비오리에게 말했다. 그러니까 그게 꼭 백신 접종만의 문제라고 할 수도 없고 애매했다. 나도 백신 접종자인걸. 하지만 파란 피에 감염되었다. 그리고 하혈이 있었지. 드문드문 이어지던 생리가 완전히 멎은 것은 그로부터 6년이 지난 시점이었다.

"사장님, 12시야."

바에 앉아 있던 손님이 재촉했다. 나는 빔프로젝터를 켰다. 오늘의 필름은, 〈중경삼림〉이었다.

"하지만 백신 접종자의 자식들은 대개 생리를 한다고요."

비오리가 투덜거렸다.

"생리가 뭐 대수인가."

내가 물었다. "그걸 해서 뭐 하려고."

"나, 임신을 하고 싶단 말이에요."

순간 바에 앉아 있던 사람들의 시선이 비오리에게 집중됐다. 임신이라니. 오랜만에 듣는 말이었다. 요즘 사람들은 임신 같은 건 잘 하지 않는 걸로 아는데.

"골치 아프게 됐군."

바 반대편 끝에 앉아 스크린을 보던 손님이 고개를 저었다.

"아가씨, 잘 생각해요."

또 다른 손님이 비오리에게 말을 걸었다.

"파란 피는 대대로 수직감염의 가능성이 있으니까 나라에서도 사람을 좀 귀찮게 하는 게 아니거든. 내가 애를 낳을 때도 접종 서류며 추적 검사며 승인 절차를 통과하자니 준비할 게 어찌나 많던지."

"그래서 애를 낳았다고요?"

"낳았죠."

자기 집안에서는 12년 만의 출산이었다고 손님은 말했다. "내가 임신을 했을 때 아무도 기뻐하지 않았어요. 내 부모조차 걱정이 태산이었지. 게다가 사람들의 시선이란. 파란 피의 자식은 분명 파란 피일 것인데 이 일을 어쩌냐고 말이야."

"아기는 괜찮아요?"

내가 물었다.

"아직까지는요."

호흡기가 약하게 태어났지만 그 정도야 문제도 아닌 세상이라고 했다.

"몸 사려요."

손님은 비오리에게 주의를 주었다. "파란 피는 여러모로 조심해야 해요. 나는 생리 불순에 요통이 심했는데 애를 낳고는 밑이 빠지는 느낌을 견딜 수가 없어서 말이죠. 이거 없이는 잠을 잘 수가 없게 됐단 말이에요." 요가 담긴 잔을 흔들었다.

"하지만 전 생리가 뭔지도 모르는걸요."

비오리는 기가 죽은 목소리였다. 얼마간 말없이 앉아 있더니 작은 목소리로 내게만 슬쩍 속삭였다.

"그래서 요즘은 촉진제를 맞고 있어요."

"촉진제?"

"네. 배란 촉진제요."

그런 게 다 있냐고 묻는데 비오리는 뜻밖에도 위층 여자 이야기를 했다.

"이렇게 외진 동네는 병원이 없기도 하고, 게다가 파란 피

감염자는 촉진제를 처방받아도 실비 적용이 안 되거든요. 제 월급으로는 턱도 없으니까 차라리 사설 업체를 찾는 게 나아요."

비오리는 이걸 보라면서 봉투처럼 생긴 가방을 열었다. 주사기가 가득했다.

"우리 공장 여자 중에 이걸 맞는 사람이 있어요. 그 여자도 파란 피의 자식이고요."

'위층 여자의 사업 아이템이란 게 배란 촉진제 판매였군.'

모든 게 이해가 갔다. 비오리는 가방을 닫았다. 그것을 품에 안고 다른 손님들처럼 필름에 집중하기 시작했다.

4.

나는 언제부터 요를 마시기 시작했을까.

확실하진 않지만 장사를 시작한 뒤부터일 테니 2년이 안 된 것만은 분명하다.

"저 사람들, 뭘 보고 있는 거지?"

길 건너편을 보며 승도가 물었다. 초저녁이었고 장사 준비를 시작할 무렵이었다.

"뭐?"

"바에 앉아 있는 사람들 말이야."

승도가 가리켰다. 후카바에 새치 하는 사람들이 모여 있었다. 이 정도 거리라면, 승도는 안 보일 텐데. 승도의 눈에 보일 세상을 그려보았다. 좁아드는 원, 흐릿한 형상 같은 것. 어느 쪽도 잘 상상이 안 됐다.

"뭐가 다르다고 했지?"

내가 물었다. "요하고 새치 말이야."

"새치는 더 비싸지, 구하기도 힘들고."

"그건 나도 알아."

"그럼?"

"요를 마시는 것과 새치를 피우는 게 뭐가 다르냔 말이야."

"나도 잘 몰라."

승도가 말했다. "듣기로 요는 감각을 없애버리지만 새치는 감각을 깨운다고 했어. 그러니까 특정 감각을 극단적으로 확장하는 거지. 그걸로 고통을 눌러버린다고. 저렇게 중독자들이 늘어나는 것도 이상한 일이 아니야."

"고통을 눌러버린다고?"

내가 되물었다.

"저 사람들을 봐."

승도가 말했다. "즐거워 보이지 않아?"

확실히 안 보이는구나. 나는 생각했다. 저 사람들은 즐거운 게 아냐. 저 눈을 좀 봐. 하지만 이 말을 승도에게 하지는 않았다. 돌이켜보면 그런 식으로 승도에게 하지 않은 말은 많았다. 다 헤아릴 수도 없었다.

이제 와서, 나는 그것을 후회하고 있다.

승도에게 말을 해줄걸. 내 눈에 들어온 것들. 세상의 모습을 좀더 성의껏 설명해줄걸. 그랬다면 뭐가 달랐을까. 생각을 하다가도 아냐, 다른 건 없었을 것이다, 일어나는 일은 일어나는 거야, 다시 생각을 바꾸며 후회와 단념을 반복한다.

그리고 요를 마신다.

언젠가부터 나는 승도 몰래 요를 마시고 있었다. 장사가 끝난 새벽, 한 모금씩 마시던 것이 두 모금이 되고 세 모금이 되고, 병째 숨겨두고 들이켜는 날들이 늘어갔다. 처음에는 호기심이었고 뭐랄까, 나는 자신이 있었다. 내게는 고통이란 게 없었으니까. 마비된 감각에 대한 미련은, 아쉬움은 이제 다 지나간 일이었다. 그러니까 중독 같은 게 생길 리 없어. 무너질 리 없어. 믿었던 것이다.

요는 쉽게 취하지도 않고 역한 느낌이었다.

처음에는 뒷골이 쑤시듯 아프더니 속까지 울렁거려서 영

기분이 좋지 않았다. 이래서야 비싼 돈을 주고 사 마실 이유가 없지 않나? 하지만 한 잔, 두 잔, 세 잔, 양을 늘려갈수록 점점 달랐다. 이걸 뭐라고 설명해야 할까. 내가 가진 구멍이 하나씩 메워지는 기분이랄까. 내가 조금 죽어버린 기분이랄까.

그 무렵 나는 섹스에 흥미가 없었다.

그 이전에는 있었나 하면 딱히 그런 것도 아니었지만, 변화라면 분명 그것이었다. 나 자신을 방관하는 사람처럼 나는 내게 일어나는 일들을 그저 지켜보고만 있었다. 어떤 면에서 그건 내가 바란 일이기도 했다. 하지만 승도는 달랐다. 그 무렵 승도는 어느 때보다 예민했다. 자꾸만 뭔가를 시도했고 시도를 할수록 거듭 실패했다. 승도가 실패하는 동안 나는 바람에 쏠려 다니는 모래 알갱이 같은 것, 혹은 허공으로 사라진 물방울이 된 기분이었고 이런 기분에서 벗어날 방법은 오직 요, 그것밖에 없어.

그러니까 이제 그만했으면. 멈추어줬으면.

승도와 눈이 마주친 순간 나는 생각했다.

"어리석긴."

요를 얻으러 온 위층 여자가 말했다. 그러면서 자신은 절대로 그런 선택을 하지 않았을 거라고, 절대 잃지 않았을 거라고 거듭 중얼거리며 고개를 저었다.

"선택이 아녜요."

요가 든 병을 건네며 말했다. "승도가 떠난 거지, 내가 보낸 게 아니라고요."

"그게 잃어버린 거지."

뭐가 다르냐면서 여자는 내가 내미는 요를 받았다. 값을 치르고 자리에서 일어났다.

"배란 촉진제를 판다면서요?"

가게를 나가려는 여자에게 문득 물었다.

"누가 그래요?"

"누가 그러던데요."

여자는 주변을 둘러보며 검지를 입에 갖다 댔다.

"쉿. 말조심해요, 큰일 나."

"그거 한 대에 얼마 받아요?"

"왜, 사려고?"

"네."

"내 제품은 믿을 만해요. 경우에 따라 투여량이나 기간이 다르긴 해도 실패한 적이 없어. 하지만."

여자는 나를 위아래로 훑어보았다.

"때를 놓치면 모든 게 무용지물이지. 그건 병원에 가도 안 돼요."

그러고는 밖으로 나가버렸다.

5.

"이것뿐이에요?"

"요즘은 단속이 심해서 말이죠."

격주로 요를 가져다주는 J가 말했다. J는 승도의 친구였는데, 나와는 친구가 아니었다. 내가 느끼기에 단속은 그 강도나 빈도 면에서 2년 전이나 지금이나 달라진 것이 없었다. 순찰대는 느슨하지만 꾸준하게 이 거리를 오가고 그래서 누구누구가 불려가 조사를 받거나 벌금을 물기도 하지만, 때때로 그것이 지역 뉴스에 보도되고 영업정지를 당한 가게가 안내문을 내걸기도 하지만, 그래서 뭐가 문제라는 거지? 순찰대는 공무를 수행하고 아픈 사람들은 언제까지나 거리를 헤맨다. 그건 변하지 않는다.

"가격이 오를 거예요."

J는 인상된 요의 가격을 알려주었는데 말도 안 되는 가격이었다. 나는 단가가 맞지 않는다고, 이대로라면 가게를 운영할

수도 없다고 항의했다.

"어쩔 수 없어요."

상황이 이렇게 된 데에 안타까움을 느낀다고 J는 말했다. 그러면서도 자신은 유통업자일 뿐이고, 제조사의 정책에 따를 수밖에 없는 입장이라고 선을 그었다.

"이럴 바에야 새치를 파는 게 낫겠는데요."

"그럼 새치를 팔아요."

J는 떠났다. 나는 장사를 할 마음이 들지도 않고 다만 망연했다. 승도라면 달랐을까. 다르지 않았을 것이다. 아냐, 달랐을 거야. 아냐 결국은, 그렇게 갈팡질팡하며 바에 앉아 있었다. 9시를 넘겨서야 장사 준비를 시작했다.

"나 왔어요."

자정 무렵, 문이 열리더니 잔뜩 취한 비오리가 들어왔다. 아니, 취한 게 아니네. 바로 알아차렸다. 비오리는 평소보다 들뜬 기색이었다. 옆에는 남자가 있었다.

"잘생겼죠?"

늘 앉던 자리에 앉아 제 애인을 소개해주었다. 비오리의 애인은 입술, 손바닥에 점점이 번진 묵처럼 검은 발진의 흔적을 달고 있었다.

'파란 피의 자식이군.'

확실해, 하고 생각했다.

이날 우로에는 석화와 소금게장이 있었다. 주방에 들어와 석화를 꺼냈다. 다문 입 사이로 칼을 집어넣어 비트는데 밖에서 비오리의 목소리가 들렸다.

"너를 생각하면 연필로 선을 긋는 기분이야."

"선?"

비오리의 애인이 물었다. "좋은 건가?"

"좋은 거지. 왜냐하면 선은 정지하지 않거든. 자꾸만 앞으로 나아가고, 그렇게 어디로든 갈 수 있을 테니까."

비오리, 저 애는 지금 무슨 말을 하고 있는 거지? 반으로 쪼갠 석화와 소금게장을 각각 그릇에 담았다. 그것을 들고 밖으로 나왔다. 홀에는 비오리의 애인이 혼자 앉아 있었다.

"여자친구는요?"

"화장실에 갔어요."

나는 맛만 보라며 석화와 소금게장을 내려놓았다. 그리고 말했다.

"얼마 만인지 모르겠어요."

"뭐가요?"

그릇에 놓인 것들을 살피며 애인이 물었다.

"사랑하는 사람들을 보는 게요."

애인이 고개를 들었다. 나를 보더니 팔짱을 꼈다. 어딘지 골똘한 표정이 되어서 말했다.

"설마요. 나는 저 애와 헤어질 거예요. 오늘 밤에요."

워어. 건너편 후카바 사람들이 손뼉을 치며 와하하 웃었다. 그 진동이 여기까지 느껴졌다.

"나는 알아요. 쟤는 임신할 작정이라고요."

애인이 말했다. 그 말만으로 나는 모든 걸 이해했다. 하지만 아무것도 모르는 사람처럼 다시 물었다.

"임신하면 안 되나요?"

"임신하면 안 되냐고요?" 애인이 웃었다. "그건 아침 드라마에나 나오는 일이죠. 공영미디어에서나 다룰 주제라고요. 나는 아니에요. 나는 내가 누군지 알아요."

"당신이 누구인데요?"

"몰라서 물어요?"

애인이 되물었다. "파란 피잖아요. 게다가 난 산업 폐기물 공장에서 일해요." 목에 걸린 사원증을 들어 보였다. "온갖 슬러지와 오니에 둘러싸여서 살고 있다고요."

애인은 석화와 게장이 담긴 그릇을 앞으로 밀었다.

"고맙지만, 나는 날것은 먹지 않아요. 날것에는 각종 충이 기생하기 마련이니까. 나는 그런 부분에 있어서는 철저한 편입니다."

"괜찮아요, 어쩔 수 없죠."

나는 착잡했다. 이런 기분을 마지막으로 느껴본 게 언제인지.

곧 비오리가 가게 안으로 들어왔다.

"굴이네."

반가워하면서 스툴에 앉았다. "이건 뭐예요?" 소금게장을 가리키며 물었다.

"게장과 다르지 않아. 게장 먹듯이 꼭꼭 씹어 먹으면 돼."

방법을 알려준 뒤 주방으로 들어왔다. 간이 의자에 앉아 시간을 확인했다. 1시 30분. 피곤이 몰려왔다. 한 손으로 머리를 받치고 눈을 감았다.

시간이 얼마나 흘렀을까, 정신이 들어 나가 보니 홀은 비어 있었다. 두 사람은 없었다.

내놓았던 것들을 치우려는데 소금게장이 남은 게 보였다.

한 입도 먹지 않고 그대로였다. 나는 바에 앉아 반으로 쪼개진 게를 집어 들었다. 그것을 껍질째 꼭꼭 씹었다. 다리 속에 든 살까지 쪽쪽 소리가 나도록 빨아 먹었다. 이게 무슨 맛인가. 미적지근하고 끈적할 뿐이었다.

6.

그날 이후 다시는 비오리를 볼 수 없었다. 나는 비오리를 기다렸지만 비오리는, 오지 않겠지. 시간이 흐를수록 그건 분명해졌다. 하지만 분명해지는 건 분명해지는 것이고 기다리는 건 기다리는 것이었다.

"잘 지냈어요?"

한동안 보이지 않더니 오랜만에 나타난 위층 여자가 물었다. 요를 건네도 받지 않고 시답지 않은 이야기만 늘어놓길래 뭐냐고 물었더니 "저기 있잖아, 나" 하고 말을 꺼냈다.

"승도 씨를 본 것 같아."

"요 근처에서 말이야." 여자는 아주 자리를 잡고 앉았다. 카운터 앞, 비오리가 늘 앉던 자리였다.

"더 듣고 싶지 않아요?"

"글쎄요."

나는 손을 들어 이마를 짚었다. 머리가 아팠다. 늘 조금씩은 아팠지만, 뼈마디가 쑤시고 발열이 있는 게 뭔가가 몸 안으로 들어온 게 분명했다. 물론 그게 문제는 아니었다. 문제는 요가 더 이상 도움이 안 된다는 데 있었다.

"꼭 내장에 구멍이 난 거 같아요. 배 속이 텅 빈 것 같달까."

"중독 증세야."

손님들은 요를 더 마셔보라고 권했다.

"요를 더 마시면 괜찮아질까요?"

"아니."

위층 여자는 다른 손님들과 생각이 달랐다. 당장이야 괜찮아도 결과적으로는 나빠질 뿐이라면서 고개를 저었다.

"당신은요?"

괜찮은 거냐고, 여자를 향해 물었다.

"괜찮겠어요?"

하지만 여기에 괜찮은 사람이 있겠냐고, 여자는 자리에서 일어나며 중얼거렸다. 그러고는 문을 열고 나가는 중에 문득 생각난 듯 말했다.

"나 신을 믿어볼까 해."

나는 순간 여자의 말을 이해하지 못했다.

"종교를 갖는다고요?"

여자는 고개를 저었다.

"종교 말고 신 말이야."

"뭐가 달라요?"

"달라."

위층 여자는 우로를 떠났다.

가게는 자정 무렵부터 손님이 없었다. 몸도 좋지 않고 들어갈까 하다가 요를 꺼냈다. 바에 앉아 그것을 마셨다. 그렇게 몇 잔 마셨을 뿐인데 시간을 확인하니 2시였다.

자리에서 일어났다.

한 병을 다 비웠으나 여전히 헛된 느낌이었다. 대충 가게를 정리해두고 불을 껐다. 밖으로 나와 문을 잠갔다.

"늦었어!"

후카바에 앉아 있던 사람 하나가 소리쳤다. "말을 해, 말을 좀 해보라고!" 거듭 재촉했다.

"뭐가요?"

건너편을 향해 돌아섰다. 그리고 말했다. "도대체 뭐가요, 뭐가 자꾸 늦었다고 하는 거냐고요."

와하하, 바에 앉아 있던 모든 사람이 웃었다. 폐 가득 머금었던 연기를 하얗게 뿜어냈다. 그 속에서 저들끼리 뭔가를 주고받았는데 그게 뭔지 알 수가 없었다. 나는 걷기 시작했다. 비어 있는 주택 사이로 드문드문 술집과 후카바가 보였다. 사람들은 잔뜩 취해 휘청이거나 파이프를 손에 쥐고 하얀 연기를 내뱉었다. 밝은 것도 어두운 것도 아닌 이상한 거리였다. 다가갈수록 모든 것이 희미하고 멀었다.

그리고 보였다.

"승도야."

골목 저편을 향해 불렀다. 부르고 보니 정말로 눈앞에 승도가 있었다. 어느 때보다 선명했다. 나도 모르는 새에 달려가 붙잡았다.

"뭐예요?"

붙잡힌 사람이 팔을 빼내며 물었다.

"승도가 누구예요?"

"승도가 아니에요?"

"그런 사람을 나는 모르는데, 승도가 누군데요."

"승도가 누구냐면, 승도는 승도인데."

"이봐요."

조금 전까지 승도였던 사람이 갑자기 나를 붙잡았다. 그리고 물었다.

"돈이 있어요?"

"돈이요?"

"당신 심각해 보이는데, 여기서는 돈만 있으면 진짜를 얻을 수 있거든. 저런 가짜 새치 말고 진짜가 있는 곳을 알아요. 그걸 피우면 다 괜찮아져요. 뭐든지 볼 수 있고 누구든 만날 수 있으니까."

"승도를 볼 수 있다고요?"

"승도뿐인가, 나는 방금도 신을 만나고 오는 길인걸."

"거짓말."

내가 말했다. 거짓말, 하고 말하는 순간 정신이 들었다.

"나는 좀 취한 것뿐이에요. 정신을 놓고 거리를 헤매는 그런 부류가 아니라고요."

"누가 정신을 놨는데요?"

남자가 되물었다.

"헤매는 사람들이요."

"그러니까 그게 누구냐고요."

"몰라서 물어요?"

거리의 사람들을 가리켰다. "저 사람들 말이에요. 밤이 새
도록 제 갈 길을 모르잖아요."

"당신은 알아요?"

남자의 입술이 비틀렸는데, 그게 좀 비웃는 것 같았다. 심
장이 쿵쿵 뛰었다. 요 때문인가, 조금씩 깨지는 것처럼 아팠다.

"저 두 사람을 봐."

장사가 끝나고 홀을 정리하던 새벽이었다. 승도가 스크린
을 가리켰다. 한 여자가 거리의 부랑자에게 다가가 꽃을 선물
하고 있었다. 저 꽃의 이름이 마가목이라고, 승도가 알려줬는
데. 필름 제목이 뭐였더라. 생각해봐도 뚜렷하게 떠오르는 것
이 없었다.

"저 여자, 눈이 안 보이지 않았나?"

내가 물었다.

"안 보였지. 그런데 눈을 떴어."

"어떻게?"

"부랑자가 저 여자를 살렸거든."

하지만 눈을 뜬 여자는 부랑자를 알아보지 못했다. 부랑자
가 애를 쓴 이야기는 어둠과 함께 사라지고, 정오의 햇빛 아래

에서 여자는 홀로 아름다웠다.

"저러면 다 무슨 소용이 있어."

나는 다시 하던 일로 돌아갔다. 컵을 닦고 접시를 정리했다. 쓰레기봉투를 내놓고 냉장고를 열어 남은 재료를 살폈다. 그리고 승도의 시선이 닿지 않는 곳에서 한 모금씩 요를 마셨다.

"우리 먼 곳에서도 춤을 춰요."

"뭐?"

고개를 들었다. 스크린에 뜬 문장이 사라졌다. 승도가 다시 말했다. "먼 곳에서 춤을 추자고 말했어, 여자가 말이야."

"알아본 거야?"

내가 물었다. 소리가 안 들리니까, 보이는 것만으로 뭘 판단하기가 어려웠다. 필름은 그것으로 끝이었다.

"알아본 게 아닐까."

승도가 말했다.

"어떻게?"

"어떻게든."

"그럼 두 사람은 어떻게 되는 거지?"

"그야, 모르지."

승도는 자리에서 일어났다. 프로젝터를 끄고 더듬더듬 바를 정리하기 시작했다. 나는 갑자기 쓸쓸해졌다. 그 이유를 알수가 없었는데. 그래서 조급해지기도 했는데.

"진짜가 있는 곳이 어딘데요?"

남자에게 물었다.

"일단, 돈이 있어야 돼요."

"있어요."

"얼마나?"

"얼마든지요."

남자는 뒤로 돌아섰다. 왔던 길을 되걷기 시작했다.

"좀 걸어야 해요. 요즘은 단속이 심해서 말이죠."

남자는 빠르게 골목을 돌았다. 승도를 만날 수 있을 거라는 생각이, 들지 않았다. 기대는 사람을 위험에 빠뜨릴 뿐이니까. 하지만 남자를 쫓아가는 동안에는 오직 한 가지 생각뿐이었다. 찾아야 해. 더 늦기 전에, 승도에게 할 말을 찾아야 해.

'보고 싶었어.'

'나는 너뿐이야.'

'사랑해.'

거듭 말해봤지만, 말을 할수록 어떤 것도 나의 것이 아니었다. 그렇다면 무슨 말을. 심장은 점점 세게 뛰었고 세게 뛸수록 조금씩 깨지는 것이 분명했다. 내장 사이로 바람이 불었다.

"그쪽은 운이 좋은 거예요."

남자가 말했다.

"진짜 새치는 구하기도 힘들뿐더러 아무나 피울 수 있는 것이 아닌데요. 그런데 말이죠, 진짜에도 급이 있다는 걸 알아요? 그쪽이 원한다면, 그러니까 의지가 있다면 나는 진짜 중에도 진짜가 있는 곳으로 당신을 데려가줄 수 있어요."

"……돈이 필요해요?"

내가 물었다. 남자의 걸음이 빨라서 숨이 찼다.

"바로 그거예요."

남자가 말했다. 나는 들고 있던 가방을 넘겨주었다.

"안에 든 거, 다 가져요."

남자는 내 얼굴을 슬쩍 보더니 가방을 열었다. 그리고 닫았다.

"좋아요."

그 순간 남자와 나는 또 다른 골목으로 들어섰다. 나는 점점 숨이 막혔는데, 거세게 피가 돌았는데, 그것이 믿을 수 없을 정도로 뜨거웠는데.

남자가 멈추었다. 낡고 고요한 주택 앞이었다.

"여기예요."

대문을 열더니 옆으로 비켜섰다. 캄캄한 안을 가리켰다. 작고 낮은 목소리로 신의 은총을 빈다고 말했다.

백허그 공모전

임현석

백허그는 주로 비교심리학에서 다뤄진다. 연구에 따르면, 백허그는 인간 외에도 다양한 동물에게서 발견되는 보편적 행동 양상이며 진화생태적 요인과도 관련이 있다.

흔히 포옹으로 불리는 서로 마주 보는 자세에 비해 등과 배를 맞대고 나누는 정서 표현, 이른바 백허그는 자연상태인 네 발 포유류 동물들에게서 더 쉽게 발견되는데, 이는 얼굴과 눈이 가려지는 포옹에 비해 더 넓은 시야각 확보가 가능해 천적으로부터의 피식 가능성을 낮추는 효과가 있다. 즉 백허그엔 상위 포식자 위협에 노출된 먹이사슬 내 하위 피식자들의 생존 전략이 담겨 있는 셈이다. 생존과 안전에 직결된 점에서 백허그는 안정감을 주고, 정서적 지지를 표현하는 방식으로 여겨진다.

여기까지가 학계의 주류적 견해인데, 이는 가끔 논란을 불러일으키곤 한다. 제48회 전국 백허그 연구학술대회에서 누군가 동물이 하는 건 백허그가 아니라, 그 뭐랄까, 번식을 위한 행위가 아니냐고 따지고 들어 일순 분위기가 얼어붙은 적도 있다. "그게 백허그라기보다는……." 쓸데없이 딴죽을 건 그 양반은 실직 상태의 문화인류학 박사였다. 그는 세계 각지 문명에서 발견되는 백허그 기록 흔적들에선 인간만의 문화적·정서적 교감이 드러나기에 주로 종족 번식과 관련된 동물 행위와는 구별해야 한다는 주장이었다.

"동물의 경우 교미가 목적이니 백허그가 아니라 후배위라고 불러야 하겠죠."

장내가 술렁였다. 약 10년 전 "학생 취업을 시키든 연구 실적을 채우든지 하라"는 학과장 압박에 한 국내 대학 심리학과 교수가 약간은 떠밀리듯 진화·비교심리학을 다루는 국제학술지에 백허그를 주제로 삼은 첫 논문 〈'백허그 유사성'을 근간으로 한 동물 행동 모델 분석Analysis of animal behavior model: the similarity of hugging from the back〉을 발표한 이래 동물 간 '백허그 유사성' 논리는 국내 학계에선 성역이나 다름없었다.

제48회 전국 백허그 연구학술대회에서 원로 교수를 중심으로 한 백허그 학파[1]는 실직 상태 문화인류학과 교수의 지적에 강력히 반발했다. "아니 후배위라구요? 세상에 그런 상스러운 소리를⋯⋯." "어디 학교라고요?" "시간강사랍디다." 쑥덕거리면서 반쯤은 무시하는 전략을 택해 자연스럽게 논쟁은 수면 아래로 가라앉았다.

대개의 학계 차원 논의가 그렇듯이 백허그 연구는 대중적으로 큰 의미가 있는 것은 아니다.[2] 일반적으론 이러한 논의가 있다는 사실 자체를 알기도 쉽지 않다. 다만 대학 입시를 준비하는 학생들이 진학과 관련된 여러 선택지를 살펴보다가 백허그 연구로 권위를 지닌 몇 대학에서 백허그 특기생을 뽑는다는 사실을 알게 되는 경우가 더러 있다.

1   백허그 연구는 주로 국내 학계의 주도로 이뤄져왔는데, 이는 폴리페서이기도 한 첫 논문의 제1저자인 교수가 어떻게든 국내 연구 재단 자금을 확보하는 데 탁월한 수완을 발휘한 것과 무관치 않아 보인다. 그는 소속 대학에서 심리학 커리큘럼에 백허그 과목을 밀어 넣고, 백허그 연구 명목으로 대학원생을 선발했으며, 이 연구 커뮤니티를 중심으로 일군의 백허그 학파를 이뤘다.

2   애초에 백허그를 주제로 한 첫 논문이 발표된 학술지가 돈만 주면 거지발싸개 같은 글도 실어주는 광고 전단지와 마찬가지였기 때문에 해외를 포함해서 동종·이종 학문을 포함한 학계 차원의 논의가 활발하다고 보긴 어려운 형편이다. 관찰 결과가 충분치 않고 논점 자체가 성립되기 어려운 탓에 논의의 폭이 좁았다고 봐야 할 것이다. 결과적으로 학계에선 동물에게 백허그가 통상적인 포옹에 비해 생존에 유리하다는 수준 정도의 인식 이상으로 논의가 진척을 이뤘다고 말하긴 어렵다. 그러므로 백허그는 진지한 연구가 필요한 분야라는 게 백허그 학파의 주장이다.

정아가 재수학원 복도 게시판에서 비닐 코팅된 포스터의
공모전 요강 문구를 검지로 훑었다. 백허그 공모전. 그녀가 조
용히 중얼거렸다. 서로 어깨를 옹그려야 겨우 오갈 수 있는 좁
은 복도였다. 한 자리를 오래 차지한 정아를 피해 재수생들이
스파이처럼 반대편 벽에 등을 붙인 채 옆걸음으로 슬금슬금
지나갔다. 누군가 기침 소리로 신호를 보내면, 정아는 까치발
로 몸을 길쭉하게 만들고 길을 조금 더 열어줬다. 그러면서 손
가락으로 포스터 문구를 마저 훑었다. 대상 수상자는 수상 실
적 인정 대학 및 학과 입학 특전이 부여됨.

공모전 내용은 간단했다. 세상에서 가장 아름다운 백허그를
만드는 것. 단지 그뿐이었다. 요강의 나머지는 날짜와 장소, 시간
등이었다. 서울 한 대학 강당에서 평일 낮 시간대에 치러지는 행
사였다. 완벽한 백허그라. 정아는 고대 유적을 훑는 고고학자처
럼 백허그에 대한 기억을 더듬었지만, 딱히 떠오르는 게 없었다.

우선 연애를 해본 적도, 그리 하고 싶다는 마음도 없었다.
학원 같은 반의 딱히 친하지도 않던 아이가 애인이 생겼다며
쉬는 시간 칠판 앞에서 호들갑을 떨 때 다른 학생들과 함께

"부럽다, 부러워" 하며 추임새를 넣어준 적은 있지만, 부럽기는. 그건 같은 반에서 소외되지 않기 위한 적당한 사교술이었을 뿐이다. 정아는 연애하는 아이들이 학원 좁은 복도에서 백허그 자세로 거추장스럽게 움직일 때 사족보행 괴수를 떠올렸다. 그 괴수들은 '완벽한 백허그'와는 거리가 먼 존재들이었다.

가족과 따뜻한 백허그를 나눈 기억 또한 없었다. 정아에게 부모란 그저 복수해야 할 존재였다. 정아가 여섯 살 무렵, 부모는 종종 동네 이웃 부부와 함께 아파트 단지 카페에서 차를 마시면서 동네 돌아가는 꼬락서니 흥을 보고 강남 영재원 입학 절차에 대한 정보를 공유했다. 그럴 때마다 정아는 카페 옆 테이블에서 이웃 동갑내기 남자아이와 수학 학습지 숙제를 풀고 있어야만 했다. 언젠가 한 번 정아가 고개를 들고 서로 우연히 마주 보게 됐을 때, 남자아이는 세상이 일찍부터 알려주는 체념과 경로를 잃은 분노가 뒤섞인 무표정을 하고 있었다.

정아는 그런 표정으로 남은 인생을 살 순 없다고 생각했고, 그 이후로 멍청이인 척을 하면서 교묘하게 부모의 기대를 벗어나곤 했다. 초등학교 5학년 영재원 입시 면접 땐 갑자기 실어증에 빠진 척을 했으며, 특목고 입시에서는 어림도 없는 성적을 받았다. 부모에 적개심을 품고 있었는데 한편으론 부모에게 얻어낼 것이 적지 않다고 보고 적극적인 반항으로 나아가진 않았다. 어버이의 날에는 카네이션을 사서 집에 가져오곤 했으며 그 뒤엔 꽃 가격보다 더 많은 용돈을 타내는 것을 잊지 않았다. 가족과는 적당히 데면데면한 관계였다. 살가운 백허그와는 거리가 멀었다.

정아는 어릴 때 겪은 일들을 잊지 않았고, 그 이래로 부모가 눈치채지 못하게 조용하고도 은밀한 방식으로 반항해왔다. 부모가 재수생 딸의 입시를 포기하고 유학을 입에 올리는 단계가 되자, 이제야말로 제대로 입시에 도전할 때가 됐다고 마음먹었다. 완벽한 백허그가 필요했다.

*

완벽한 백허그에 대해서라면 그녀는 상상에 의지할 수밖에 없었다. BL(Boys Love) 애호가로서 거친 성애를 다룬 소설이나 만화에서 묘사하는 백허그의 모습은 얼마든지 떠올릴 수 있었다. 소설 속 주인공들이 상대방을 와락 뒤에서 껴안는 모습이 그녀의 머릿속에서 지나갔다. 무수한 포옹들을 떠올리면서도, 정아는 각각 작품과 장면마다 미묘한 뉘앙스 차이를 이해했다. 만약 누군가 그 차이를 물어본다면 한참이나 설명해줄 수 있었다.

예컨대 짙은 머리 색에 근육질인 미남형 주인공이 다소 수세적이고 연약해 보이는 다른 주인공을 뒤에서 와락 껴안는 한 BL 소설 속 모습을 상상할 수 있었다. 둘은 남자 아이돌 그룹 멤버로 스캔들을 조심해야 했고, 심지어 둘 사이가 심상찮다고 느낀 한 연예매체 소속 기자의 추적을 피해 다니는 중이었다. 그런 주인공이 패션잡지 화보 촬영 현장에서 상대 녀석을 갑작스레 껴안는다. 장난이에요. 장난. 주인공은 웃으면서 카메라에 대고 말한다. 그때 그 미묘하고 섬세한 감정선. 정아는 안다.

그저 장난일 뿐이에요. 정아도 같은 대사를 속으로 따라서 가만히 읊조렸다. 그녀는 아주 잠시 두 손을 교차해 자신의 어깨를 올려놓는 것으로 포옹을 상상했다. 주인공에게 별안간 껴안길 때 스치는 당혹감 또한 떠올려보았다. 그 순간 남자 둘이 엉키는 상상 속의 무대가 그녀의 자리를 중심으로 선연하게 펼쳐졌다가 사라졌다.

그것은 아주 잠깐이었지만, 정아는 그사이 세상에 유독 아름답고도 합일된 백허그가 존재한다는 사실만큼은 직관적으로 깨달을 수 있었다. 정아가 완벽한 백허그에 대해서 생각해본 것은 그때가 처음이었다. 그러나 사실은 오래전부터 백허그의 아름다움을 깨닫고 있었던 것일지도 모른다. 정아는 생각했다. 어쩌면 '완벽한'이라는 단어에 부합하는 백허그의 모습을 떠올릴 수 있는 건 자신뿐일지도 모른다고.

정아가 백허그 공모전에 나가려고 결심한 뒤 가장 먼저 해야 했던 일은 같이 공모전에 나갈 파트너를 찾는 것이었다. 백허그 공모전 응모 요강에는 반드시 남녀 한 쌍이 팀을 이뤄 지원해야 한다고 명시해두고 있었다. 동성 커플은 안 된다는 것이군. 세상의 반대 속에서도 꿋꿋이 서로를 부둥키는 아련한 백허그를 이기기란 쉽지 않겠지만, 혼성팀 대결이라면 충분히 승산이 있으리라. 적당한 파트너를 찾으면 된다고 정아는 생각했다.

–멤버 구함–

정아는 이름과 연락처, 반을 적어 포스트잇 메모지에 적어서 복도 게시판 공모전 안내 포스터 위에 붙여놓았다. 부디 공모전에 관심이 있는 상대가 나타나길. 메모지가 들뜨는 부분에 물방울무늬 마스킹 테이프를 꾹꾹 눌러서 문질렀다.

✳

"정아 씨죠?" 고전문학 수업이 끝나고 영호가 정아의 책상을 찾아 먼저 인사를 건넸다. 영호는 볼과 주변에 여드름 자국이 빨갛게 남아 있었고 짧게 자른 더벅머리를 손질하지 않아 부스스했다. 정아의 상상 속 백허그하는 소설의 남자 주인공 중에서 영호를 닮은 사람은 단 한 명도 없었다. "공모전에 저도 관심이 있어서요." 영호가 말했다.

영호는 성적순으로 열한 개 반 중 꼴찌 반인 C-3반이었다. 정아는 그보단 약간 나은 C-2반이었는데 서로 마주친 기억은 없었다. 둘은 같은 학원 안에서도 각각의 공전축과 자전축을 가진 채로 외따로 떨어져 있었고, 가끔 공전 궤도가 엇비슷해져서 학원 복도에서 마주칠 때도 서로를 끌어당기는 인력 같은 건 조금도 느끼지 못했다. 서로의 얼굴이나 인상을 특별히 새겨둘 이유도 없었다. 영호가 평범한 더벅머리였고 정아 역시 쉬는 시간마다 앞머리에 벨크로 헤어롤을 붙이고 다니는, 그야말로 흔한 인상이었다. 하지만 그들은 그 무렵 어중띤 성인들이 그렇듯이 스스로 특별한 구석이 있다고 믿었으며 영호는 그걸 티 나게 드러내는 유형이었다.

"공부는 어렵지만 백허그라면 잘할 수 있을지 몰라요. 제가 한때 래퍼 지망생이었고 감각적인 편이거든요."

랩과 백허그 사이에 어떤 관련이 있는지 알 수 없었지만 정아는 "같이 할 사람이 필요했어요" 라고 말했다. 영호는 군대를 전역하자마자 재수학원에 등록했다고도 했다. 그 이전엔 중고차 매장에서 딜러 아르바이트를 수년간 했다고. 자기소개를 할 땐 세상사 풍파에 질린다는 표정도 언뜻 지나갔다.

"정아 씨는 쭉 학생이었죠? 재수학원 힘든 건 다른 세상일에 비하면 아무것도 아녜요." 영호의 설명이 길어지고 있었다. "마침 군대 혹한기 훈련할 때가 떠올라서 하는 말인데……."

모두 백허그 공모전과는 상관없는 이야기였는데, 정아는 말을 자르며 대화의 물길을 원래 있어야 하는 곳으로 되돌려놓았다. "정말이지 이상하지 않아요? 백허그 공모전 같은 게 있을 거라고 생각하지 못했어요. 완벽한 백허그라고 한들, 그게 도대체 무슨 의미가 있어서 대학 입시에까지 반영한다는 걸까요?"

정아는 인생이란 각 시점에 따른 배역을 부여받는 일이며, 자신이 할 일은 그때그때 배역에 맞춰 연기를 적당히 해내는 것이라고 생각하는 편이었다. 그러니 백허그 연기자 배역도 물론 받아들일 참이었다. 일단 받아들이자. 그건 정아가 여섯 살 때 배운 체념의 기술이었다. 하지만 체조의 달인마저도 도마에서 미끄러질 때가 있듯이 체념의 달인 역시 의문을 다 떨쳐내지 못하는 경우가 더러 있다. 지금처럼.

"그게 뭐 대수로운 일인가요?" 영호가 피식 웃었다. "대한민국 자수성가 부자 백 명을 분석한 유튜브 영상이 있어요. '일본도 깜짝 놀란 한국 부자들의 마인드, 성공 요인은 바로 이것'이 제목인데 꼭 한번 찾아보세요. 거기 보면 부자들의 공통적인 성공 요인이 뭔지 알아요?"

이번에도 무슨 난데없는 소리를 하느냐는 힐난이 정아의 표정에서 스쳐 지나갔다. "뭔가요?"

"열정이죠." 영호는 마치 좋은 질문을 들었다는 듯 칭찬에 가까운 미소를 지어 보였다. "백허그가 중요한 게 아니고요. 우리가 그걸 하기로 정했다는 게 중요해요. 열정만 있다면 성공할 수 있어요. 열정이란 뭐다? 한 가지를 정하면 파고드는 능력."

단호한 끝맺음 뒤엔 잠시 적막이 흘렀다. 침묵을 깬 건 다시 영호였다. "성공의 비결 하나 더. 바로 심플하게 생각하기. 너무 복잡하게 생각하지 말아요. 백허그 뭐 어려울 거 있나요. 일종의 라틴댄스 같은 거라고 생각하면 쉬울 거예요."

"라틴댄스라고 생각하면 쉽나요?"

"그럼요. 자, 보세요." 영호는 왼팔로 누군가의 등을 받치는 듯한 포즈로 라틴 사교댄스 준비 자세를 취해 보였다. 그는 상체를 꼿꼿하게 고정한 채로 발을 두 걸음 정도 옆으로 내디뎠다. 움직일수록 구부정한 자세가 됐는데, 결국엔 발이 엉켜서 주저앉을 뻔했다. 그는 한숨을 내쉰 뒤에 순순히 인정했다. 사실 그 역시 라틴댄스를 배워본 적은 없었다. 분명히 백허그와 라틴댄스 사이엔 유사점이 많다고 생각했는데, 춤을 추는 동안 그게 어떤 포인트인지 정확히 설명해내긴 어려웠다고 털어놓았다. "제 말은 어디까지나 비유가 그렇다는 거죠."

정아는 공모전에 누구와 나가게 될지 상상하면서 혹시나 남녀 사이의 호감으로 발전할 수도 있지 않을까, 여지를 남겨놓고 있었다. 하지만 영호를 보고 난 뒤엔 마음이 바뀌었다. 그런 일이 일어날 리 없다. 혹시라도 영호 쪽에서 그런 마음을 내비친다면 수나라 공세에 저항하는 고구려의 성벽, 적군의 머리를 돌로 내리치는 행주산성 같은 완고함을 마주하게 될 것이다. 정아는 다짐했다. 우리는 탁구 복식조에 가까운 형태로 무언가를 함께 해내는 팀일 뿐이다. 거기엔 이성적 감정이나 호감 같은 게 개입할 여지가 없다. 정아로선 좀더 단호해질 필요도 있었다.

"그러니까 처음이라는 거죠? 저처럼요. 그 점에서 서로가 공평하겠네요."

"하지만 사회 경험은 제가 더 많다고 봐야겠죠. 나이도 제가 많고요."

"그러시구나." 정아는 공모 요강을 메모한 노트를 클리어 파일에서 꺼내면서 건성으로 대답했다. 그리곤 공모 요강 어딘가에 밑줄을 친 뒤 영호 쪽에 보여주었다. 밑줄 친 단어는 '참가 접수'였다.

"이게 가장 먼저 해야 할 일이네요."

＊

연령 구분 없이 응모 분야는 딱 하나였다. 서류 작성 자체는 어려운 일이 아니었지만 등기우편으로 제출해야 했다. "요즘 같은 세상에 등기우편으로만 참가 접수를 받다니 이해할 수 없네." 정아가 서류를 작성하다가 나지막한 목소리로 투덜거렸다. 수업이 모두 끝난 교실에서였다.

"불만이 많은 편이군요. 어려울 거 없잖아요." 영호는 웃으면서 서류 아래까지 써내려갔다. 어렵지 않다고 했지만, 정작 이를 우체국 등기로 보내기로 한 영호가 접수 마지막 날까지 유튜브를 보면서 늑장을 부린 탓에 학회에 직접 서류를 접수해야만 했다.

한국백허그학회는 A대학 문과대 행정실에 있다. 석사 수료를 한 학기 남겨둔 대학원생 행정실 직원이 차를 끓여온 뒤 창가가 보이는 자신의 자리에 앉아서, 오늘 새로 도착한 등기우편을 정리 중이었다. 우편에서 접수 서류를 꺼내 철했는지 확인하고 종이 박스 안에 차곡차곡 쌓아나갔다.

건물 바깥에서 누군가 오토바이를 거칠게 정차하는 소리가 들렸다. 대학원생의 시선이 창문 건너 그쪽에 가닿았다. 가죽 재킷에 백팩을 멘 사람이 계단 중간까지 오토바이 헬멧을 쓴 채로 뒤뚱거리면서 올라오고 있었다. 굳이 거추장스러운 헬멧을 쓰고 뛰어야 하나? 대학원생이 생각하자마자 아니나 다를까 가죽 재킷 남자는 급하게 내려가서 헬멧만 오토바이 핸들 한쪽에 끼운 뒤에 다시 뛰어서 올라오고 있었다.

그 달리기의 속도가 실린 발소리가 복도 쪽에 들리더니, 학회 사무실 용도로 쓰이는 행정실에 남자가 도착했다. 거칠게 숨을 몰아쉬는 그의 손에는 서류 봉투가 들려 있었다. 행정실에서 일하는 대학원생이 그에게 다가가서 "물 드릴까요?"라고 물었다. 남자는 가슴을 두드리다가 한 호흡으로 간신히 "괜찮아요"라고 대답한 뒤 서류를 내밀었다. 임무 완료. 영호는 전화로 정아에게 접수를 마쳤다고 알렸다. "봐요. 별일 아니죠? 심플하게 생각하자고요. 성공한 사람들은 모두 그래요." 그가 여전히 숨을 헐떡이며 전화기에 대고 말했다.

첫 관문을 무사히 넘긴 둘은 이제 완벽한 백허그의 조건을 생각해야 했다. 완벽한 백허그라면 둘 사이의 키 차이가 커서도 안 되고 한쪽만 살집이 있거나, 한쪽만 홀쭉하면 곤란하다. 신체 조건이 현격하게 벌어져선 안 된다. 만약 그런 차이가 난다면, 한 명이 다른 쪽의 몸을 조이는 듯한 자세가 돼버릴지도 모른다. 레슬링이나 유도의 조르기처럼 보여선 곤란하다. 어디까지나 한 몸처럼 조율돼 있고, 누가 보더라도 편안하고 아늑해야 한다.

공모전을 준비하기에 둘의 신체 조건은 맞는 편이었다. 키도 큰 차이는 나지 않았고 몸매는 그 나이답게 건강했다. 정아와 영호 또한 자신들의 나이와 건강을 의식했다. 백허그를 하기엔 꽤 좋은 조합이라고, 영호는 생각했다. "그렇지 않아? 꽤 괜찮은 팀이 될지도 몰라, 우린." 영호는 어느새 반말투가 돼 있었다.

정아는 영호와 대체로 괜찮은 조합이라는 데 동의했지만, 그것만으론 충분치 않다는 생각이었다. 완벽한 백허그라는 게 그리 쉬운 일이라면 경쟁이라는 형식을 취할 필요도 없지 않을까. 공모전까지는 딱 일주일이 남아 있었다. 이들은 어차피 큰 효율이 나지 않던 수업은 듣지 않기로 했다. 그 시간에 주최 측 그러니까 학회 홈페이지나 도서관에서 백허그 공모전 관련 자료를 살펴보는 것으로 의견을 모았다. 완벽한 백허그가 무엇인지 단서를 찾기 위해서였다.

그러나 〈동물 진화와 궤를 같이해온 백허그의 역사〉, 〈백허그와 민족주의〉 등등 지나치게 학술적인 문헌 자료는 별다른 도움이 되지 않았다. 결국 유튜브를 찾아보게 됐는데, 대부분은 드라마 명장면 속 백허그 영상이었다. 나머지는 '백허그를 할 때 들으면 좋은 피아노 음악'처럼 지나치게 실용성에 초점을 맞춘 내용이 대부분이었다.

둘은 카페에 마주 앉아 영상을 하나씩 넘겨보면서 완벽한 백허그에 대한 단서를 찾아보려 했다. 재수학원에서 멀지 않은 지하철역 부근 대형 프랜차이즈 카페였다. 그들은 아무 대화도 없이 영상만을 한참이나 확인했지만, 완벽한 백허그에 대한 기준을 알기란 어려웠다. 정아는 '설렘 가득한 백허그' 같은 영상을 몇 건 더 확인했으나, 그게 완벽한 백허그와 무슨 관련이 있는지 확신할 수 없었다.

"혹시 우리 주변에 백허그에 대해 물어볼 만한 사람 없을까요?" 정아의 물음 뒤엔 다시 긴 침묵이 내려앉았다. 정아 스스로도 딱히 떠오르는 사람이 없었다. 부모는 어디서 주워들은 정보나 자신이 거쳐온 경로에 대해서만 강한 확신을 가졌고 그에 맞춰 정아를 만류하거나 밀어 넣거나 할 뿐이다. 백허그 공모전을 위해 준비할 게 무엇이냐고 묻는다면 허튼짓 말고 유학 갈 준비를 해보면 어떠냐고 할 것이다. 주변엔 백허그 쪽으로 진로를 정한 친구들도 없었고, 그러니 물어볼 사람이 마땅치 않았다.

영호 쪽도 마찬가지였다. 부모님이 이혼한 것은 중학생 때였고, 학교를 빼먹기 시작한 이래로 삶의 경로를 알려줄 수 있는 어른은 아무도 없었다. 그를 줄곧 돌본 할머니는 삶이란 그저 버티는 것이라고만 했다. 삶의 선택지가 다양하게 펼쳐져 있다는 사실을 배울 수 있는 창구는 그에게 오직 유튜브뿐이었다.

온갖 영상들 덕분에 세상을 향한 동경을 잃지 않았고, 크게 삐뚤어지진 않았지만 그건 일종의 희망 고문이기도 했다. 정작 선망하는 세계 혹은 직장 또는 능력에 진입하는 결정적이고도 구체적인 경로는 동영상 속에서 늘 막연하게 처리돼 있었다. 그저 능력이 있고 간절한 사람에게 문이 열린다는 식이었다. 간절하다면 영상 출연자가 나오는 온라인 또는 오프라인 강의를 들으라는 게 유튜브식 조언이었다. 백허그 분야는 온라인 강의는 없었고, 둘은 오프라인 학원을 찾아볼 엄두가 나지 않았다.

둘은 망연한 표정을 짓다가 결국 이런 결론을 내릴 수밖에 없었다. 완벽한 백허그에 대한 해답은 자신들이 직접 내려야만 한다고.

*

정아는 눈을 감고 생각했다. 그동안 웹툰과 소설에서 봐왔던 수없이 많은 백허그 장면이 정아의 머릿속에서 되살아났다. 어떤 백허그가 유독 아름답다면 그 이유는 무엇인가. 별안간 빛나는 백허그의 황홀경은 어디서 어떻게 찾아오는 것일까. 정아는 질문 속으로 빠져들어갔다. 그러곤 애틋한 연인 간의 격정에 휩싸인 백허그를 상상했다. 사랑하는 이의 등 뒤로 뛰어든 불같은 포옹이었다. 절정의 순간까지 차근차근 쌓여온 이야기의 밀도가 그 순간을 몹시 절박하고도 아련하게 만들었다. 그때 한없이 가까워지고 싶은 감정과 주저하는 마음 사이에서 뚜렷했던 경계가 순식간에 허물어지고, 각자의 마음속에서 큰 파도가 일어난다. 그러나 밖에서 보이는 모습은 너무나도 평온한 백허그다.

완벽한 백허그는 달리 특별한 게 아니다. 그렇게 켜켜이 쌓여온 특별한 감정 속에서 완성되는 것이리라. 즉 완벽한 백허그란 이야기에 관한 것이다. 그게 정아의 결론이었다. 아련하고 절박하려면 슬픔을 활용하는 것이 좋겠다. 그러니 상상할 수 있는 최대한의 슬픔을 떠올려볼 것. 정아의 제안이었다. "반드시 그건 사랑과 관련된 것이어야 해요." 정아는 다시 눈을 감은 채로 침묵과 고요 속으로 들어갔다.

영호는 얼결에 눈을 질끈 감았다가 슬며시 실눈을 뜨고 정아의 얼굴을 훔쳐보았다. 정아는 한없이 평온한 표정이다. 정아에게 있어서 슬픔이란 무엇인가. 짐작할 수 없었지만, 정아가 깊은 침묵 속에서 지극한 슬픔을 찾아 어디론가 떠내려가고 있다는 점은 알 수 있었다.

영호는 하릴없이 눈을 다시 감고 자신이 상상할 수 있는, 슬픔의 최대치를 떠올려보려 했다. 그리고 얼마간의 시간이 흘렀다. 영호는 발이 푹푹 빠지는 사막 한가운데서 누군가가 멀리서 걸어오는 모습을 보고 있다. 그 사람은 점점 가까워지고 있다. 흐릿한 윤곽이 점점 사람의 형태로 떠오른다. 분명 그가 오랫동안 기다려온 사람일 것이다. 영호는 사막에서 걸어오는 사람의 얼굴을 보기 위해 미간을 잔뜩 찌푸렸다. 눈 주변이 꿈틀거렸다.

그들은 각각 자신의 감정 속에 몰입하는 연습을 했다. 그리고 공모전까지 남은 기간 빈 학원 강의실에서 연습 삼아 백허그를 해봤는데, 그래 봤자 서너 번이 고작이었다. 그 몇 번마저도 아주 짧게 끝났을 뿐이다. 영호가 뒤에서 껴안을 때 자세는 엉성하기 짝이 없었다. 온몸이 긴장으로 굳었다. 영호 역시 누군가를 껴안아본 경험은 없었다.

"차라리 제가 하는 게 낫겠어요." 정아가 영호의 뒤쪽으로 옮겨갔다. 정아의 두 손이 영호의 몸을 파고들 때 영호의 어깨는 위축된 것처럼 자꾸만 낮아졌다. 정아는 속삭였다. "연기라고 생각하면 쉬워요." 그건 정말 깊은 슬픔 속에서 건져 올린 목소리였다. 백허그의 재능이라면 정아 쪽이 훨씬 더 나았다.

"그저 연기일 뿐이라고요." 그 말에 영호가 고개를 끄덕였다. 그 순간엔 둘 다 완벽하게 감정에 몰입해 있었다.

＊

공모전 당일이었다. 행사가 열리는 대학 강당에는 무려 서

른여덟 개 팀이 모여들었다. 둘은 참가번호 19번이었다. 영호는 참가번호가 인쇄된 종이를 가슴께에 붙였다. 백허그에 인생 건 사람들 여기 다 모였구먼. 영호는 실없는 농담으로 분위기를 바꿔보려 했지만, 이렇게 큰 대회라니, 강당에 들어서는 순간부터 뒷덜미가 땀으로 축축하게 젖어들었다. 그는 강당 안쪽으로 걸어 들어가면서 잠시 정아의 얼굴을 흘깃 바라보았다. 정아는 입을 굳게 다문 채로 감정을 다잡고 있었다. 시작부터 슬픈 사랑의 백허그를 떠올리는 것처럼 보였다.

대중적인 행사라고는 볼 순 없었다. 참가자의 가족이나 지인으로 보이는 사람들이 넓은 강당을 드문드문 채우고 있었다. 정아나 영호 모두 주변 누구에게도 백허그 공모전 참가 사실을 알리지 않았다. 둘 다 다른 사람들에게 백허그 공모전을 이해시킬 자신이 없었다.

강당 중앙에 백허그를 위한 무대가 마련되었는데 일종의 체조 마루 경기장을 연상시켰다. 심사위원석엔 교수로 보이는 두 사람이 앉아 있었다. 대기 중인 팀들은 상당수가 전신 타이즈를 입고 있었다. 티셔츠를 같이 맞춰 입은 팀도 보였다. 그들은 강당에 넓게 퍼져서 손과 발목을 풀고 있었다. 영호는 오버사이즈 반팔 셔츠에 빳빳한 질감의 면바지, 정아는 눈에 띌 일

없는 회색 티셔츠에 청바지 차림이었다. 둘 모두 커다란 백팩을 메고 있었다. 지극히 평범하다는 이유로 눈에 띌 지경이었다. 둘은 다른 참가자들처럼 관절을 꺾고 팔다리 근육을 늘리는 시늉을 잠시 하다가, 시작 안내 소리가 들리자 참가자 좌석을 찾아갔다.

정아와 영호는 다른 참가자들이 보여주는 백허그부터 차례로 지켜봐야만 했다. 그러다가 비로소 정아와 영호는 깨달았다. 공모전은 상당 부분 기술의 영역이라는 점을.

첫 번째 팀이 호명되고 에어로빅 복장을 한 남녀가 강당 중앙에 섰다. 바로 시작하세요. 심사위원이 말했다. 그러자 정말이지 가히 인간으로 하는 테트리스가 펼쳐졌다. 앞에 있는 여성 참가자가 지그재그로 몸을 접는 모습을 표현하면 뒤에 있는 남성 참가자도 각지게 몸을 구겨 넣는 퍼포먼스였다.

두 번째 팀은 앞에 선 여성 참가자가 해초처럼 웨이브를 추자 뒤에서 남성 참가자도 리듬에 맞춰 함께 흐물거렸는데 거의 한 몸으로 보일 정도로 절묘하게 포개졌다. 또 다른 팀은 피겨 스케이팅처럼 위로 점프를 해서 두 바퀴 돌다 내려오는데 꼭 붙어 있는 듯 착지까지 완벽했다. 몸이 붙은 채로 함께 뛰어서 몸이 붙은 채로 내려왔기 때문에 백허그 기준엔 부합했다.

"엄청난 거였잖아, 이거." 영호는 손에 난 땀을 바지춤에 문지르다가 정아 쪽을 향해 목소리를 낮춰 말했다. 주최 측에서 나눠준 생수도 다 비운 뒤였다. 정아 역시 얼굴이 차츰 굳어져 갔다. 그러나 동시에 감정이 흐트러지지 않도록 슬픔을 속으로 계속 되새기고 있었다. 정아가 생각하는 완벽함의 기준은 여전히 감정선과 관련된 것이었고, 설령 그게 심사위원의 평가 기준과 다르다고 한들 달리 이제 와서 어떻게 할 수 있는 것도 아니었다. 지금까지 쌓아 올린 감정이 무너지지 않도록, 눈을 감고 긴 숨을 들이쉬었다. 수시로 말을 거는 영호에겐 안심시키듯 한마디를 건넸을 뿐이다. "심플하게 생각하기로 해요."

그들 순번이 다가왔다. 둘 바로 앞 차례에서 백허그 퍼포먼스를 펼친 18번 팀은 수영 선수처럼 몸매가 다부졌다. 여성 참가자가 남성 참가자의 허리를 잡은 뒤 냅다 머리 뒤로 넘겼는데, 남성 참가자가 뒤집힌 채로 팔로 매트를 버티면서 아치형 다리 모양이 됐다. 정말이지 완벽한 곡선이었다. 자칫하면 머리가 바닥에 꽂힐 수도 있었는데, 강인한 근육의 힘으로 버티는 모습이었다. "저먼 수플렉스……" 장내에서 감탄이 터져 나왔다. 영호와 정아의 뒤쪽에 있던 21번 참가자 두 명이 속닥였다. "역시 우승 후보답게 최신 백허그 경향을 제대로 파악하고 있군. 운동 능력을 극대화해서 보여주는 아크로바틱 유형이 공모전에 유리하다는 걸 잘 알고 있는 거야."

정아와 영호로선 잘 알지 못하는 이 바닥만의 평가 기준이었다. 관중이나 다른 참가자들의 흥분 섞인 술렁거림을 볼 때, 비슷한 기준을 모두 인식하고 있는 듯했다.

이윽고 정아와 영호의 번호가 호명됐다. 둘은 자리에서 일어난 뒤 계단을 거쳐 입구를 지나 강당의 가운데까지 이동했다. 정아와 영호는 긴 적막 속에서 심사위원과 관람객, 다른 참가자들의 시선을 느꼈다. 그들이 지금 할 수 있는 일이라곤 앞을 향해 나아가는 것, 그뿐이었다.

둘은 무대 중앙에 섰다. 영호는 땀에 젖어 축축한 두 손을 공손하게 무릎에 포갠 뒤에 심사위원을 향해 인사했다. 고개를 숙인 뒤 올라오기까지 몇 초 걸릴 정도로 긴 인사였다. 정아는 고개만 젖혀 간단히 인사한 뒤에 심사위원의 눈을 교차로 바라보았다. 눈가에 힘을 주고 아련한 눈빛을 만들어 보였다. 지극한 슬픔을 표현하려 했으나, 그게 심사위원의 마음에 가 닿았는지는 알 수 없었다. 심사위원들은 책상에 놓인 평가지와 그들을 번갈아 바라보다가 말했다. "시작하세요."

그러자 정아가 영호 뒤쪽으로 천천히 다가가서 와락 안았다. 그게 전부였다. 백허그에 주어진 시간은 15초. 정아는 눈을 질끈 감은 채 마음속 슬픔의 깊은 내부를 향해 내려갔다. 그때 정아는 세상의 인정을 받지 못하는 커플의 마음을 상상해보려 했다. 세상엔 백허그를 할 때 잠시나마 위안을 느끼는 커플, 백허그의 온기로 세상을 돌파하려는 사람들이 있을 거라고. 정아는 그 순간 존재하지 않는 누군가의 마음에 공명했다. 물론 겉으로 보기엔 그저 평범해 보이는 백허그였다.

그렇게 아무런 호응도 반응도 없는 시간이 지나가고 있었다. 영호도 그 시간 동안 눈을 질끈 감았다. 그리곤 슬픔을 끄집어내려 했다. 어둠이 길고 긴 사막 언덕의 장면으로 바뀌었고, 누군가 아는 얼굴이 그를 향해 걸어오고 있었다. 그때 아무런 소리도 주변에서 들리지 않았다. 그들이 백허그를 하고 있는 동안 강당엔 적막만이 감돌았다. 백허그가 끝나갈 무렵, 심사위원이 평가지를 넘기는 소리가 과장되게 들렸다.

＊

집으로 돌아오는 길에 그들은 다소 어색하고 쑥스러웠다. 전철 안에서 영호가 먼저 피식 웃자 정아도 미소 지었다. "역시

수능 잘 보는 수밖에 없겠지?" 영호가 말했다. "우리 수능시험 보기 전에 의지라도 다질 겸, 같이 술 한잔할래?"

정아가 말없이 전철 문에 기댄 채로 차창 쪽에 시선을 돌렸다. 그러고는 그저 조용히 눈을 감았다. 그때 정아가 떠올린 건 완벽한 백허그를 위해 필요하다고 여겼던 지극한 슬픔이었다. 한 여자가 남자의 손목을 잡고 숲을 헤치면서 앞으로 나아가고 있었다. 둘이 거칠게 뛰어나가는 장면임에도 나른하고도 슬픈 감정을 떨쳐내기가 어려웠다. 가파른 언덕에 도착한 연인들이 멀리 마을을 바라보면서 거칠게 백허그를 한다. 그때 어디선가 거대한 파도가 일어나서 해안의 바위를 쳤다. 그런 장면이 왜 슬프게 여겨졌는지 알 수 없었다.

만약 정아가 눈을 뜨고 현실로 돌아온다면, 가눌 수 없는 비참함을 느끼게 될 터였다. 다만 잠시 눈을 감고 있는 동안 정아는 완벽한 백허그를 떠올려볼 수 있었다. 그 순간 완벽한 백허그가 무엇인지 아는 사람은 세상에서 오직 정아뿐이었다.

전철 선로가 지상 위로 펼쳐질 때 붉은 낙조가 강물 위에서 부서졌다. 정아와 영호 모두 그쪽에 잠시 시선이 멈췄다.

프로메테우스의 여자들

서계수

딸을 단련시키는 일은 어머니의 몫, 이름 짓는 일은 아버지의 몫.

연소는 제 이름이 마음에 들었다. 요사이 신경 쓰이는 남자애의 이름, '가락'보다는 훨씬 낫다고 생각했다. 노랫가락의 가락보단 타오른단 뜻인 연소가 더 무인의 길에 어울렸으니까.

그러나 정작 이름을 지어준 장본인, 아버지의 생각은 달랐다.

"타오르는 것은 언젠가 재로 화하기 마련이야."

아버지가 연소의 머리카락을 쓰다듬으며 중얼거렸다. 그럼 다른 이름을 지어주면 되었잖아요, 라고 묻고 싶었으나 연소의 생각에 그러면 아버지가 더 우울해할 것 같았다. 아버지는 내 이름을 '연소'라고 짓고 싶지 않았던 건가? 하여간, 이름 짓는 일은 남자들의 몫. 여자인 연소로선 도통 알 수 없는 영역이었다.

아버지는 연소의 생각을 알아차린 듯했다.

"내 의지가 아니었어. 거부할 길이 없었단다."

연소는 눈을 끔벅이며 아버지의 말이 무슨 의미일지 생각했으나 머리만 아파졌기에 그만두었다.

이름 없던 딸에게 이름을 지어준 그해 겨울, 아버지는 잠자듯이 숨을 거두었다. 해야 할 일을 마친 사람만이 지을 수 있는 평온한 얼굴로.

온화하고 아름다우며 가냘팠던, 이름 주신 이. 연소는 아버지를 잊으려고 노력했다. 그에게서 물렁한 부분을 물려받았을지도 모른단 생각이 드는 것조차 두려웠기에.

"……."

살이 터졌는지 입안에 피 섞인 침이 차올랐다. 연소의 악다문 입매가 불그스름한 것을, 어머니는 놓치지 않았다.

"입을 헤벌리고 싸우니 그런 꼴을 당하는 거다. 제대로 이를 악물고 주먹을 맞았다면 입안에서 피가 흐를 일도 없었겠지. 아니,"

어머니가 빈정거렸다.

"애초에 네가 주먹을 맞지 않았다면 피 볼 일이 없었겠구나."

연소는 부릅뜬 눈으로 어머니를 노려보다가 바닥에 침을 퉤 뱉었다. 핏물이 바닥에 검게 스몄다.

트레이닝룸 바닥엔 흙이 깔려 있었다. 모래와 잔돌이 섞여 있어서 큰 충격은 흡수했으나 잔돌이 이따금 살에 박히곤 했다. 그러나 이런 흙조차 '탑'에선 꽤 귀했다. 흙을 구하려면 탑 밖으로 나가야 했으니까. 그리고 탑 밖으로 나가는 것은 단련된 무인이 아닌 이상 자살행위였다.

어머니에게, 연소는 다시 달려들었다. 단련하기 위해, 강해지기 위해.

탑 밖으로 나가기 위해.

어머니는 이번에도 가볍게 피했다. 연소의 목검은 의도한대로 어머니의 정수리를 내려치기는커녕, 어머니의 사정거리 안에 들어간 순간 보호대를 찬 무릎에 막히고, 어머니의 발놀림에 이리저리 휘둘리다가 걷어차여 저만치 날아가버렸다.

연소는 그때를 노렸다. 어머니가 연소를 무장 해제시켰다고 방심했을 때를.

"……!"

그러나 방심하지 않았다, 어머니는.

연소가 날린 주먹은 어머니의 뺨을 스치긴 했으나 제대로 가격하진 못했다.

거리가 좁다. 너무 가깝다. 이 거리에선 위험해.

어머니는 인정하지 않았으나, 연소는 전투 감각이 썩 괜찮은 편이었다. 공격 대신 방어 자세를 취하자, 간발의 차로 어머니의 발이 가드에 막혔다. 물론 충격은 있었기에 연소는 휘청거렸다.

한동안 거친 숨소리만 들렸다.

"나쁘지 않다."

어머니가 내뱉었다. 연소는 놀라서 고개를 들어 어머니의 표정을 살폈다. 과묵한 여자였기에, 연소가 알기로 방금 말은 어머니 딴엔 꽤 큰 칭찬이었다.

연소는 해죽거리지 않으려고 애썼다.

"전 무장 상태였어요. 어머니보다 좋은 조건에서 겨뤘죠."

"누가 아니라더냐? 그 조건이 아니면 네가 내 들메끈이나 건드릴 수 있을까."

가소롭다는 목소리였다.

연소는 눈앞의 여자가 오만하다고 생각했으나, 마음을 고쳐먹었다. 이 여자는 오만할 만해. 구역 내 동년배 사이에서 가장 강한 인간이니까. 그리고 내가 아는 한, 단지 구역 내 동년배 중 가장 강한 인간인 것만은 아니다. 다른 무인을 어머니로 둔 여자애들도 '나의 어머니'에게 배우고 싶어 한다…….

그래서 연소는 고개를 숙였다. 경외의 의미, 그리고 입으로 욕을 중얼거리는 것을 들키지 않기 위해서였다. 염병, 이 인간 완전 강해.

연소는 손을 내밀었다. 다른 이들과는 훈련을 종료하면 으레 나누는 인사였으나, 어머니는 그 손을 거들떠보지도 않고 트레이닝룸을 나가버렸다.

"아, 진짜."

연소는 손등으로 땀을 훔치며 바닥에 드러누웠다.

트레이닝룸 문이 달칵 열렸다.

"야, 너 갈아입을 옷은 갖고 왔냐?"

연소가 돌아보지도 않고 대꾸했다.

"갖고 왔겠냐?"

"그럴 줄 알았어."

너한테 바란 내가 바보야, 하고 소년이 투덜대며 옷가지를 집어 던졌다. 연소는 옷 뭉텅이가 얼굴을 가격하는 것을 저항 없이 받아들였다.

"그걸로 갈아입고 예배에 참석해. 나는 간다. 신부님 돕느라 바빠. 다음부턴 네가 직접 챙기란 말이야, 사람 시키지 말고."

연소가 중얼거렸다.

"약혼자 됐다 뭐에 써."

"네 수발들려고 약혼한 줄 알아?"

방을 나서려던 소년이 성큼성큼 흙바닥까지 쳐들어와 소리를 질렀다. 연소는 옷가지를 치우고, 저를 내려다보는 소년의 얼굴을 올려다보았다. 천장의 인공태양을 등진 소년은 휘광을 두른 것 같았다.

아버지를 닮았네.

그러나 연소는 그 말을 입 밖에 낼 정도로 천연덕스럽진 못했다.

그저 이렇게 말했다.

"가락아, 나 좀 일으켜줘."

가락은 커다란 눈을 가늘게 떴으나, 결국 연소와 손을 맞잡았다. 그러면서 종알거렸다.

"상식적으로 바닥에 흙이 깔려 있으면 땀 범벅인 몸으로 드러눕지 말아야 하는 것 아니냐? 지금 너 등짝에 온통 흙투성이야."

"시끄러워, 빨면 되잖아."

"너나 조용히 해. 흙물 은근 안 빠진다고."

연소는 마르고 단단한 손의 감촉을 잠시 느끼고 있었다. 남자애들은 무예를 익히지 않지만, 가락에겐 제법 잔근육이 붙어 있었다. 일상생활 움직임으로도 이 정도는 되나? 연소는 그렇게 생각하며 몸을 일으켰다. 한순간에 눈높이가 동일해지자, 소년은 잠시 입을 벙긋거리며 뭐라 말하려 했으나 말하진 못했다.

그 모습이 연소는 조금 우스웠다.

가락의 귓불이 빨갰다.

"뭘 히죽거려? 빨리 씻어."

연소는 거울을 보고서야 제가 웃고 있었단 것을 알았다.

가락이 앞서 걸었고, 연소는 느긋하게 뒤를 따랐다. 사실 빨리 걸을 힘이 없었다. 아까의 훈련으로 힘을 다 소진한 상태였다.

가락이 투덜거렸다.

"다시 없을 중요한 날인데 너는 그 꼴이라니."

"뭐가 중요한 날이냐? 누구든 인생에 한 번 겪는 일이면 중요할 것도 없지 않아?"

소년이 멈춰 섰다.

"'한 번'은 중요해. 더구나 그걸로 네 삶 전부가 결정된다면, 정말 중요하지 않아?"

그렇게 말하는 소년의 목소리가 전에 없이 진지했다. 소녀는 내심 감탄했다. 이럴 때의 가락은 정말 연소의 죽은 아버지를 닮아 있었다.

그러나 연소가 할 말은 정해져 있었다.

"내 삶은 이미 결정되었어."

소년이 뒤를 돌아 소녀와 마주했다.

연소는 가락의 눈빛을 읽기 힘들었다. 언제나 대충 짐작하고 너스레를 떨 뿐이었다. 지금도 그랬다. 저 눈에 갇힌 감정은 연민, 연모, 염려, 뭐 그런 것들이겠지.

소년이 다시 몸을 돌렸다.

"넌 허례허식이라고 비웃지만, 이것도 중요해. 그리고 난 많은 사람 앞에서 네가 우습게 보이길 바라지 않아."

가락은 연소에게 주먹과 쇠붙이를 휘두르는 일 외의 힘이 있다는 것을 알려준 두 번째 사람이었다. 첫 번째가 누군지는 말할 것도 없고.

연소가 대꾸했다.

"내 약혼자의 명예는 더럽히지 않지, 내가."

"말은 번드르르하지, 참나. 네 성격에 잘도 버티겠다. 열 번째 시련을 다시 견디는 일이 차라리 낫지 않겠어?"

"아까는 중요하다며? 어떻게든 버티란 소리 아니었어?"

"너 하는 꼴을 보니 고운 소리가 안 나와. 오늘 훈련은 생략했어도 되지 않아? 몸치장을 했어야지! 왜 너와 네 어머님은……."

거기서 가락은 조금 멈칫하곤 방향을 틀었다.

"아니, 여자들은 왜 다 전투광인 거야?"

소녀가 소년의 어깨를 툭툭 두들겼다.

"미안합니다. 이렇게 태어나고 말았네요."

"튀어나가지 말고 자리 잘 지켜. 경청하는 척해. 진짜 경청하진 못하더라도, 시늉은 할 수 있잖아."

가락의 말이었다.

식이 진행되는 내내, 연소는 자리를 지켰고, 눈을 내리깐 채 '시늉'을 했다. 신부의 목소리는 점점 멀어졌고, 대신 주변 사람들끼리 속닥거리는 음성이 연소의 귀에 옅은 농도로 흘러들었다.

"저 애 어머니는 실패했어."

"하지만 저 애는 다를지도 몰라. 예배 시간에도 저런 얼굴로 신부님 말씀을 가만히 귀담아듣는다니까."

"하, 저 애 어머니는 신앙심이 부족해서 실패했나?"

소녀는 태평하게 제 앞에 선 소년의 뒤통수를 바라보았다. 이따금 어깨가 움찔거리는 것을 보니, 말소리는 가락의 귓가에도 가닿은 것 같았다.

연소가 속으로 중얼거렸다. 돌아보지 마. 나한테 실컷 잔소리할 땐 언제고, 네가 돌아보면 안 되지.

자리를 지킬 생각이었다. 이 자리에서 난동을 부려봤자 좋을 것은 하나도 없으니까. 어머니의 명예? 약혼자의 명예? 가만히 있어야 명예고 뭐고 지킬 수 있는 거다. 소녀는 그렇게 생각하며 깍지 낀 손가락에 온 힘을 주었다. 아무도 눈치채지 못할 작은 반항이었다.

신부의 목소리가 들렸다.

"다시금, 우리에게 생명의 불꽃을 가져다주실 주께 우리가 가진 가장 정순한 양을 바치옵나이다."

웃음이 나오는 것을 꾹 눌렀다. 가장 정순한 양이라.

37-126 탑은 반도 유일의 인류 거주 시설이었다. 연소의 아버지는 생전에 언제나 '우리가 37-126 탑에서 살 수 있는 건 큰 행운이다'라고 말하곤 했다. 그 말을 할 때면 평상시 겸손하고 조용하던 사람의 눈에 기쁨과 자랑스러움이 넘쳐흘렀기에, 연소는 그 이야기를 하는 아버지의 모습을 좋아했다.

아버지는 37-126 탑의 유지 보수를 맡은 수리공 중 하나였다. 게다가 다정하고 따스한 사람이기까지 해서, 연소는 아버지가 죽던 날까지 그를 매우 사랑했다. 작은 심장이 아플 만큼 그를 사랑했다.

"'그'는 여자아이들에게만 기적을 보인단다. 물론, 모든 여자아이에게 기적을 보이는 것은 아니야."

홀로그램 테이프 속 아버지는 젊고 건강해 보였다. 연소는 어머니 몰래 테이프를 보고 또 보곤 했다. 어머니에게 들키면 호되게 혼날 행동이었다.

어머니라. 연소에게 어머니는 설명하기 힘든 존재였다. 사랑하는가? 딱 부러지게 그렇다고 하긴 힘들었다. 미워하는가? 그 마음이 없진 않지만, 그것만은 아니었다.

다만 두 가지는 알았다.

하나, 어머니는 패배자다.

둘, 어머니는 나를 사랑하지 않는다.

첫 번째는 다른 집 아이들의 놀림, 그리고 어른들의 방조를 통해 알게 된 것이었다. 어른들은 연소의 어머니를 대놓고 나무라지 못했다. 어찌 됐든 어머니는 무인으로서 강했고, 강한 것은 세상에서 존경받아 마땅한 미덕이었다. 어설프게 말이나 행동으로 공격했다간 어머니에게 자근자근 씹혀 뱉어질 것이었기에, 어른들은 어머니를 건드리지 않았다. 그러나 아이들은 달랐다.

아무리 강한 무인도 아이들을 상대로 제힘을 발휘할 순 없다. 아이들은 영악했고, 연소의 어머니가 제게 손을 올리거나 목소리를 높일 수 없단 것을 알았다. 그러나 연소도 영악했기에, 그런 아이들을 몰래몰래 손봐주었다.

이따금 정도가 지나쳐, 연소에게 맞은 아이들이 부모를 대동하고 어머니를 찾아오는 일도 있었다. 그럴 때마다 어머니는 유쾌하고 깍듯한 태도로 그들을 돌려보냈다. 여자는 싸워 이기는 데 천부적인 재능을 갖고 있었다. 그것이 몸싸움이든 말싸움이든, 어머니는 지지 않았다.

"내 명예를 위해 싸우고 다닐 필요는 없다."

제 손등에 선명하게 찍힌 잇자국을 어루만지던 연소에게 어머니가 말했다.

그 말을 들은 순간, 연소는 몹시도 아버지가 보고 싶었다. 작년에 돌아가신 아버지가 이 말을 들었으면 나 대신 어머니에게 항의해주지 않았을까, 그런 서글픔과 분노가 왈칵 솟구쳤다.

"사람들이 어머니를 실패자라고, 패배자라고 말해요."

"상관없다. 나는 패배자이기도 하고 실패자이기도 하니까."

어머니가 담담한 목소리로 말했다. 연소는 이해할 수 없었다.

"왜 어머니가 패배자인 거예요? 제가 아는 한, 어머니는 누구보다도 강한데……."

"나는 '찌르지' 못했으니까."

연소가 '창'에 관한 이야기를 들은 순간이었으나, 당시 연소는 이해하지 못했다.

어머니의 얼굴에 언짢음이 스쳐 지나갔다. 말을 너무 많이 했다고 느낀 듯했다.

"상관없다. 그리고 요즈음 내 명예를 더럽히는 건 다른 누구도 아니고 너다. 다시는 나를 위한답시고 싸우고 다니지 마라."

잘 울지 않는 아이였지만, 그날은 드물게 울었다. 연소는 저를 사랑해준 아버지가 그리웠고, 저를 사랑하지 않는 어머니가 미웠다.

로마 병사의 창에 관한 이야기를 제대로 배우게 된 건 예배 시간이었다. 그리고 그의 상처를 헤집은 제자에 대해 배운 것도.

"굳이 창으로 찔러가면서 죽은 걸 확인하고, 상처 구멍에 손을 넣어보는 것도 이상해요."

"인간은 의심이 많고 연약한 존재다. 천성이 그러하지. 아담과 이브가 선악과를 따 먹은 것도 그래서야. 예수께서 우리를 위해 십자가에 못 박히신 이유가 있잖니. 우리 죄를 대속하기 위하여."

"의심이 많고 연약한 것이 죄가 되나요?"

가락이 손을 들고 묻자 아이들이 낄낄거렸다.

강한 것이 힘이 되는 사회에서 연약한 것은 무엇이 되는 걸까. 가락은 연약했다. 그래서 무엇도 되지 못했다. 적어도 당시의 연소가 보기엔 그랬다.

"당연히 죄지, 그럼 아니겠니? 의심은 관계를 그르치게 하고, 연약한 마음은 옳은 것을 택하지 못하게 해. 이게 죄가 아니고 무엇이겠어."

이제 그만,이라고 연소는 어느새 일어선 가락을 잡아당기려 했다. 그러나 가락은 앉을 생각이 없어 보였다.

"의심은 사람을 위기에서 구하고, 연약한 마음은 남의 아픔을 내 것처럼 느끼게 만들어요. 그리고 말인데요."

여기서 가락은 커다란 눈을 빛내며 말했다.

"인간은 최초인 아담과 이브에서부터 잘못 만들어진 존재일까요? 주께서 우리를 그렇게 그릇된 존재로 창조하셨다고요?"

신부의 숨소리가 거칠어지고, 아이들이 숨을 죽였다. 연소는 속으로 가락을 동정했다. 동시에 이해할 수 없었다. 왜 그랬나, 신부가 싫어할 소리를 굳이 왜 했을까.

"혼나니까 좋냐?"

여전히 납득하지 못한 얼굴로 저에게 다가오는 가락을 보며 연소가 이죽거렸다.

"신부님이 '넌 평소에 속 썩이는 녀석이 아니었으니 이번 한 번은 봐주겠어'라고 하셨거든. 근데 난 이해가 안 돼. 우리가 불완전한 존재로 만들어진 이유가 뭘까? 그리고 또 궁금한 게 있어."

연소는 불안해졌다.

"뭐냐? 너 또 남이 들으면 쥐어박힐 소릴 하려고……."

"주님께서 우릴 일부러 불완전한 존재로 만들었다면, 왜 우릴 있는 그대로 사랑해주시지 않는 걸까?"

연소는 황급히 주변을 둘러보았다. 다행히 아무도 없었다.

"조물주가 피조물을 꼭 사랑해야 해?"

"응, 부모는 자식을 사랑하기 마련이잖아."

"우리 어머닐 생각하면 아닌 것 같은데?"

"……미안."

"별로 기분 안 상했어."

연소는 손을 휘휘 젓곤 앞장서 걸었다.

"신이든 인간이든, '인간을 있는 그대로 사랑해주는' 존재
는 없을 거야. 단점 없는 인간은 없으니까."

"……만약 있다면, 어떡할래?"

가락의 말에 연소가 멈춰 섰다. 가락이 계속 물었다.

"너를 있는 그대로 사랑해주는 이가 있다면, 너는 어떡할래?"

"너 나 좋아하냐?"

소년의 얼굴이 홍당무가 되었다.

"응, 아니, 어. 아니! 좋아하는 건 맞는데, 지금 하는 건 고백
이 아니야. 그냥 가정해보는 거라고!"

"흠."

생각해보았다. 나의 부족한 부분까지 사랑해주는 존재라.

한 번도 생각해본 적 없었다.

"그런 존잴 만나면, 틀림없이 사랑하게 되겠지."

어느새 본래의 침착함을 되찾은 가락이 중얼거렸다.

연소는 픽 웃었다.

"그런 존재는 없어."

신과 독대하고도 몸과 마음이 무너지지 않을 자.

탑에선 그런 이를 뽑기 위해 열 가지 시련을 내렸고, 소녀
들은 저마다 각오를 다지며 임했으나 시련을 견디기는 쉽지
않았다. 주님의 가호 아래, 매해 모든 시련을 통과한 꼭 한 명
의 소녀가 나왔다. 그들은 영광스럽게도 성모의 이름을 따 '마
리아'라고 불렸다.

마리아에겐 임무가 주어졌다. 첫 번째, 고난주간에 선악과,
정확히는 사과를 취한다. 두 번째, 창으로 예수, 정확히는 예수
모양을 한 정교한 인형의 허리에 창을 찔러 넣는다. 세 번째,
예수의 상처를 더듬어 부활하신 그임을 확인한다.

"그렇게 우리들은 우리 종족의 나약함을 되새긴다, 라네.
신부님 말씀에 따르면 그래."

연소는 의식 전에 가락과 대화를 나누었다. 가락이 불쾌하
다는 듯 얼굴을 찡그렸다.

"목적이 너무 피학적인 것 같은데."

"아무려면 어떠냐. 이 의식을 치르면 꽤 괜찮은 직장이 보장되고, 집도 생긴단 말이지."

"넌 너무 속물이고."

"약혼자, 내 집은 네 집이기도 하단 걸 잊지 마."

웃음을 참던 가락의 표정이 별안간 심각해졌다.

"정말 이러면 되는 걸까."

"뭐가?"

"정말 이러면, 사람들이 기도하는 대로 주께서 또다시 '생명의 불꽃'을 가져다주실까."

"글쎄, 의식은 그냥 연례행사로 하는 것 아니었어? 적어도 내가 기억하는 한, 작년에는 주님께서 오시지 않았는데."

"야, 너는 진짜……."

소년은 몇 번이고 말을 삼키곤 겨우 몇 마디 내뱉었다.

"추기경님 앞에선 그러지 마."

"준비가 되었나요?"

연소는 고개를 끄덕였다. 그리고 겨우 말했다.

"그렇습니다."

황송하게도, 연소가 의식을 치를 때 걸칠 복장은 37-126 탑

의 추기경이 직접 입는 것을 도와주도록 되어 있었다. 복장의
목적은 뚜렷했다. 최대한, 아무튼 '로마 병사'처럼 보이게 만들
것. 로마가 어떤 나라였는진 잘 모르지만.

금빛 갑옷과 붉은 망토. 쓰면 분명 위압적으로 보일 투구.

그리고 끝이 예리한 은빛 창이 있었다.

연소는 손을 갖다 댈까 하다가 척 봐도 베일 것 같아 그만
두었다. 창부리가 이 정도로 날카롭다니, 인형을 찌르는 것인
데 굳이 이렇게까지?

그러나 추기경 앞에서 그런 말을 내뱉지 않을 정도의 정신
머리는 있었다.

"당신 어머니는 실패했지요."

추기경이 불쑥 내뱉었다. 연소는 속으로 불평했다. 와, 이
순간에 어머니가 실패한 얘기를 꺼내? 나는 아무 말이나 막 하
면 안 되지만, 추기경은 그래도 되나. 좋겠군.

"부담을 주려는 건 아니에요."

"아, 네. 부담 느끼지 않습니다."

이 말은 하지 말 걸 그랬나. 연소가 후회하는 사이, 추기경
은 까르르 웃었다.

"다행이네요. 잘 할 수 있을 거예요."

문득 연소는 약간의 불안을 느꼈다.

"……사과는 어제 의식에서 취했지요. 오늘 제가 할 일은 주님을 찌르고 그의 상처를 더듬어 확인하는 일, 맞죠?"

그것뿐이지 않아요? 연소는 그렇게 덧붙이고 싶은 것을 참았다.

추기경이 잔잔하게 미소 지었다.

"그게, 그렇게 간단하지 않답니다."

"……?"

"조금 뒤엔 다 깨닫게 되겠지요. 그래요, 충고 하나 하자면……."

추기경은 속삭이듯 덧붙였다.

"생각하지 말아요. 그냥 해요."

예? 치고 올라오는 얼빠진 물음을 삼켜서 다행이라고 연소는 자조했었다.

그러나 추기경의 말이 무슨 뜻인지 알기 위해선 질문을 던졌어야 했다. 그 기회를 놓친 셈이다. 이제 연소가 추기경과 만날 일은 평생 동안 거의 없다시피 했으니까.

당시엔 그냥 그러려니 했던 것을, 이렇게 후회하게 될 줄은

몰랐다. 대체 당신은, 이 탑 사람들은,

아니, 이 세계는 대체…… 무슨 생각인가?

"의식을 치르기 전에 인형과 만나시는 것을 허락합니다."

"보통 인형을 '만난다'고 하나요?"

연소가 짓궂게 묻자, 문지기가 당혹스러운 표정을 지었다.

"아, 그러네요."

그러더니 잠시 후 변명했다.

"그렇지만 직접 보시면 마리아께서도 그런 말씀을 하실 겁니다. 살아 있는 것 같거든요."

'살아 있는 것 같다'라.

그나저나 의식 동안엔 연소라는 이름도 불러주지 않는다. 고작 사흘뿐이지만, 연소는 가벼운 그리움을 느꼈다.

자줏빛 벨벳이 드리워진 장막이 보였다. 주변에 기계며 파이프가 잔뜩 붙어 있었다.

저기가 인형이 있는 곳이구나. 연소는 생각했다.

문지기는 따라오지 않았다. 혼자 들어가야 하는 듯했다. 연소는 긴장한 팔다리를 가볍게 풀어주었다. 좋다, 얼마나 정교한 인형인지 만나보자.

그러곤 장막으로 들어갔다.

사람이 있었다.

제일 먼저, 사람이 보였다.

누워 있거나 앉아 있었다면 인형이라고 일고의 의심을 해봤을지 모른다. 그러나 그것은 두 발로 서 있었다. 손에는 책을 펼쳐 든 채로.

낯선 남자가 환히 웃었다.

"어서 와, '판도라'."

연소는 창을 쥔 손아귀에 힘을 주었다.

"날 왜…… 그렇게 부르나."

그러고는 덧붙였다.

"나는 마리아야."

"그리고 '진짜 이름'도 있을 테지?"

"여긴 예수님의 인형이 있는 곳일 텐데, 왜 인형은 안 보이고 당신이 여기 있는지 설명해봐."

연소가 날카롭게 물었다. 남자가 쓸쓸한 표정을 지었다.

"예수는 없어. 미안해. '그런 건' 없어."

책을 내려놓은 남자가 마른세수를 했다.

"'프로메테우스', 내 이름이야. 그리고 여긴 나뿐이야."

그런 이름은 처음 들어보았다.

연소의 표정을 본 그가 이해한다는 듯 웃어 보였다.

"내 이름을 들어보는 것은 처음이겠지. 이해해. 너희는 내역사를 기반으로 조금 다른 신을 창조했더군."

"그게 무슨……."

"나, 프로메테우스가 제우스의 마차에서 불을 훔쳐 너희 인간에게 가져다준 일을 너희는 '예수'라는 가상의 신이 너희 죄를 위해 세상과 대적한 일로 변형했단다. 독수리에게 간을 쪼아 먹힌 일화를, 너희는 예수가 십자가에 못 박히고 로마 병사에게 창에 찔린 일화로 바꾸었지. 아, 탓하는 것은 아니다."

프로메테우스가 다정하게 말했다.

"너희는 정말 놀라워. 좋은 쪽으로든, 나쁜 쪽으로든 말이야."

"전혀 이해가 되지 않는데."

연소는 창을 고쳐 쥐었다.

이 인형은 놀랍다. 연소는 이러한 인형에 대해 들어본 적조차 없었다. 그러나 망가진 인형이었다. 이런 식으로 망가진 인형에 대해서도 들어본 적은 없었다.

"미안, 좀 강한 충격을 처음부터 배려 없이 가한 셈이네. 그러나 너희와 내가 이야기할 수 있는 시간은 지나치게 짧아. 매년 치르는 이 의식이 아니면, 나는 너희와 접촉할 기회가 없어. 그래서 다짜고짜 본론부터 말하는 거다."

그가 설명했다.

"가서 전해라. 예수가 아닌 프로메테우스에 대해."

"……너는 미친 인형이군."

연소가 차게 웃었다.

그러나 프로메테우스는 웃지 않았다.

"나를 위해서가 아니다. 너희를 위해서야. 이렇게 말하는 것이 수상쩍게 들리리란 것을 안다. 그러나 너희에겐 제대로 된 신앙이 필요해. 예수가 아닌, 프로메테우스를 믿어야 해."

뒤로 갈수록 그의 목소리에서 힘이 사라졌다. 그는 침울한 얼굴로 말했다.

"나는 숭배받기 위해 불을 훔친 것이 아니다. 너희를, 인간을 사랑해서 불을 훔쳤지. 그러나 숭배받지 못한 신은 힘을 잃는다. 처음엔 괜찮다고 생각했어. 숭배받지 못하는 것 따위는 아무 문제도 되지 않는다고. 그러나……."

그가 일어나 연소에게 다가오자, 연소는 저도 모르게 한 발짝 물러섰다. 알 수 없었다. 눈앞의 남자는 무기도 들고 있지 않았고, 전혀 위험하게 보이지 않았다. 그런데도 그에게선 불가사의한 위엄, 그리고 슬픔, 다정함이 흘러넘쳤다.

"내가 가진 힘은 미래를 예지하는 것, 그리고 너희를 사랑하는 것. 그 두 가지 힘 모두 사그라들고 있다. 나의 이름조차 들어본 적 없는 세대의 인류가 몇 차례나 죽고 태어나길 반복했지."

프로메테우스의 목소리는 절박하고 다급했다.

"다시 미래 예지능력을 되찾기 위해선 너희가 나를 숭배할 필요가 있다. 또, 그렇게 능력을 찾게 된다면 나는 다시 너희에게 생명의 불꽃을 가져다줄 수 있을 거야."

"생전 처음 보는 놈팽이를 숭배할 순 없어."

연소는 그렇게 말했지만, '생명의 불꽃'이라는 표현이 걸렸다. 눈앞의 남자는 인형인가? 아니, 사기꾼 인간일지도 모른다. 신일 리는 없었다.

"당신이 신이라면, 예수님이 아닌 다른 신이라면 어째서 이런 곳에 틀어박혀 있는 거지?"

"나는 무수한 이름으로 인간을 가장하여 살아왔다. '예수'라는 이름은 내가 갖고 있던 이름 중 하나야. 그러나 예수는 실제로 존재하진 않는다. 언제나 프로메테우스였고, 프로메테우스이며, 프로메테우스일 것이다."

그가 설명했다.

"나는 많은 이름으로 온갖 곳에서 인간을 도왔다. 그리고 잊혀지거나 기억되었지. 상관없었다. 내가 예수로 살든, 부처로 살든, 프로메테우스는 어딘가에선 기억되었으니까. 나를 숭배하는 이들은 인간이 태어난 이래로 어디에나 있었고, 나를 향한 숭배는 끊인 적이 없다. 나는 그 숭배하는 행위의 중요성을 간과했지."

연소는 묵묵히 들었다.

"그런데 몇 세대 전부터 프로메테우스를 기억하는 이들은 소수의 몇 외엔 없다시피 하다. 이렇게 말하는 것이 내 성격에 맞지도 않고, 나는 지금 몹시 부끄럽다만……."

그의 목소리가 다시 작아졌다.

"예지능력과 인류애, 둘 모두 사라지고 있으며 심지어 내 존재조차 희석되고 있다. 즉, 나의 무수한 이름을 향한 숭배가 끊기지 않더라도 진정한 나, 프로메테우스에 대한 숭배가 끊긴 것은 심각한 문제다."

"어째서지?"

연소가 물었다. 창을 쥔 손이 부들부들 떨리고 있었다.

"너희를 도울 수 있는 신은 세상에 나뿐이니까. 세상에 남은 신은 오직 나 하나다."

연소는 장막을 뛰쳐나오진 않았다. 그저 굳은 얼굴로, 의식이 끝나기 전에 장막에서 뚜벅뚜벅 걸어 나왔을 뿐이었다.

그러나 머릿속은 엉망으로 엉켜 있었다.

"신앙이 끊긴 지 오래된 신인 네가 아직까지 사라지지 않은 이유는 뭐지?"

프로메테우스가 웃었다.

"판도라, 너희 덕분이다."

"……아까부터 말하는 '판도라'는 뭐냐?"

"내 동생, 에피메테우스와 결혼한 인간 여자. 신들이 구현한 완벽하게 아름다운 존재. 그리고……."

그가 잠시 멈추었다가 말을 이었다.

"……희망과 함께 남은 여자. 그래서다. 내가 에피메테우스(남자)가 아닌 판도라(여자)에게 말을 거는 이유. 너희가 희망과 함께하기에."

연소가 천천히 물었다.

"그렇다면, 그렇다면…… 당신이 아직까지 사라지지 않은 이유는, 판도라…… 즉, 인간 여자들에게 당신 자신의 존재를 알려주기 때문인가?"

"그래, 네 어머니도 그런 사람이었지."

아, 어머니.

연소는 그제야 깨달았다. 어머니가 창으로 인형을 찌르지 못한 이유를.

그것이 인형이 아니기 때문이었다.

프로메테우스가 말했다.

"작별의 시간이군. 내가 하고픈 당부는 하나다. 사람들에게 나를 알려라. 나를 믿게 만들어라. 나를 위해서가 아니다. 그들 자신을 위해서다. 내가 다시금, 너희에게 생명의 불꽃을 가져 다줄 만큼 힘을 되찾기 위해서. 그리고……."

그가 웃었다.

"의식을 치르는 것, 그러니까 창으로 찌르는 것은 주저하지 않아도 된다. 어차피 내 몸은 재생한다. 예전처럼 빠르게 회복 되진 않지만, 죽진 않아."

신이 소녀에게 손을 내밀었다. 연소는 엉겁결에 그 손을 잡았다.

프로메테우스는 천천히, 악수했다.

"그러니까, 괜찮다."

그 눈에 사랑이 그득했다.

"무얼 망설이십니까?"

추기경이 물었다. 여자의 얼굴엔 여전히 미소가 걸려 있었다.

연소는 어정쩡한 자세로 창을 쥔 채였다. 눈앞에 프로메테우스가 있었다. 십자가에 못 박힌 프로메테우스가.

손목뼈에 대못, 그리고 발목뼈에 대못, 머리에 가시관을 쓴 프로메테우스. 피로 물든 나무 십자가가 있었다.

제단 아래에서 사람들은 고개를 조아리며 예수를 부르짖고, 울며 기도하고 있었다. 제단 위의 '인형'을 예수의 모습을 본뜬 무생물이라고 믿으며.

그러나 연소의 눈엔 보였다. 프로메테우스의 얼굴이 고통에 물든 것을. 그가 간신히 비명을 참고 있는 것을.

인간을 사랑한다는 이유만으로.

추기경이 빠른 걸음으로 다가오더니 속삭였다.

"어차피 죽지 않습니다. 죄책감 따위 느끼지 마세요. 저것은 '인간'이 아닙니다."

깨달음이 연소의 머리를 쳤다. 이 사람, 다 알고 있었구나.

창이 무겁고 갑옷이 무거웠다.

상황이 이상하단 것을 알아챈 것인지, 제단 아래의 사람들이 하나둘 머리를 들었다. 그들의 눈에 불만이 가득했다.

어째서 찌르지 않는 거냐.

너희 어머니처럼, 모든 것을 망쳐버릴 셈이냐.

그때 연소의 눈에 관중 속의 어머니가 들어왔다.

너무 멀어서 여자의 얼굴이 보이지 않았다. 어떤 눈으로 연소를, 딸을 바라보고 있는 것인지 알 수 없었다. 그러나 연소의 가슴에 그 순간 까닭 모를 슬픔, 후회가 밀려들었다.

연소는 다시 프로메테우스를 바라보았다. 그는 머리를 들어 저를 우러러보는 사람들을 굽어보고 있었다. 온몸이 땀과 피로 젖어 있는데도, 그는 분노에 가득 찬 눈으로 인간을 보고 있지 않았다.

그저 묵묵히, 태초부터 그가 사랑한 인간들을 응시했다.

가락의 말이 떠올랐다.

'너를 있는 그대로 사랑해주는 존재를 만나게 되면, 그땐 어떡할래?'

'그런 존재를 만난다면 틀림없이 사랑하게 되겠지.'

연소는 창을 떨어뜨렸다.

어쨌든 이곳은 여름

최미래

덧니 같은 종아리들이 뛰어다닌다. 학생들은 제멋대로 자라난다. 별것 아닌 것에도 쉽게 웃고 빠르게 우울해하면서. 나는 머릿속으로 한 명씩 이름을 짚어본다. 제각기 다르게 빛나는 얼굴을 바라본다. 학생마다 즐거워하는 이유도, 웃고 놀라는 모습도 다 다르다. 손등에 흘린 음료를 핥아 먹는 애, 페트병 입구에 빨대를 꽂고 마시는 애, 먹거리나 음료 따위를 받으면 언제나 뜯지 않고 그대로 집에 가져가는 애도 있다. 그러나 내 옆에 앉은 오빠가 목소리를 내기 시작하면 나는 모든 학생이 고유리 한 명으로 보인다. 수많은 고유리의 머리카락과 웃음소리. 사실은 고유리가 누구인지, 어떤 애인지도 모르면서. 하늘이 높다. 바람이 불지 않는다. 나는 학생들에게서 시선을 거두고 오빠를 의식하지 않는 척한다. 문득 떠오른 오빠 생각에 꼬리를 물고 들어가지만 않으면 평화가 유지된다는 것을 나는 잘 알고 있다. 오빠는 있다가도 없고 없다가도 어느새 옆에 있고, 아무도 건들지 않은 풍선이 오랜 시간에 걸쳐 천천히 쪼그라드는 것같이 그렇게 있다. 나는 가만히 앉아만 있는데도 금방 기운이 없어지고 땀이 난다. 오전에서 오후로 건너가는 시간, 해는 가장 진득한 시선을 정수리에 내리꽂는다. 이때는 그늘도 소용없다. 햇빛은 나무를 덮고 정자를 데우고 내 등과 옆얼굴을 비춘다. 나는 이마가 뜨겁고 발등이 따갑지만, 자리를 이동하지 않고 벌을 받듯이 햇볕을 쬔다. 그러면 무언가 견뎌내는 일을 성공한 기분이 든다. 그러다 옆을 보면 오빠는 없다. 그건 나의 생각이 오빠로부터 조금 떨어졌기 때문이다. 햇볕이 뜨겁다. 나는 나에게 집중한다. 달구어진 프라이팬에서 우르르 터지는 팝콘. 내가 조금만 더 뜨거워진다면……. 감은 눈 위로 그늘이 졌다. 고개 숙인 내 앞에 리본이 잘 묶인 회색 운동화가 서 있었다. 햇빛을 이겨내며 학생의 얼굴을 확인하자 나도 모르게 표정이 구겨졌다.

선생님 왜 저 보고 인상 써요?

안 썼는데. 햇빛이 세서 그런 거야.

거짓말 못 하시네요.

깜짝 놀라서 그랬어.

정말 거짓말 못 하시네요.

아니야 진짜야. 애들이랑 안 놀고 왜 왔어, 음료수 더 줄까?

그냥 보고 싶어서요.

은총은 수업에 곧잘 참여하고 이야기를 잘 만들었다. 그리고 나를 괴롭혔다. 처음에는 누구보다도 나를 좋아하고 따랐다. 수업과 관련 없는 나의 신상에 대해 질문했으며 선생님 너무 좋아요, 보고 싶었어요, 같은 애정 표현도 서슴없이 했다. 두 번째 만났을 때는 귀여운 인사를 적은 쪽지와 간식도 주었다. 일일 도서관 강의든, 방과 후 수업이든 어딜 가도 꼭 한 명씩 있는 유형 중 하나일 뿐이라고 생각했다. 나는 내 인생에서 최저 몸무게를 찍은 지 얼마 되지 않아 반대로 최고 몸무게를 향하고 있었고 두 시간의 짧은 수업에도 현기증이 났다. 자기를 가리키며 '제 이름 기억하세요? 뭐게요?' 하는 지겨운 질문을 넉살 좋게 받아칠 여력이 없었다. 너희는 다 고만고만해서 비슷하게 느껴진다고 대답한 이후, 은총은 며칠 동안 말을 걸지 않다가, 이상한 질문을 하거나 빈정거리며 내 주위를 맴도는 학생이 되었다. 오빠가 집을 나간 지 반년이 훌쩍 지난 시점이었다. 나는 곁에 없는 오빠에게 온갖 저주를 내렸다. 어느 날은 내가 잘못한 것들에 대해 생각하며 과거를 거슬러 올라가기도 했다. 오빠는 예전에도 몇 번 집을 나갔다가 돌아온 적이 있었지만, 이번엔 그 기간이 너무 길어졌다. 은총은 일부러 수업 분위기를 흩뜨렸다. 그 횟수가 늘어갔다. 감정이 상한 것에서 시작해 이제 그저 습관이 되어버린 것 같았다. 나는 오빠의 적은 짐을 이사용 단프라박스 하나에 집어넣고 작은 방에 가두었다. 그리고 생각하지 않았다. 일을 마치면 좋아하는 음식을 찾아 먹고, 늘어가는 몸무게를 매일 확인하고, 살이 붙은 가슴을 만지며 다이어트 보조제를 검색했다. 오빠는 점점 내 일상에서 사라졌다. 나는 맛있는 음식과 몸무게와 효과 좋은 다이어트 보조제에 대해서만 생각했다. 오빠에 대해서는 생각하지 않았다. 생각나지 않았다. 거의 성공한 듯했다. 음식도 좋고 몸무게가 늘었다 줄었다 하는 것을 눈으로 확인하는 것도 좋았다. 그러니 이것은 내 탓이 아니다. 잠시 잊고 있던 오빠가 어느 날부터 내 옆에 앉아 말을 거는 것은, 고유리가 교실에 나타나지 않았기 때문이다.

이 애가 일부러 나를 엿 먹인다는 것을 깨달았을 때에야 드디어 은총의 이름을 외울 수 있었다. 그 은근한 괴롭힘은 기대한 만큼의 관심을 주지 않아 생긴 서운한 감정을 비뚤게 표현하는 것과 전혀 다른 문제였다. 잘못을 추궁하며 옆구리를 찌르는 뉘앙스가 다분했다. 사실 나는 은총이 내게 바라는 게 무엇인지 알고 있었을지도 모른다. 그러나 그것이 나의 잘못은 아니다. 나는 기간제 강사지 상담 선생님은 아니니까.

이른 아침에 유리컵을 깨뜨린 날이었다. 세 시간 정도 뒤척이다가 이부자리를 정리했다. 겨우 일어나 냉수를 한 잔 따르고 컵 손잡이를 놓친 후에도 나는 얕은 잠에 취해 있었다. 큰 유리 조각을 줍고 바닥을 비로 쓸었다. 혹시 남아 있을지 모르는 작은 유리 조각을 없애기 위해 테이프를 바닥에 찍으면서 나는 수업 준비를 끝냈다. 유리창이 깨져 있는 사진을 수업 자료로 준비했다. 쉽고 공감이 간다는 점에서 머리가 반짝 깨어났다. 아침부터 유리를 깨니까 떠오르는 걱정이 없는데도 뭔가 첫 코가 잘못 꿰인 느낌이 들었다. 실제로 유리가 깨지는 장면은 불길한 징조의 클리셰로 많이 쓰여왔으니까. 드디어 글쓰기 수업이 본론으로 들어간다는 생각에 약간 들떴다. 보이지 않는 유릿가루가 들어갔는지 오른쪽 두 번째 손가락에 이물감이 느껴졌으나 비누로 벅벅 문지르고 수업에 들어갔다. 프린트된 사진을 학생들에게 나누어주고 '왜 유리창이 깨졌을까요?'를 글제로 제시했다. 학생들은 생각보다 집중력이 높았다. 다들 그럴듯한 이야기를 만들어냈다. 나는 간질간질한 검지를 매만지며 교실을 돌았다. 걱정과 달리 은총이 제일 열심히 빈 종이를 채워나갔다. '얘가 처음부터 질문도 많고 관심도 많긴 했지.' 나는 은총의 팔꿈치 옆에 사탕 하나를 두었다. 학생들이 지어낸 이야기는 다양했다. 겹치는 내용이 거의 없다는 점이 특히 놀라웠다. 내가 무의식중에 센터에 대한 편견을 가지고 있었나 하는 생각도 들었다. 은총은 마지막 발표였다. 자두 맛 사탕을 입에 물고서 꾸깃꾸깃 자리에서 일어나 말했다. 종이가 아닌 내 눈을 분명하게 쳐다보고 있었다.

깨진 유리창 사진이지만 사실 유리창은 깨지지 않았어요. 이건 사진일 뿐이니까요. 저는 일어나지 않은 이야기를 지어내고 싶지 않아요.

은총은 사진의 모서리를 잡고 손가락을 비틀었다. 깨진 유리창이 종이의 결대로 주우욱 찢어졌다. 사진에서 손을 떼자 종잇조각들이 티슈처럼 힘없이 바닥에 떨어졌다. 아이들은 즐거운 꿈을 꾸다 갑자기 현실로 끌려온 것 같은 표정으로 은총을 바라보았다. 저 애가 드디어 내 수업을 완전히 망치는구나. 어느 정도 예상했던 일이었다.

우리가 생각해야 하는 건 깨진 유리 사진이 아니라 진짜 유리예요. 센터에 나오지 않은 지 2주가 넘었는데 선생님들이 말도 안 꺼내는 열다섯 살 고유리요. 우리는 벌써 고유리에 관해 이야기하지 않게 되었어요. 이대로 돌아오지 않은 채 우리끼리만 검정고시를 보고 기념사진을 찍고 졸업장을 받아도 이상하지 않을 만큼요. 왜 다들 고유리가 처음부터 센터에 없던 것처럼 구는지 모르겠어요.

종이 울리고도 이야기는 계속되었다. 학생들은 불평 없이 은총의 말을 집중하며 들었다. 정돈된 문장에 비해 목소리가 지나치게 떨리고 있었다. 은총은 울분에 차 있었다. 그 대상이 나인지, 학생들인지, 센터를 향한 것인지는 불분명했다. 고유리를 찾지 않는 모두에게 화가 나 있는지도 몰랐다. 나는 속으로 생각했다. 네 말이 맞다. 나는 고유리를 모른다. 머리카락이 긴 애였다는 것만 안다. 고유리는 그다지 특징적인 부분이 없었다. 그 애는 나에게 어떠한 인상을 남기지 못했으므로 기억에서 쉽게 잊혔다. 고유리는 아마 너희와 비슷할 것이다. 어딘가 어긋나 있거나 무언가 갖추어지지 않은 뉘앙스를 풍기는 애였을 것이다. 나는 그런 느낌을 잘 포착해. 내가 그러니까. 어쨌든 나는 수업의 끝을 맺어야 했다. 학생들이 내 눈치를 보고 있었다. 사실 은총이 즐거운 수업 분위기를 망치면서까지 왜 저렇게 분노에 차 있는지 이해할 수 없었다.

훌륭한 소설이네. 잘했다. 다들 다음 시간까지 뒤에 이어질 이야기 상상해 와야 해. 분량은 짧게. 이 이야기는 너무 길구나.

학생들이 모두 교실에서 빠져나갈 때까지 은총은 제자리에 앉아 있었다. 입안에 남은 사탕을 마저 녹여야만 하는 사람처럼 입을 다문 채로 가만히 있었다. 그때 내가 은총의 앞에 앉아 눈을 마주치며 고유리에 관해 물었어야 했을까 지금도 생각한다. 그러면 오빠가 나타나는 일은 없었을까에 대해서도. 은총과 내가 각자의 자리에서 서로를 응시하는 동안, 조용히 분 바람에 커튼이 부풀어 오르듯 어느새 오빠가 내 옆에 섰다. 아이에게 기도하는 법을 알려주는 목사님처럼 나의 오른손을 감싸 쥐더니 검지를 제 입안에 집어넣었다. 혹시 박혀 있는지도 모를 유리 조각이 살 안쪽으로 깊숙이 밀려들어 오는 것 같았다. 따뜻하게 몰려오는 피. 손에서 팔꿈치까지 기민한 감각이 퍼졌다.

누군가 멀리서 우리를 보면 은총과 나는 사이좋게 대화하고 있는 것으로 보일 것이다. 빛을 받아 환한 얼굴과 마주 보는 자세는 그런 느낌을 준다. 언제나 부분보다는 전체의 뉘앙스가 시야를 차지하기 마련이다. 센터는 겉보기에 아름답지만, 비효율적인 것들이 많아 보였다. 지나치게 넓고 사방이 하얀 상담실이나 해야 할 일이 정해지지 않은 채 고용된 보조 선생님들, 흡연과 운동이 동시에 금지된 뒷마당의 정원 같은 것. 정해진 지원금을 꽉 채워 쓰기 위해 많은 것들이 겉으로 빛났다. 나는 이곳에 애정이 없고 사실 학생들에게도 딱히 애틋한 느낌을 갖지 못했다. 언제나 그랬다. 나와 내 수업은 단기 프로젝트로만 소비되었다. 나는 내가 하는 일이 마음에 들었다. 인간적으로나 학문적으로나 학생들을 한 단계 발전시켜야 한다는 사명감 없이 시간으로 소비되는 일. 몇 개월간의 프로그램은 무사히 일정을 채우기만 하면 문제가 생기지 않았다. 선생으로서의 의식이나 재능은 없는 편이 일하기에 오히려 수월했다.

정원 끝에서 센터의 보조 선생님이 은총과 나의 모습을 카메라에 담았다. 나는 우리가 찍힌 사진을 상상했다. 푸른 잔디와 잘 관리된 식물들, 그늘 한 점 없이 사방이 빛나고 정자에 모여 대화하는 선생과 학생. 언젠가 선명하게 인화되어 센터 복도에 걸릴지도 모른다. 걸리기만 한다면 파도치는 물결의 모양새로 과하게 앤티크한 액자에 박제되어 있을 것이 분명하다.

　소설 쓰는 건 재미있어?

　재미있다고 말해줬으면 좋겠죠?

　글쓰기가 겁난다거나 도움이 필요하면 말해.

　기대가 없으면 두렵지도 않아요. 선생님한테 바라는 거 없어요. 그냥 얻을 게 없으면 잃을 것도 없다는 거죠.

　은총은 일부러 눈과 입을 활짝 웃어 보이며 가버렸다. 나는 무서웠다. 은총이 하는 말마다 나를 찌르거나 떠보는 것으로 느껴졌기 때문이었다. 내가 센터에 소속된 것도 아니고, 아이들 마음속까지 들어갈 필요는 없지. 나는 여기저기 다니며 이것저것 일했다. 주어지는 자리라면 어디에나 잘 맞추어지는 사람이었다. 오빠는 주관과 목표가 없는 사람을 싫어해. 그래서 오빠는 나도 싫어하고 자기 자신도 싫어했다. 은총의 뒷모습은 얇고 날카로운 종이 같았다. 종이 한 장이 바람에 흔들리며 정원을 가로질렀다. 은총은 할 말을 전하기 위해 본심은 접어둘 줄 알고, 표정에 이야기를 써 내려갈 줄 안다는 점에서 주관과 목표가 확실해 보였다. 나는 뛰어가고 싶었다. 은총의 어깨를 붙잡고 낙서처럼 말을 휘갈겨서 뱉어내고 싶었다. 네 말이 맞아. 나는 선생님도 아니고 멘토는 더더욱 아니야. 나는 이 자리에 끼워 맞춰진 사람이야. 어느 날은 소설을 가르치고 또 어떤 날은 신문 논술도 가르치고 그러다가 세계문화를, 드라마 대사를, 나도 모르는 것들에 대해 말하고 쓰는 사람이야. 그러니까 나를 선생님이라고 부르지 말고 의지하거나 기대하지 마. 은총은 학생들 무리 속으로 다시 들어갔다. 너저분한 잔머리를 빗어 정리하고, 친구의 머리카락도 같은 모양으로 묶어주었다. 쉬는 시간이 끝나고 센터 안으로 들어가는 학생들의 다 같은 포니테일이 걸음걸이에 따라 활기차게 흔들렸다.

고유리는 은총이 지어내는 이야기 속 주인공이 되었다. 그리고 그 안에서 끝도 없이 불행해졌다. 은총은 내가 돌아다니며 흘끔흘끔 종이를 훔쳐볼 때마다 왼쪽 팔로 내용을 가렸다. 글을 쓰는 내내 미간에 주름이 가시지 않을 정도로 열중해서 고유리의 불행을 진행하는 모습은 귀엽기도 하고 보람차기도 하고 약간은 끔찍하게 느껴졌다. 나는 교실 맨 뒤로 가서 학생들의 뒷모습을 바라보았다. 반쯤 누워서 그림 그리듯 이야기를 흘리는 애, 목덜미와 어깨에 힘을 바짝 주고 또각또각 글씨를 써내는 애, 빈 종이만 멀뚱히 바라보는 애, 바닥의 격자무늬를 눈으로 좇는 애. 강의실을 메우는 연필 소리가 듣기 좋았다.

선반 위 어항은 볼 때마다 수면의 높이가 점점 낮아졌다. 말라가는 물 자국이 어항 벽면에 그대로 남았다. 물고기는 실 똥을 매달고 유유히 헤엄쳤다. 근데 오빠 있잖아, 어항은 쓸데없는 하나의 사물로 보인다? 집이 있고 그 집에 사는 물고기가 있고 물고기한테 꼭 필요한 물이랑 먹이가 있어. 부가적으로 어항을 풍요롭게 보이게 하는 장식품이랑 수중식물도 있는데, 그것들이 합쳐져서 정말 쓸모없는 사물로 보여. 오빠도 그랬어? 오빠, 오빠도 그랬어? 대답은 없다. 질문은 언제나 나에게 돌아온다. 집이 있고 그 집에 살았던 나와 오빠가 있고 집 안에는 이끼 잔뜩 낀 물 냄새처럼 익숙하게 배어 있는 냄새가 있다. 학생들의 인생에는 주어진 현실이 있고 그 위에 서 있는 학생이 있고, 벌어졌고, 벌어지고, 벌어질 일들이 있다. 학생들의 종이에 채워지는 이야기에는 주인공이 서 있는 배경이 있고, 주인공에게 쏟아질 사건과 소재가 넘치도록 준비되어 있다. 고유리는 불행할 것이다. 그건 나와 아무런 상관없는 일이다. 물이 줄어드는 어항의 물 자국은 나이테 같았다. 오래된 선일수록 얇고 선명하고 진하게 남아 있었다. 한참 눈으로 물고기를 쫓고 있는데 무거운 철문이 닫히는 소리가 들렸다.

방금 나간 사람 누구야?

은총이요. 선생님 몇 번 불렀는데 대답 없어서 혼자 나갔어요. 화장실 갔나 봐요.

귀를 기울이자 교실 문 너머로 멀어져가는 실내화 소리가 들렸다. 센터는 학생들의 정서가 불안정하다는 판단을 내리고 그들의 기분이나 안부에 민감하게 반응했다. 나는 필기구와 가방이 놓인 은총의 자리를 확인했다. '수업 중에 나가면 어쩌니?' 물었을 때, '글쎄요 어쩔까요? 선생님, 제가 어떻게 해줬으면 좋겠어요?' 빈정거리며 대답하는 은총의 얼굴이 머릿속에 그려졌다. 문고리에서 시선을 거두었다. 글쓰기 시간을 멈추고 애니메이션을 활용한 게임 수업을 진행했다. 은총은 수업이 끝날 때쯤 자리로 돌아왔다. 손에는 두꺼운 빨대가 꽂힌 버블티가 들려 있었다. 얼마 남지 않은 게임이 정신없이 돌아갔다. 마무리를 제대로 못 하고 어영부영 수업이 끝났다. 학생들이 제출하는 종이마다 검은 글씨가 빽빽했다.

나는 내가 돈에 관련한 모든 일을 힘겨워하는 줄 알았다. 사실은 오빠와의 관계나 직업, 나 자신의 문제를 애써 돈 문제 안에 포괄시켜버린 것에 지나지 않았다. 오빠와의 연애는 내가 스스로 설정한 약속과 같았다. 너무 많은 약속을 해버려서 취소하거나 수정할 수 없을 거라고 믿었다. 만약 오빠와의 관계가 틀어진다면 나는 나와의 약속을 저버리고 무너져 내릴 거라고 생각했다. 내가 밖에서 돈을 벌어올 동안 오빠는 집 안을 돌보았다. 집 안은 물론이고 지나치게 많은 것들을 도맡았다. 우리의 미래, 나의 직업, 집에 어울리는 가전제품, 내가 내일 입고 나갈 옷차림, 내 몸과 마음의 무게 모두. 나는 오빠와 많은 것들을 함께 만들어왔다. 함께,라고 믿었고 그 믿음을 지나치게 믿어서 싸운 후에는 무조건 내가 잘못했다고 빌었다. 오빠는 화를 내는 사람은 아니었으나, 조리 있게 갈등의 원인을 내 쪽으로 돌리는 사람이었다. 너는 아무것도 모른다. 너에 대해서도 모르고 나에 대해서도 모른다. 너는 말이 너무 많다. 너는 네가 듣고 싶은 말만 골라서 듣는다. 너는 항상 네가 정답이다. 내가 어떤 기분인지도 모르면서 나에 대해 실컷 떠든다. 너는 어떤 일이 벌어지기도 전에 이미 내가 할 말과 행동을 파악하고 그게 구질구질하다는 표정으로, 다 안다는 표정으로 그런다. 정말 대단하다.

　내가 잘못되었고, 잘못되고 있고, 잘못된다면 그건 네 탓이야.

　그날 밤, 등지고 누운 우리 사이에 이불이 팽팽하게 당겨졌다. 나는 내 몫의 이불을 겨드랑이에 끼고 놓지 않았다. 깨어나 보니 오빠는 침대와 벽 사이의 틈에 반쯤 들어간 채로 잤다. 오빠가 포기한 이불이 침대 가운데 팔다리를 뻗고 누워 있었다. 침대는 지나치게 넓었다. 나는 침대를 볼 때마다 전세금 대출로 겨우 살 곳을 찾은 사람이 쓸 만한 크기가 아니라는 생각을 했다. 이제 나는 혼자서 사지를 뻗고 잤다. 그러나 아침이 되면 한구석에서 몸을 웅크린 채 일어났다. 아무리 이상한 자세로 넓게 침대를 차지해도 잠에서 깨면 일정한 부분의 공간만을 사용하고 있었다. 그건 관성과도 같았다. 소고기를 먹고 싶어 간 정육점에서 암퇘지 앞다리를 사 들고 돌아오는 것, 마음먹고 풍성하게 웨이브를 넣고도 머리카락을 질끈 묶은 채 일하는 날이 더 많은 것, 즐겁게 떠들고 신나게 대화를 나눈 후 집에 돌아와서 그 사람의 연락처를 삭제하는 것. 아무리 노력해도 나는 나인 것.

냉커피를 먹으며 학생들이 쓴 글을 뒤적거렸다. 힘이 잔뜩 들어간 글씨가 망설이거나 지워졌던 흔적 없이 야무지게 나아가고 있었다. 그중 은총의 글에 눈이 머물렀다. 글 안에서 고유리는 판화에 재미를 들였다. 자신의 이름을 고무 판화에 큼직하게 새긴 후 잉크를 묻혀 여기저기 찍고 다녔다. 천 가방에도

찍고 아직 오지 않은 날짜의 달력에도 찍고 흰색의 벽지에도
찍었다. 이야기 속에는 고유리의 이름이 넘쳐났다. '고유리' 사
물함, '고유리' 책상 등 고유리의 이름은 수식어가 되어 남발되
었다. 이 글을 읽은 사람이라면 고유리를 절대로 잊을 수 없게
하려는 듯이. 그러다가 고유리는 어디로 사라지고, 작은 천 조
각을 이어 붙여 만든 퀼트 담요 하나가 덩그러니 길바닥에 놓
여 있었다. 담요는 네 살배기 어린아이가 덮기에 적당할 만큼
작았다. 그리고 고유리의 이름이 잔뜩 찍혀 있었다. 담요 속에
서 사람들이 하나둘 기어 나왔다. 웃옷을 벗은 사내와 수영모
를 쓴 어린이, 왼쪽 가슴이 없는 할머니가 아무렇지도 않게 고
유리의 담요에서 나와 제 갈 길을 갔다. 많은 인물이 등장했다
가 어디론가 가버리는 일화가 줄줄이 이어졌다. 하지만 담요
에서 나온 인물 중 단 한 명도 고유리와 엮이거나 고유리에 관
하여 말하지 않았다. 이야기의 개수가 늘어갈수록 담요에는
천 조각이 하나씩 꿰매어졌다. 담요는 어느새 성인 세 명이 나
란히 누워 덮어도 좋을 만큼 커져 있었다.

　남은 냉커피를 들이마시고 침대에 누웠다. 한쪽으로 치워
진 이불이 늘어진 사람의 형태로 누워 있었다. 모든 것이 내 탓
인 것만 같았다. 고유리의 담요에서 마지막으로 기어 나온 사

람이 내가 아니기를 바랐다. 실제 오빠가 뭐 하고 사는지도 모르면서 내 머릿속의 오빠는 자꾸만 선명해졌다. 그 새끼는 없다고 생각하면 없고, 있다고 생각하면 있었다. 사실 오빠는 어디에도 없고 그러나 어디에나 있는 것이다. 그런 점에서 오빠와 고유리는 비슷한 점이 있었다.

최근 읽은 기사에서는 오존층 파괴로 인한 기후변화라고 했지만, 기사마다 이상기후의 원인을 다르게 말하니 무엇 하나 제대로 믿을 수가 없었다. 정확한 건 기온과 날씨가 아주 이상하게 돌아가고 있다는 것이었다. 사람들은 그 변화를 피부로 느꼈다. 기후 관측에 이상한 조짐이 포착된 이후 환절기도 아닌데 새벽과 한낮의 기온차가 극심해졌다. 생각해보면 저번 가을부터 그랬다. 낮은 지나치게 더운데, 밤에는 기온이 뚝 떨어져 입김이 나는 날도 있었으니까. 그해 겨울은 눈이 단 한 번도 내리지 않았고 개나리가 이르게 피어났다. 낮에 피었던 꽃들은 새벽에 얼어 죽었다. 돌아온 봄에는 벚나무가 휑했다. 양봉업자들이 심란한 표정으로 매해 꿀도 벌도 꽃도 줄어든다며 난처해하던 인터뷰를 기억했다. 자연이라는 게 순리가 있는 건데요. 굶어 죽으라는 건지 원. 일기예보는 자주 번복되었다.

자연의 순리라는 건 있어도 그만 없어도 그만인 것 같았다. 사람들은 반팔을 입고 카디건을 가방 속에 따로 챙겼다. 이대로 가다가는 계절을 나누는 게 아무 소용이 없을 거라고 사람들은 이야기했다. 한 30년 후에는 정말로. 그러면 여름을 여름이라고 부르지 못하고 뭐라고 부르게 될까. 센터에 가는 길에 보니 선글라스와 양산을 쓴 사람들이 많았다. 낮은 무조건 폭염이었다. 폭염이 너무 당연해져서 자외선 지수로 폭염의 나날이 구별되었다. 나는 문구점에서 미니 선풍기를 샀다.

센터 선생님은 얼음이 띄워진 녹차를 찻잔에 내왔다. 나는 목이 말랐지만 녹차에 손을 대지 못했다. 선생님은 무언가 말할 준비를, 나는 들을 준비를 했다. 엉덩이가 불편했으나 자세를 바로잡을 수 없었다. 옷매무새를 정리하는 척하며 미니 선풍기를 가방 안에 집어넣었다.

제가 처음부터 간곡히 부탁드리지 않았습니까. 센터에 나와서만이라도 즐겁게 지낼 수 있도록 하는 게 제일 중요하다고요. 어떤 수업을 하셔도 좋으니 우리 애들 재밌게 잘 놀다 갈 수 있도록 부탁드린다고 했잖아요.

네.

나는 내가 했던 수업을 떠올렸다. 학생들의 흥미를 얻기 위해 발버둥 치듯 준비했던 게임, 올 때마다 물이 줄어든 어항과 22도로 고정된 채 망가져 한기가 들 정도로 추워도 학생들의 성화에 끄지 못했던 에어컨. 첫 수업에서 들었던 질문들이 떠올랐다. 선생님 남자친구 있어요? 선생님 무슨 대학 나왔어요? 몇 살이에요? 립스틱 뭐 써요? 나는 얼빠진 채로 줄줄이 대답했다. 내 이름과 사는 곳과 지금까지 공부한 것들이나 애인의 유무에 대해. 학생들은 웃으면서 악의 없이 질문했고 나도 그 사실을 알았다. 너무 잘 알았다.

허튼 쪽으로 샜으면 어쩔 뻔했어요, 그 시간대에 은총이는 돌아갈 곳이 없어요.

주의할 점과 부탁드린다는 말을 얼마간 더 들었다. 어찌 되었든 내 수업 시간에 발생하는 일은 모두 내 탓이었다. 어떤 역할을 맡는다는 건 그에 따른 책임이 함께 주어진다는 것을 의미했다. 엄마의 딸 역할이든, 누군가의 애인 역할이든, 선생님이나 아르바이트생 역할이든 모두 다 그랬다. 나도 나를 모르는데, 나라는 역할은 어떻게 수행해야 하는 걸까. 나는 나에 대한 책임을 져본 적이 없었다. 나는 내가 모르는 것들과 나를 모르는 것들에 대해 생각했다. 만원인 지하철에서 사람들의 어깨에 치여 떠밀리는 내가 있고, 피곤함에 취한 채 내 어깨에 떨

구어지는 얼굴들을 피하거나 밀어내는 내가 있다. 오빠는 나에 대해 아는 게 하나도 없다며 원망하고 욕을 퍼붓는 내가 있고, 나에 대해 너무 많이 아는 사람은 싫다고 넌지시 말하는 내가 있다. 근데 오빠, 내 탓만은 아니야 알지? 문득 생겨나 내 옆에 서 있는 오빠는 집을 나가기 직전 기억에 따라 얇은 흰색 긴팔을 입었다. 지금은 한여름이니 옷을 바꾸어 입혀주고 싶지만, 한여름의 오빠는 무슨 옷을 입었는지 기억이 나지 않았다. 오빠는 돈도 없고 능력도 없으면서 어딜 갔을까? 먹여주고 재워줬는데 왜 내 집을 나간 걸까? 나와 오빠에 대해 번갈아 생각하기를 반복하다 보니 멀미가 날 것만 같았다. 센터 후문에서 급하게 담뱃불을 끄던 은총이 민망한 듯 팔을 매만지며 내 쪽으로 다가왔다.

안녕.

제가 쓴 거 아직 안 봤죠?

봤어. 재밌었어.

재미없었다는 표정인데.

선생님 오늘 기운이 없어.

남친이 바람이라도 났어요?

남친은 없어졌어.

그게 뭐 별거라고. 선생님 오늘 귀엽네요.

저녁 무렵의 끈끈한 해가 은총과 나를 비추고 있었다. 센터 사무실은 교실만큼 추웠다. 천장에 달린 에어컨이 내 등을 향해 바람을 쏟아냈다. 녹차에 띄워진 얼음은 대화가 끝날 때까지 하나도 녹지 않았다. 밖은 덥다기보다 따뜻하게 느껴졌다. 초등학생 두 명이 실내화 가방을 바닥에 끌고 손부채질하며 지나갔다. 머리카락이 땀으로 촉촉하게 젖었다. 은총은 인사 없이 센터로 들어갔다. 나는 뒤돌아보지 않고 버스를 타러 갔다. 버스 정류장 앞 편의점에서 따뜻한 커피와 몸살약을 사 먹었다. 편의점 안도 추웠고 햇빛을 그대로 쐬며 버스를 기다리는 중에도 어깨와 가슴팍이 으슬으슬했다. 일부러 버스 맨 끝자리에 가서 눕다시피 늘어지게 앉았다. 에어컨을 반대 방향으로 돌려놓았다. 여름의 해는 낮에 강렬했던 만큼 빨리 저물었다. 점심을 기점으로 기온이 뚝뚝 떨어지고 있었다. 아직 춥지는 않았으나 코앞에 닥친 날씨마저 예상할 수 없다는 점에서 짜증이 일었다. 창밖은 녹음이 짙었다. 빽빽한 나무들이 지나갔다. 그 사이로 해가 녹음을 헤치고 따라왔다. 고속도로를 지나니 해는 지고 그 잔여물만 옅은 구름에 묻어 있었다. 나는 센터가 너무 자유롭게 운영된다고 생각해왔다. 학생들은 어느 날엔 나오고 어느 날엔 나오지 않았다. 왜 학교가 아니라 센터에 다니게 되었는지, 왜 어제는 나왔는데 오늘은 안 나오는 것인지, 아무도 학생의 사연을 묻고 떠들지 않았다. 그것은 암묵적인 약속이거나 어쩔 수 없는 일상이었다. 학생들이 센터에 오지 못할 사정은 하루에도 몇 번씩 벌어졌다. 일상 곳곳에 변수가 너무 많았다. 학생들의 낯은 모두 다르게 빛나거나, 비슷하게 어두웠다. 나는 그 이유를 알지 못했고, 감당할 수 없는 건 알고 싶지 않았다. 집에 가는 동안 내 옆에는 계속 오빠가 앉아 있었다. 우리는 버스가 덜컹거릴 때마다 함께 흔들렸다. 나는 내가 했던 말들과 들었던 말들에 대해 생각했다. 머릿속이 점점 엉망으로 꼬였다. 버스에서 집으로 걸어 올라가면서 약 기운이 퍼져 몸이 무거웠다. 엄마가 보고 싶었다. 실제로 엄마를 보고 싶은 건 아니고 마치 엄마의 품을 그리워해야만 할 것 같은 기분이었다. 오빠는 내가 엄마와 연락을 거의 하지 않고 지낸다는 걸 알았다. 고향이나 가족, 돌아가거나 향할 곳이 없다는 것도 알았다. 높은 언덕을 올라 묵직한 현관문을 열었을 때 목과 겨드랑이는 식은땀으로 젖어 있었다. 그리고 약 1년 전과 같으면서 어딘가 달라진 모습의 오빠가 테이블에 앉아 천도복숭아를 베어 먹고 있었다. 오빠가 복숭아를 한입 물자 과즙 한 방울이 팔을 흘러 팔꿈치에 맺혔다.

저녁으로 삼겹살과 목살을 구웠다. 나는 아팠다. 원래부터 골치 아픈 일이 한 번에 벌어지면 몸이 견디지 못했다. 그러면 그저 사건이 흘러가는 대로 따랐다. 주체적으로 상황을 뒤바꾸거나 통제할 마음이 사라졌다. 이렇게 하는 것이 옳은지 그른지, 내게 도움이 될지 악영향을 미칠지 따질 힘이 없었다. 오빠는 상상하던 모습보다 조금 더 말랐고 까매졌다. 불쌍하면서도 건강해 보였다. 나는 욕을 하며 삼겹살을 뒤집었다. 안 본 채로 욕을 하려고 고기를 굽는 걸지도 몰랐다. 오빠는 말없이 욕을 듣고 질문에는 조곤조곤 대답하면서 상추를 씻고 익숙하게 냉장고를 뒤져 고추장을 찾아냈다. 나는 오빠를 내 집에서 쫓아내야 한다고 결심했으나 당분간 시간을 주기로 했다. 오빠가 너무 말랐기 때문이었다. 오빠는 내 눈치를 보지 않았고 걱정도 없어 보였다. 담담한 모습으로 옛날과 같이 완벽하게 상을 차렸다.

오이지는 어딨어?

다 먹었어.

그렇구나. 혹시 파무침도 다 먹었어?

있는 걸로 차려.

응.

오빠는 삼겹살만 먹었고 특히 비계가 많이 붙어 있는 고기만 골라 먹었다. 고기와 함께 구운 양파나 버섯은 입에 대지도 않았다. 나는 입맛이 없었다. 쌓여 있던 피로가 약 기운을 빌려 꾸역꾸역 녹아 나왔다. 사돈의 팔촌까지 다 모인 가족 모임처럼 자리가 불편했다. 내가 그러건 말건 오빠는 고기와 김치를 잘게 썰어 밥에 비비기 시작했다. 퇴근한 아버지가 여러 가지 반찬을 숟가락 위에 잘 쌓아 한입에 조용히 밀어 넣었던 게 떠올랐다. 아버지는 식사 자리에서 대화하는 것을 싫어했다. 오로지 허기를 채우기 위한 식사뿐인 식사. 오빠는 볼이 팽팽하도록 고기와 밥을 집어넣었고 다음 음식이 들어갈 자리를 만들기 위해 한 숟갈에 한 모금씩 물을 꼭 삼켰다.

어디 갔었어?

숟가락으로 밥그릇을 싹싹 긁으면서 오빠가 대답했다.

봉사.

응?

봉사활동.

무슨?

잠깐만.

오빠는 말을 뱉어내기 위해 물을 한 모금 삼켰다. 입안을 헹구고 젓가락을 내려놓았다.

처음에는 기도하러 간 거였어. 생각해보니까 내가 어떤 일을 끈질기게 해본 적도 없고 간절히 바라본 적도 없는 거야. 아침부터 저녁까지 기도하고 거기서 주는 밥도 먹고. 있잖아, 의자를 나르고 노인들에게 수제비나 보리밥을 돌리고 진심을 담아서 기도하는 일은 땀이 나. 나도 모르게 귀 옆으로 땀이 흘러. 그건 정말,

오빠는 잠시 숨을 돌린 후 다시 젓가락을 들며 입을 열었다.

내가 찾아 헤매던 거야.

나는 오빠의 말 때문인지 안 좋은 몸 상태 때문인지 머리가 핑 돌았다. 소리 나게 수저를 내려놓고 방에 들어가 쓰러졌다. 반쯤 열린 문 너머로 열무김치를 씹는 소리가 들렸다.

잠에서 깨어났을 때는 새벽 5시였다. 솜이불 속에서 손가락이 시렸다. 빈속이라도 우선 약을 먹어야 할 것 같았다. 식탁은 싹 치워져 있었다. 바닥도 너무 깨끗했고 그래서 평소보다 넓게 느껴졌다. 개수대와 가스레인지는 기름 자국 등 고기를 구웠던 흔적조차 없었다. 창문도 없는 작은 방의 문틈으로 빛

이 새어 나왔다. 문을 열자 오빠가 자신의 물건이 포장된 상자를 책상 삼아 책을 읽고 있었다. 우리의 눈이 마주쳤다. 오빠는 표정 없이 땀을 흘렸다. 나는 오빠의 끈질기고 간절한 집중을 망가뜨린 사람이 된 것 같았다. 천천히 방문을 닫았다. 약을 먹지 않고 다시 잠을 자러 갔다. 얼른 잠을 자야 해. 잠이 들어야 해. 스스로 암시하자 금방 잠이 왔다.

목표가 없던 오빠는 '평화'를 목표로 돌아왔다. 말 그대로 평화로운 삶을 사는 것이 그의 목표가 되었다. 오빠는 우울한 영화도 안 보고 자극적인 뮤지컬도 안 보고 욕이 나오는 소설도 안 본다고 했다. 음악도 연주곡 아니면 행복하고 소소한 일상을 아름답게 속삭이는 느낌의 인디 노래만 찾아 들었다. 오빠는 나를 씻기면서 자신이 꿈꾸는 미래에 대해 말했다. 전쟁과 갈등이 없는 세상에서 살며 산책을 하고 갓 나온 빵을 사는 것. 여우 같은 아내와 토끼 같은 자식과 별 탈 없이 행복하게. 꼴값을 떨고 있다고 생각했지만 사실 나도 그런 미래를 꿈꿔 왔다. 완전히 평화로울 수는 없어도 내가 사는 동네에서는, 내가 생활하는 반경에서는 친절한 사람들과 맛 좋은 커피가 있고, 나는 바람에 휘날리는 원피스를 입고 저녁에 노을을 보며 맥주 한잔할 수 있는 여유가 있으면 좋겠다고 생각했다. 그리고 그 미래에서 오빠와 나는 온종일 걸어도 지치지 않을 거라고. 오빠는 나의 팔다리와 등과 가슴께를 젖은 물수건으로 꼼꼼하게 닦았다. 나는 창피하다가도 머리가 지끈지끈하고 온몸이 너무 쑤셔서 스스로 자세를 바꾸었다. 열과 몸살과 탈수 현상이 동시에 온 것 같다고 했다. 개도 안 걸리는 여름 감기에 단단히 걸렸구나. 조용히 말하며 오빠는 수건을 몇 번이나 찬물에 빨아왔다. 나는 오랫동안 오빠의 왼손에 붙들려 있었다. 망가진 가전제품처럼 오빠의 손안에서 수리되고 있는 것만 같았다. 오빠는 나를 씻기느라 뒷덜미까지 땀이 났다. 내 몸의 땀과 열을 대신 가져가는 걸까. 나는 오빠의 손힘에 좌우로 흔들거리며 생각했다. 오빠는 내 몸을 씻길 수 있는 사람. 나를 낫게 해주려고 고생하는 사람. 아마도 오빠는 내 집과 내 몸을 다룰 줄 아는 것 같다. 땀이 잔뜩 난 오빠는 윗옷을 목에 걸어주고 잠옷 바지를 입힌 후 내 옆에 쓰러졌다. 옛날 생각이 났다. 둘 다 일하지 않고 온종일 침대에 누워 보냈던 시간, 그때 날씨와 노곤한 분위기 같은 거. 우리는 둘 다 눈을 뜨고 있었다. 오빠는 평화로운 미래에 대해 생각하는 것 같았다. 나는 옆으로 누워 오른쪽 다리를 오빠의 하체 위에 얹었다. 얇은 면바지 너머의 체온이 전해져왔다. 나는 종아리로 오빠의 배와 허벅지 사이를 문질렀다. 오빠가 말했다.

미안.

뭐가.

오빠는 방문을 닫고 나갔다. 나는 저게 혹시 성병에 걸렸나 생각했지만 아무런 말도 하지 않았다. 아마도 많은 말들을 평생 하지 못할 것이었다. 내 어떤 점이 너를 그렇게 힘들게 했니, 이럴 거면 뭐 하러 돌아왔니, 탓하기 전에 먼저 사과하지 말란 말이야. 잠자코 천장을 봤다. 오빠가 보았을 것 같은 평화로운 미래에 대해 생각하려 애썼으나 도저히 그려지지 않았다. 평화로운 미래를 그리기 위해서 오빠는 자신을 작은 평화 속에 가두기로 결정했다. 그건 사실 쉬운 일이었다. 평화롭지 않은 것, 안온하지 못한 것, 불편한 것, 이해하기 위해서는 애를 써야 하는 것들을 자기 세계에서 빼면 되었다. 그런 사람들만이 평화로운 미래를 가질 수 있었다. 나의 행복, 나의 괴로움에만 골몰해 있던 나 또한 별반 다를 건 없었다. 내 앞에 깔린 불행의 징조, 나는 그것들을 징검다리 삼아 밟으며 가라앉고 있었다. 눈을 감았다. 잠을 자자 잠을 자자. 그러나 나는 당분간 쉽사리 잠들지 못할 것이다. 잠시 식었던 몸속에서 기다렸다는 듯 열감이 올라오는 것이 느껴졌다.

콧물이 계속 났다. 너무 묽어서 가만히 있어도 인중에 흘렀고 고개를 숙이면 바닥으로 뚝뚝 떨어졌다. 주말 동안 오빠는 자는 날 중간중간 깨워서 죽을 조금 먹이고 약도 먹였다. 뭐가 다른 건지 잘 모르겠지만 몸살약 대신에 콧물약으로 바꾸었다고 했다. 콧물약은 내 몸의 모든 기운과 움직이고 싶은 의지를 꺾어버릴 만큼 셌다. 이부자리에 누운 채로 먹다가 졸다가 깨다가 이런저런 꿈을 꾸다 보니 출근 시간 알람이 울렸다. 나는 어수선한 꿈을 정리하지 못한 채로 가방을 챙기고 집에서 나왔다. 신발장에는 잘 신지 않는 신발들이 색깔별로 정리되어 있었다. 오빠 신발은 없었다. 여름의 낮은 머리 가죽이 벗겨질 것처럼 더웠다. 집에서 지하철역까지 가는 길은 여전히 그늘 한 바닥 없었다. 삼색 고양이가 내 앞에서 꼬리를 세우고 걷고 있었다. 우리는 약간의 거리를 두고 비슷한 보폭으로 골목을 내려갔다. 나는 엄마한테 전화를 걸었다.

엄마 나 아파 감기 걸렸어. 심하진 않고 그냥 콧물. 근데 자꾸자꾸 흘러. 엄마 나 지금 돈 조금밖에 못 벌어. 응, 김치는 많아. 엄마 나 지금은 콧물 안 나. 아까 콧물약 먹고 잠들었는데 재밌는 꿈도 많이 꾸고 밀린 피로도 풀리고 그래서 이제 일하러 가고 있어. 엄마 있잖아, 나 감기 걸렸으니까 이따 저녁으로 맛있는 거 사 먹어도 되겠지? 응, 엄마 이제 끊을게.

고양이는 걸어가는 도중에 가끔 뒤를 돌아보며 내 통화를 훔쳐 들었다. 나는 일부러 평소보다 목소리에 힘주어 애교를 부리듯이 말했다. 사랑받는 척하려고 그랬던 것 같아 조금 민망했다. 삼색 고양이의 털은 흰색 바탕에 까맣고 노란 얼룩이 섞여 있었다. 젖소 같기도 하고 여우 같기도 하고 아무튼 저렇게 살짝살짝 걸으면서 뒤를 돌아볼 때는 눈이 너무 예쁜 색이어서 마치 한 번도 본 적 없는 외할머니의 귀신이나 환상의 동물을 마주친 듯했다. 나는 환상의 동물 중에 특히 유니콘을 좋아했다. 유니콘에 대한 속설을 알기 전까지는 모든 동물이나 캐릭터 중에서 가장 좋아했다. 오빠는 유니콘 모양의 키링이나 인형 따위를 내게 선물하곤 했다. 어느 여름밤에는 작은 캐리어만 한 쿠션을 내 품에 건네주며 말했다.

유니콘은 순결과 순수를 상징한대.

나는 심각한 열대야에도 쿠션을 끌어안고 잤다. 유니콘의 단단한 뿔이 내 허벅지 사이에서 기묘한 모양새로 찌그러졌다. 나는 오빠가 나를 떠올릴 수 있는 무언가가 있다는 것이 좋았다. 오빠는 가끔 말 울음소리를 냈다. 나는 유니콘의 뿔을 매만지는 것처럼 오빠의 머리를 쓰다듬었다. 내가 사랑하는 그 아름답고 길고 뾰족한 뿔이 순결하지 않은 여자에게 향한다는 이야기를 알게 된 것은 조금 더 나중의 일이다. 그러나 내가 가진 온갖 물건에는 이미 유니콘의 형상이 잔뜩 찍혀 있고 사실 그것들은 꽤 귀여웠다. 속설이나 이야기, 환상 같은 것들은 지어낸 사람의 의식이 너무 명확하게 보여서 신물이 났다. 요즘도 나는 유니콘의 것인지 인간의 것인지 모를 길고 뾰족하고 단단한 뿔을 쓰다듬는 꿈을 꾸곤 했다. 기다란 뿔을 애인의 팔처럼 소중하게 쓸면서 학생들이 수업 시간에 지어낸 이야기들이 살아 움직이는 것에 대해 생각했다. 그런 생각을 꿈속에서 하다 보면 나는 어느새 그 기다랗고 아름다운 뿔을 내 이마에 척, 하고 붙이거나, 뾰족한 부분을 배꼽으로 향하게 든 채로 두 손이 움찔거리는 걸 느끼며 잠에서 깨고 마는 것이다. 아무튼 환상이라는 건 누군가의 바람이나 기원이고 환상의 동물은 그 간절한 소망들이 생명으로 태어나 걷고 뛰고 성장하고. 나는 오빠에게 묻고 싶은 게 있었다. 작년의 오빠, 꿈속의 오빠, 유령처럼 출몰하는 오빠, 집을 나갔다가 돌아온 오빠에게.

오빠 내가 왜 좋아?

생활력도 있고, 착하고, 순수해서. 근데 내가 네 첫사랑 맞지?

사실 나에 대한 애정을 확인하는 식의 질문은 이미 골백번 해왔고, 그때마다 비슷한 대답이 돌아왔다.

골목은 평소보다 길게 느껴졌다. 이 모든 것은 내가 꿈에서 아직 헤어나지 않았거나 콧물약에 취해 있기 때문이다. 오랫동안 삼색 고양이를 따라 걷다가 문득 정신을 차리니 어느새 지하철 손잡이를 잡고 있었다. 어디까지가 집에서 꾸었던 꿈이고 어디가 몽롱한 상태였는지. 핸드폰을 확인하자 엄마가 최근 통화목록에 있었다. 나는 친하지 않은 엄마한테 왜 그렇게 어리광을 부리고 돈이 없다느니 아프다느니 평소에 하지 않는 얘기를 했나, 어디까지 말했는지 부끄럽고 초조했으나 통화 시간은 단 8초가 찍혀 있었다. 삼색 고양이는 선명하게 기억나지만 나는 그렇게 예쁜 고양이를 태어나서 단 한 번도 본 적이 없으니까 걔는 아무래도 가짜 같다는 결론을 내렸다. 알약은 엄지손톱만큼 작은 주제에 강력하구나, 어쩌면 여름 감기에 걸리지 않는 개보다 강하겠다. 나는 벌써 지하철로도 반이나 넘게 이동해 있었다. 모르는 새에 에스컬레이터를 타고 지하철을 갈아탔다. 두려움이나 혐오감 같은 감정만 우두커니 남아버리고 지금은 생각도 나지 않는 이유로 끝나 있는 인간관계처럼. 쥐도 새도 모르게.

그러고 보니 오늘은 지금까지와는 달리 열대야가 온다고 했다. 한기가 새어들까 자기 전에 보일러 온도를 높여두고 지냈던 사람들은 열대야를 기다려왔다는 듯 집 밖으로 나와 맥주를 먹을 거라고 떠들었다. 하지만 정말일까. 교실은 여전히 추웠다. 학생들은 글쓰기에 흥미를 잃었는지 대부분 책상에 엎드려 시간을 보냈다. 나는 학생들이 자면 자는 대로 내버려두었다. 다음 시간부터는 다시 게임 활동을 준비해야겠다고 생각했다. 은총은 잠을 자지도 않고 글을 쓰지도 않고 샤프를 인중에 올렸다가 손으로 돌리다가 했다. 나는 조용히 은총의 뒤로 가서 그 모습을 내려다보았다. 새로운 문단에서 쓰다 만 이야기가 멈춰 있었다.

왜 멈췄어? 이어질 이야기가 궁금했는데.

정말 궁금해요?

응.

종이가 반으로 접혔다. 접히고 또 접히고. 은총은 종이비행기를 만들었다가 다시 펼쳐서 손바닥으로 꾹꾹 눌렀다.

벌여놓은 게 너무 많아서 그만 쓰고 싶어요.

네 마음대로 해. 쓰면 좋겠지만.

선생님, 집에서 쫓겨난 적 있어요?

아니.

역시 말이 안 통한다니까. 사귀는 사람한테 맞아본 적은 있죠?

그건 수업이랑은 상관없을 것 같은데.

안 물을게요. 사실 안 궁금해요.

혼자서 낄낄거리던 은총은 다시 종이를 접기 시작했다. 괜히 말을 걸었다고 생각하며 강의실을 한 바퀴 돌았다. 다들 엉망이긴 하지만 어떻게든 결말을 지어낸 것 같았다. 오래된 식물원처럼 시간이 느리게 흘렀다. 수업이 끝나고 몇몇 학생들은 강의실을 나서면서까지도 졸았다. 은총은 종이비행기 세 개를 제출했다. 대충 가방에 집어넣고 텅 빈 강의실을 둘러보았다. 나를 위해 센터에서 준비한 생수를 어항에 부어버렸다. 갑자기 몰아치는 소용돌이에 휩쓸려 물고기가 빙글빙글 돌았다.

센터 선생님은 오늘도 녹차에 얼음을 띄워서 주었다. 허리를 곧게 폈다. 녹차를 한 모금씩 먹으며 입을 축였다. 별다른 얘기는 아니라고 했지만, 선생님의 이마에는 이미 인상이 져 있었다. 어젯밤에 학생들이 다 같이 고유리의 집에 찾아갔다고 했다. 센터에 나오는 것도 안 나오는 것도 학생들 자유고 지금까지 그런 식으로 나오지 않은 학생은 많았는데, 왜 고유리의 집에 학생들이 우르르 몰려갔나에 대한 은근한 물음이 나에게 왔다. 나는 모른다고 답했다. 센터는 학생들의 기분이나 안전에 유난이다 싶을 정도로 민감했다. 그런데 나오지도 않는 학생을 일개 강사 따위한테 묻다니요, 고용주님.

유리는 제 수업에 고작 두 번 나왔는걸요.

그렇죠. 아무래도.

그런데요 선생님, 고유리는 왜 안 나오는 거예요?

저희 쪽에서도 보호자한테 연락을 많이 해봤어요. 받지 않아도 계속했어요. 그런데도 센터에 나오지 않는 건 뭐 어쩔 수 없어요. 여긴 의무교육 시설도 아니고 각자의 가정 문제가 있는 거고.

보호자 말고 고유리는요?

네?

연락이요. 아니에요.

수업과 학생들에 대한 이야기를 조금 더 하고 사무실을 나왔다. 아마 다음 분기 계약은 어려울 것 같았다. 닫히는 문 사이로 에어컨 온도를 조절하는 소리가 들렸다. 나는 센터 입구 앞에 서서 처음으로 센터 건물을 천천히 뜯어보았다. 온 창문에 블라인드가 쳐져 있어서 모든 방을 다 사용하는 걸까 궁금했다. 감기가 좀 나았는지 몸이 유연해지는 기분이 들었다. 아직 공기가 뜨거웠다. 이 열기가 계속 이어진다면 정말 오늘 밤은 열대야가 올 것 같았다. 추운 밤이든 푹푹 찌는 더운 밤이든 이제 여름은 지겨웠다. 지난봄에 사람들은 황량한 벚나무 아래서도 돗자리를 깔고 맥주를 먹으며 즐거워했다. 그러니까 앞으로도 계절의 이름과 상관없이 더우면 더운 대로 추우면 추운 대로 그에 맞춰 살아가게 될 것이다. 버스카드를 꺼내려고 가방을 뒤졌을 때 종이비행기들이 허리가 꺾인 채 바닥에 떨어졌다. 나는 비행기 하나를 펼쳤다. 버스가 나를 두고 정거장을 지나쳐갔다. 나는 멀어지는 버스를 잡지 않았다. 종이비행기 안쪽 면에는 뒤로 갈수록 점점 작아지는 검은 글씨가 빼곡했다. 세 장 모두 그랬다. 고유리의 담요는 집 한 채를 덮을 만큼 커져 있었다. 그동안 엄청나게 많은 사람이 지나간 듯했다. 고유리의 이름이 잔뜩 찍힌 담요는 바람이 불면 숨 쉬듯 부풀었다가 가라앉았다. 고유리의 담요는 잔디 위에 펼쳐진 돗자리가 되었다. 고유리의 담요는 놀이터의 천막이 되었다.

고유리는, 아니 고유리의 담요는 길 잃은 개들의 담요가 되었다. 여전히 많은 이들이 담요에서 나왔고, 담요를 이용한 후 사라졌다. 이야기는 도저히 끝맺을 기미가 보이지 않았다. 두 번째 버스를 보내면서 나는 내가 학생들의 이야기를 모두 읽어야 한다는 것에 겁이 났다. 고유리의 담요를 포함한 수많은 주인공이 구체적인 모습을 갖추고 이야기 안팎에서 다리를 길게 뻗으며 뛰어다녔다. 언젠가 오빠는 서로를 위해 헤어지자, 자신을 놓아달라고 말했다. 하지만 오빠가 말한 '서로'에 나는 포함되어 있지 않았다. 오빠가 바라는 평화로운 미래 속에 내가 없듯이. 오빠는 지금도 마음만 먹으면 평화로운 삶을 살 수 있을 것이다. 보고 싶지 않은 건 보지 않고, 알고 싶지 않은 건 자기 안에서 지워갈 것이다. 기후변화가 일어나 여름에 눈이 내린다고 해도 그때를 변함없이 여름이라고 지칭하면서. 자기 혼자서만. 오빠가 살 그곳은 평화롭고 그래서 아무 일도 일어나지 않을 것이다. 세 번째 버스가 오고 있었다. 어쨌든 오늘은 오랜만에 열대야가 도래하는 여름. 울고 싶을 정도로 팔이 뜨거웠다. 여름을 살아본 적 있는 사람이라면 여름이 어떤 계절인지 절대로 잊을 수가 없겠지. 은총의 종이를 파일에 집어넣었다. 종이 뭉치를 쥔 손이 무거웠다. 어느새 나는 출석부를 보지 않아도 고유리 김은총 최지원 안유리아 김두애 김은성 안형은 설황주 강은 유미셸 박미달 이소리 김소현 유선아 이윤조…….

내러티브온 구도가 만든 숲
3 소설

ⓒ나인경·서계수·유영은·이하진·임현석·전하영·최미래·함윤이, 2022

초판 1쇄 발행 2022년 10월 5일

지은이 나인경·서계수·유영은·이하진·임현석·전하영·최미래·함윤이

펴낸곳 (주)안온북스 펴낸이 서효인·이정미 출판등록 2021년 1월 5일 제2021-
000003호 주소 서울시 마포구 월드컵로14길 28 301호 전화 02-6941-1856(7)
홈페이지·웹진 www.anonbooks.net 인스타그램 @anonbooks_publishing
디자인 석윤이 제작 제이오
ISBN 979-11-92638-00-3 04810 979-11-975041-0-5 (세트)